당신의 삶은 충분히 의미 있다

나를 다시 일으켜 세우는 희망의 심리학

당신의 삶은 충분히 의미 있다

김미라 지음

IIID31

당신의 삶은 충분히 의미있다

초판 5쇄 발행 2024년 9월 9일

지은이 김미라
발행인 김시경
발행처 M31

ⓒ 2021, 김미라

출판등록 제2017-000079호 (2017년 12월 11일)
주소 경기도 김포시 김포한강2로 11, 109-1502
전화 070-7695-2044
팩스 070-7655-2044
전자우편 ufo2044@gmail.com

ISBN 979-11-91095-02-9 03810

"삶의 소명을 다하신
사랑하고 존경하는 아버지께 바칩니다."

"
진정한 자유란,
무엇으로부터 혹은 누군가로부터
도피하는 것이 아니라,
무언가를 향해, 누군가를 향해
나아가는 것이다.
"

추천의 글

폴 엉거(Paul Ungar, MD., Ph.D)
정신의학과 박사−로고테라피 & 실존심리치료 전공
미국 국제 로고테라피본부 교수

2019년 11월 한국에 방문해 열흘간 머무는 동안 여러분의 깊은
환대와 로고테라피의 열정이 아직도 가슴에 남아 있습니다. 다시
한 번 여러분께 감사의 인사를 드립니다. 또한 지면으로나마 이렇
게 여러분과 마주하게 되어 무척 기쁘고, 김미라 박사의 로고테라
피에 대한 첫 번째 한국어 책에 추천의 글을 쓰게 되어 영광스럽게
생각합니다.

김미라 박사와의 인연은 지금으로부터 20년 이상 거슬러 올라
갑니다. 김미라 박사는 1998년 제가 캐나다 밴쿠버에 있는 트리니
티 웨스턴 대학(Trinity Western University)에서 정신병리학 강의를 할
당시 대학원에서 상담심리학 공부를 갓 시작한 학생이었습니다.
저는 젊은 의사로서 빅터 프랭클 박사를 만났고, 그 만남이 23년
넘는 김미라 박사와의 만남으로 이어지고, 또 여러분과의 귀한 인

연으로 이어졌음에 가슴이 뭉클합니다.

저와 같은 이민자로 캐나다에서 생활했던 김미라 박사와 저는 매주 만나 빅터 프랭클 박사와 로고테라피를 주제로 진솔한 이야기를 나누었고, 저는 김미라 박사가 어떻게 로고테라피를 자신의 삶 속에서 녹여내는지 직접 지켜보았습니다. 언어와 문화도 전혀 다른 도전 속에서 김미라 박사는 당시 캐나다 밴쿠버 한인공동체에 불모지와 같았던 상담분야에서 한국인으로서는 귀하고 유일한 전문 임상카운슬러였습니다. 무엇보다 자신이 진정 누구인지, 그리고 진정한 삶의 의미가 무엇인가 하는 실존적 질문들을 회피하지 않고 용기 있게 직면하던 30대 김미라 박사의 모습이 아직도 눈에 선합니다.

스승과 제자의 관계를 넘어서 이제 로고테라피를 함께 전하고 생활 속에서 실천해나가는 동료로서 한국에서 로고테라피를 전달하고 있는 김미라 박사에게 대견함을 넘어서 깊은 감사의 마음을 전합니다. 이번에 출간된 책은 김미라 박사가 저를 만나 로고테라피를 접한 1998년 이후 자신의 내면에서 녹여내고 삶으로 증명해낸 자전적 책입니다. 이 귀한 책이 부디 여러분께 깊은 울림이 되어 확신을 가지고 삶의 고유한 의미를 찾아 나서는 여정의 지침서가 될 수 있기를 바랍니다.

비록 저는 캐나다에서, 김미라 박사는 한국에서 활동하겠지만, 앞으로도 저는 지속적으로 김미라 박사와의 인연을 통해 로고테라피를 전하는 데 심혈을 기울일 것입니다. 특히 지금과 같은 코로나시대, 진정으로 의미가 절실한 시대를 살아가는 우리에게 이 책을 통한 로고테라피의 진정한 깨달음이 여러분의 삶에 도움이 되길 간절히 기원합니다. 언제 다시 뵐지 모르지만, 이 혼란의 시기가 끝나면 꼭 다시 여러분을 한국에서 뵙게 되기를 소망합니다.

　다시 한 번 여러분께 감사를 드립니다.
　모두 건강하시길 빕니다.

캐나다에서
폴 엉거(Paul Ungar, MD., PhD.)
2021년 3월

서문

인간에게 있어서 최악과 최선

우리에게 일어날 수 있는 혹은 우리가 저지를 수 있는 최악의 일은 무엇일까? 독일계 유대인 철학자이며 정치사상가인 한나 아렌트(Hannah Arendt) 박사는 나치 전범 아돌프 아이히만의 재판을 참관하고 저술한 《예루살렘의 아이히만》에서 '악의 평범성'에 관해 말했다. 악이란 어떤 특정한 성격을 가지고 있는 사람들에 의해 저질러지는 것이 아니라 다른 사람의 처지를 공감할 줄 모르는 사람들로부터 비롯되는 아주 평범한 것이라는 얘기다. 즉 악이란 뿔 달린 악마처럼 별스럽고 괴이한 사람이 저지르는 것이 아니라, 어떤 계기로든 스스로 생각하기를 멈춘다면 평범한 우리도 언제든 악행을 저지를 수 있다는 것이다.

그리고 그녀는 인간에게 있어 최악은 누군가로 하여금 자신이 얼마나 무가치한 존재이며 자신의 삶이 얼마나 무의미한가를 스스로 느끼도록 만드는 것이라는 결론을 내렸다. 매일 아침 강제수용소에서 나치 군인의 손가락 향방에 따라 오늘 하루를 더 살 수 있을지 그 즉시 가스실로 보내져 연기로 사라질지 결판날 수밖에 없었던 삶은 너무도 무가치하고 무의미하게 느껴졌을 것이다. 그것이 바로 나치가 유대인에게, 아니 인류에게 저지른 최악의 일이었다.

한나 아렌트의 이런 결론을 생각해볼 때, 만일 어떤 사람이 내가 아무짝에도 쓸모없는 무가치한 존재이며 내 인생이 무의미하다고 느끼게 만든다면 그것이 내게 벌어질 수 있는 최악의 일일 것이다. 마찬가지로 내가 누군가에게 그런 메시지를 전달한다면 그것 또한 내가 그에게 할 수 있는 가장 악한 행위인 셈이다.

그렇다면 인간에게 있어 최선은 무엇일까? 누군가로 하여금 자신이 얼마나 가치 있고 소중한 존재인지 스스로 느끼게 도와준다면, 삶의 굴곡 속에서 때때로 자기 인생이 형편없게 여겨질지라도 여전히 그 삶에 의미가 있다고 느낄 수 있도록 도와줄 수 있다면, 그것이야말로 인간이 인간에게 할 수 있는 최선이 아닐까. 빅터 프랭클(Viktor Frankl, 1905~1997) 박사가 말했듯 "선한 일이란 인간이 본질적으로 자신의 존재의미를 실현할 수 있도록 돕는 것이며, 반대로 악한 일이란 인간의 존재의미의 실현을 방해하는 것이다." 이런 결론에 이르면서 나는 로고테라피(Logotherapy)에 대해 더욱 큰 확신을 갖게 되었다.

　로고테라피는 오스트리아 출신 정신과 의사이자 교수인 빅터 프랭클에 의해 창시된 심리치료다. 정신의학자로서 혹은 신경학자로서의 어떤 지식이나 권위보다 빅터 프랭클 그 자신이 인간 이하의 삶을 강요했던 나치 수용소의 생존자였다는 사실이 로고테라피에 대해 더욱 확신할 수 있게 해준다. 로고테라피는 실존철학에 바탕을 둔 하나의 심리치료 이론이기 이전에 최악의 상황에서도 용기를 잃지 않고 굳건히 삶의 의미를 찾아 생을 승리로 이끈 한 사람의 생생한 인생 증언이기 때문이다. 빅터 프랭클은 스스로 확신했던 로고테라피의 실효성을 자신의 삶과 수용소 동료 수감자들의 삶이라는 실험실에서 생생하게 증명하고 입증해냈다.

　세상 어딘가에 반드시 존재하는 삶의 의미를 찾아서

　누구나 살면서 크고 작은 시련을 겪게 마련이다. 이 책에서 자세히 설명하겠지만, 우리 인생에는 누구도 피할 수 없는 세 가지 비극(고통, 죄책감, 죽음)이 있다. 이런 비극적 상황에서 우리는 절망하고 실의에 빠져 마냥 무기력하게 그 상황에 이끌려 다닐 수도 있고, 스스로 자신의 태도를 선택하고 자기의 존재가치를 실현할 훌륭한 계기를 마련할 수도 있다.

　빅터 프랭클이 직접 관찰하고 기록했듯 "나치 강제수용소라는 최악의 상황에서도 누군가는 성자였고 누군가는 돼지였다." 하루한 번 배급되는 한 컵의 커피를 반만 마시고 남은 커피로 매일 세수와 면도를 하고 배급된 빵 한 덩어리를 더 배고파하는 옆 사람에게 내어주는 등 끝내 인간의 존엄을 잃지 않은 사람들도 분명 그 안에 존재했다. 심지어 아내와 자녀들을 두고 죽을 수 없다며 울부짖던 동료 수감자 대신 자청해서 가스실에 들어가 목숨을 내어준 이도 있었다. 나치 강제수용소 같은 극한의 비참한 상황에서도 어떤 선택을 할 것인가는 전적으로 우리에게 달려 있다. 피할 수도 바꿀 수도 없는 상황에 직면하더라도 우리에게는 자신의 태도를 선택할 자유가 있으며, 또한 인간은 본성적으로 의미를 추구하는 존재이기 때문이다.

1998년 캐나다에서 상담심리학을 공부하기 시작하면서 접하게 된 로고테라피는 자유의지를 지닌 존재로서의 나 자신과 의미를 추구하는 존재로서의 내 모습을 어렵지 않게 인식할 수 있게 도와주었다. 특히 빅터 프랭클의 수제자이자 헝가리 출신 정신과 의사인 폴 엉거(Paul Ungar) 교수님을 통해 전수받은 로고테라피는 심리치료 이론이기 이전에 하나의 라이프스타일로서 이미 내가 일상 속에서 얼마나 의미 있는 삶을 살아왔는가를 분명히 깨달을 수 있게 해주었다.

"내 삶이 정말 의미가 있나? 있다면 무엇인가?"라는 질문에 대한 답은, 우리가 이미 얼마나 의미 있는 삶을 살아왔는가를 인식하는 것으로부터 시작된다. 또한 빅터 프랭클이 말한 것처럼 때때로 인생이 무의미하다고 느껴지는 것은 극히 정상적이고 인간적인 일이며, 오히려 세상 어딘가에 반드시 의미가 존재한다는 것을 반증해준다. 이 '무의미의 역설'은 모든 게 무의미해 보여 절망과 좌절을 느낄 때마다 우리에게 작은 희망이 되어준다.

이것이 바로 내가 이 책에서 전달하고 싶은 메시지다. 스스로 인식했든 못했든 우리는 지금껏 의미 있는 삶을 살아왔다는 것을 꼭 전해주고 싶다. 그리고 우리 자신이 무가치하고 삶이 무의미하게 느껴진다는 것은 역설적으로 의미 있는 삶에 대한 가장 강력한 동기이며 열망이라는 사실을 전하고 싶다. 우리 안의 소리 없는 '의미에의 절규'를 인식할 수 있을 때 그리고 무엇보다 이미 우리가 의미 있는 삶을 살아왔다는 것을 인정할 때 우리는 보다 더 의미 있는 삶으로 나아갈 수 있는 용기를 얻을 수 있을 것이다. 그것이 우리가 스스로에게 할 수 있는 가장 선한 일, 최선이 아닐까.

이 책을 통해 20년 넘게 내가 이해한 로고테라피를 부족하게나마 전달할 수 있게 되어 감회가 새롭다. 자칫 어렵게 느껴질 수도 있는 로고테라피라는 심리치료 이론을 어떻게 하면 좀 더 쉽게, 가슴에 와 닿게 전달할 수 있을까 하는 고민이 그동안 책을 쓰지 못한 이유다. 이 책을 계기로 로고테라피에 대해 제대로 정확히 소개하고, 의미를 추구하는 삶이 이미 우리의 라이프스타일로서 깊숙이 들어와 있다는 사실을 함께 나눌 수 있다면 좋겠다.

차례

제1장 삶의 의미

제2장 의미에의 의지

삶의 의미

"왜 살아야 하죠?"

2012년 서울의 한 대학 학생생활센터 카운슬러들로부터 로고테라피 교육을 요청받은 적이 있다. 나는 카운슬러들이 왜 로고테라피 강의를 요청했는지 궁금해 그 이유를 물어보았다. 그들의 답은 이랬다. 그해 신입생들을 대상으로 설문조사를 실시했는데, 설문 문항 중 '언제 삶을 포기하고 싶은가'라는 정신건강 관련 질문이 있었다고 한다. 그런데 이 질문에 '삶의 의미가 없다고 느낄 때'라고 답한 학생들이 제일 많았다는 것이다. 사는 게 무의미하게 느껴질 때 삶을 포기하고 싶어진다는 신입생들의 이런 답변은 대학 카운슬러들을 당황스럽게 했고, 그리하여 로고테라피 강의를 요청하게 되었던 것이다.

예나 지금이나 '왜 살아야 하는가'라는 삶의 의미에 관한 문제는 늘 우리 곁을 맴도는 숙제인 듯하다. 서문에서 언급한 폴 엥거 교수님도 이 문제에 부닥쳐 삶의 방향을 급격히 수정했고 결국 로고테라피에서 답을 얻었다. 그 이야기를 함께 공유해보자.

　　모두가 불가능할 거라고 했던 젊은 청년의 목숨을 혼신을 다해 겨우 살려놓고 나는 의기양양하게 환자에게로 향했다. 며칠 전 자살을 시도한 23세의 젊은 청년. 무슨 사연이 그토록 새파랗게 젊은 청춘을 죽음 직전으로 몰아간 것일까.

　　응급차에 실려 병원에 도착했을 때 이미 청년의 목숨은 경각에 달려 있었다. 내과 전공의였던 나는 모두가 가망 없다고 하는 그 청년을 살리기 위해 며칠 밤을 지새웠고 다행히도 그의 목숨을 구할 수 있었다. 기적처럼 청년의 숨이 돌아오자 병원 곳곳에서 박수가 터져 나왔다. 어서 빨리 그 환자를 만나고 싶었다. 비록 스스로 목숨을 끊으려고는 했지만, 다시 살아났음에 그리고 자신을 살리기 위해 혼신을 다한 나에게 "감사합니다! 살려주셔서 감사합니다!"라고 말하는 모습이 눈에 선했다. 병실에 들어서자 누워 있던 청년이 힘겹게 눈을 떴고, 나는 그를 향해 살아주어 고맙다는 눈인사를 건넸다. 그러나 청년의 첫마디는 잔뜩 부풀어 있던 나의 기대를 단박에 깨뜨려버렸다.

　　"왜 살리셨어요? 죽게 그냥 내버려두지!"

　　예상치 못한 그의 반응에 나는 뒤통수를 세게 얻어맞은 듯했다.

실망스럽기도 했고, 어떻게 말해야 할지 몰라 순간 머릿속이 새하얘졌다. 나는 애써 침착한 척하며 이렇게 말했다. "그래도 살아야죠! 아직 젊잖아요. 더 살아봐야죠. 아무튼 회복되어 기쁩니다." 내 말에 잠시 동안 아무런 반응도 보이지 않던 청년이 되물었다. "제가 왜 살아야 살아야 하죠? 도대체 왜 저를 살려놓은 겁니까? 왜요! 그냥 죽게 놔두죠!" 감사는커녕 그의 목소리에는 원망이 가득했다. 그래도 살아야 하지 않느냐는 말 이외에 나는 아무 말도 하지 못했다. 도대체 뭐라고 답을 해야 하는 걸까. 다시 머리가 하얘지고 가슴이 요동쳤다. 그대로 눈을 감아버린 청년을 뒤로하고 나는 병실을 나올 수밖에 없었다.

그러나 '왜 살아야 하느냐'는 청년의 말이 내내 머릿속을 떠나지 않았다. '그래도 살겠지… 간신히 죽다 살아났으니 다시 한 번 잘 살아보기로 마음먹겠지! 아무튼 나는 최선을 다했어.' 나는 이렇게 스스로를 다독였다. 이후 청년은 내과적으로 별 이상이 없었고 정신과에서도 괜찮다는 진단을 받았다. 그렇게 별 탈 없이 퇴원을 했다.

바로 다음날, 내 생애 가장 충격적인 비보가 들려왔다. 완쾌되어 퇴원했던 그가 병원을 나서자마자 곧바로 다시 자살 시도를 했던 것이다. 그리고 이번에는 그의 뜻대로 성공을 거두고야 말았다. '아! 왜 살아야 하느냐는 그의 질문에 내가 답할 수 있었다면… 왜 살려냈느냐는 절규에 어떻게든 답을 해줬어야 했는데….' 죄책감에 미쳐버릴 것만 같았다. 침대에 누워 희미한 눈으로 나를 쳐다보며 "왜 살

아야 하느냐"고 묻던 청년의 눈빛을 잊을 수가 없었다. 내가 배우고
실습해온 의학적 지식으로는 그의 질문에 답할 수 없다는 것, 그리
고 온전히 생명을 살릴 수 없다는 사실에 좌절했다. 그때 깊이 깨달
았다. 내가 그때까지 배운 의학적 지식으로는 '절망을 치료할 수 없
다'는 것을 말이다.

청년의 죽음은 내가 내과에서 정신과로 전공을 바꾸는 결정적인
계기가 되었다. 잠시 좌절했으나, 다시 용기가 생겼다. 다시는 같은
일을 반복하지 않기 위해, 제2 제3의 그 청년이 나오지 않게 하기 위
해 나는 정신과로 전과를 했다. 그러나 오래지 않아 정신과적 지식
으로도 역시 왜 살아야 하는가에 대해 답할 수 없다는 것을 깨닫게
되었다. 현재도 다르지 않지만 그 당시 정신의학의 중심에 있던 정신
분석 이론으로는 그 청년의 질문에 답할 수 없음을 알아차리고 나
는 다시 좌절했다. '어떻게 해야 하나. 누구에게서, 어디에서 그 답을
얻을 수 있단 말인가.'

그래서 찾은 분이 바로 빅터 프랭클 박사다. 인간의 영적 차원을
심리치료에 통합시키고, 의미를 추구하고자 하는 의지를 인간의 1차
적 동기로 설명하고 있는 프랭클 박사의 로고테라피가 그날 그 청
년의 질문에 답을 줄 수 있을 것이라는 확신이 들었다. 이후 프랭클
박사의 지도 하에 실존철학과 로고테라피로 박사과정을 밟았고, 그
렇게 나는 '왜 살아야 하는가'라는 질문의 답을 찾는 여정을 시작하
게 되었다.

나는 1998년 캐나다 밴쿠버에서 상담심리학 대학원 과정을 시작하면서 첫 수업으로 정신병리학이라는 과목을 들었다. 그때 첫 강의 시간에 만난 분이 바로 정신과 의사이며 심리학자인 폴 엉거 교수님이었다. 그분을 통해 처음 접하게 된 로고테라피는 외국 생활에 지쳐 있던 나를 매료시키기에 충분했다. 무엇보다 교수님께서 들려준 이 이야기 속 청년이 던졌던 질문이 바로 내가 나 자신에게 오래전부터 물어온 질문이기도 했기 때문이다.

'나는 왜 살아야 하나?'

이 질문은 비단 그날 그 청년의 질문만은 아닌 것 같다. 어쩌면 우리 모두가 인생 여정을 걸으며 의식적이든 무의식적이든 순간 순간 묻게 되는 질문이고, 이것은 결국 '내 삶의 의미는 무엇인가?'라는 질문으로 귀결된다. 아니, 그 이전에 '진정 삶의 의미가 있는가?' 하는 보다 근원적인 질문으로 귀결된다.

폴 엉거 교수님이 만난 청년이 살았던 시대와 마찬가지로 지금 이 시대에도 '왜 살아야 하는가?'라는 질문은 '내 삶에 의미가 있는가? 있다면 무엇인가?' 하는 질문으로 이어지고, 급기야 스스로 목숨마저 내려놓을 만큼 여전히 많은 사람들에게 도전이 되고 있는 것 같다.

"삶의 이유를 아는 사람은 어떤 어려움도 극복할 수 있다"

철학자 니체의 이 말은 심리치료로서 로고테라피의 방향을 가장 잘 표현해준다. "도대체 왜 살아야 하는 거지?" 혹은 "왜 이런 일이 나에게 일어난 거지?" 살아가면서 누구나 한번쯤 하는 질문들이다. 비단 고통이나 어려움에 직면한 경우가 아니라도 우리는 문득 살아가는 이유를 되묻곤 한다. 이 질문에 대해 빅터 프랭클은 니체의 문장을 인용해 삶의 이유와 고통이 서로 어떻게 연결되어 있는지, 그리고 우리가 절망하는 것은 고통 때문이 아니라 고통의 이유를 알지 못하기 때문이라고 설명해준다.

그렇다면 삶의 이유를 알면 우리가 정말 지금 겪고 있는 어떠한 어려움도 극복할 수 있을까? 이 질문에 대한 답은 '왜'라는 질문 안에 이미 담겨 있다. 어려움에 직면해 우리가 '왜'라고 이유를 묻는다는 것은 바로 우리가 힘들어하는 것이 고통 자체 때문이 아니라 그 이유를 알지 못하기 때문이라는 걸 반증해주고 있기 때문이다.

스스로 아무것도 할 수 없는 통제불능의 '피할 수 없는 고통'에 직면했을 때 우리는 절망감을 느낀다. 이런 절망스러운 상황에서 우리가 할 수 있는 것은 무엇일까? 이때는 흔히 말하는 "모든 것은 지나가게 마련이다. 이 또한 지나가리라"는 위로조차 온전한 위로가 되어주지 못한다. 겪어내야 하는 시간은 그 누구도 대신해줄 수 없는 온전한 내 몫이기 때문이다. 아무것도 할 수 없고, 아무엇도 바꿀 수 없으며, 지금의 이 상황이 앞으로도 계속될 것이라고 느낄 때 우리는 절망한다. 그리고 그 절망의 원인이 지금 죽을 만큼의 고통을 유발하는 어떤 사건이나 상황에 있다고 믿는다. 시간을 되돌리고 싶은 순간들도 많을 것이다. 흔히 하는 위로의 말처럼 시간이 지나면서 혹은 그 절망스러운 고통으로부터 어떻게든 벗어나기 위해 안간힘을 써가며 잠시 동안 그 고통을 느끼지 않을 수는 있다.

그러나 절망의 원인이 고통에 있으며, 고통만 없다면 절망하지 않을 것이라는 믿음만으로는 삶의 절망감에서 벗어나기 어렵다. 삶은 어떤 면에서 우리가 통제할 수 없고 피할 수 없는 수많은 고통의 연속이기 때문이다. 결국 절망적인 상황에서 희망을 잃지 않고 일어날 수 있는 유일한 길은 피할 수 없는 고통 속에서 '의미'를 발견하는 것이다.

우리가 절망하고 고통스러워하는 것은 지금 겪고 있는 어려움이나 고통 자체 때문이 아니라 사실은 바로 그 안에 숨겨져 있는 의미를 찾지 못하기 때문이다. 빅터 프랭클은 절망, 고통 그리고 의미 사이의 관계를 다음과 같은 등식으로 제시한다.

$$D = S - M$$

이 등식에서 D는 절망(Despair), S는 고통(suffering), M은 의미

(meaning)를 뜻한다. '절망은 고통에서 의미가 빠진 것', 즉 '절망이란 고통에서 의미를 찾지 못하는 것'이라는 뜻이다. 현재 겪고 있는 고통의 의미를 찾을 수 있다면, 아니 지금 당장은 찾지 못해도 반드시 그 의미가 있을 거라고 믿을 수 있다면 우리는 절망하지 않고 희망을 되찾을 수 있을 것이다.

절망이 고통 때문이 아니라 그 의미를 알지 못하는 데서 비롯된 것이라면, 희망(Hope)이란 바로 고통(Suffering) 속에서도 반드시 그 의미(Meaning)가 있을 것이라고 굳건히 믿는 데서 비롯된다. 이렇게 믿을 수 있다면, 절망은 희망으로 바뀔 수 있을 것이다. 즉 '절망=고통-의미'라는 등식이 '희망=고통+의미'라는 등식으로 바뀌게 된다.

$$H = S + M$$

H=희망(Hope), S=고통(Suffering), M=의미(Meaning)

때로는 고통의 시간을 겪어내고 한참 후에 그때를 회상하면서 그 고통의 의미와 이유를 발견하는 경우가 있다. 당시에는 도저히 감당할 수도 이해할 수도 없었던 어쩌지 못하는 고통이었는데, 지나고 보니 왜 그때 그런 일을 겪을 수밖에 없었는지 나중에 그 이유를 발견하고 무릎을 치는 경우가 있다. 심지어는 그때 그 고통이 있었기에 지금의 내가 있을 수 있었구나 하면서 오히려 지난 시간의 고통에 감사하게 되는 경우도 있다.

그렇다면 나중에서야 고통의 의미를 깨달을 것이 아니라, 고통을 겪고 있는 지금 그 고통에 반드시 의미가 있을 거라고 믿어보는 건 어떨까. 특히 지금의 고통이 스스로 아무것도 할 수 없는 피할 수 없는 고통이라면 향후 언젠가 그 고통의 이유가 반드시 있을 것이라고 믿을 수 있다면 우리는 고통에 절망하지 않고 희망할 수 있을 것이다. 어차피 피할 수 없는 고통이라면 절망으로 주저앉을 것이 아니라 미래에 반드시 있을 그 의미를 '지금' 믿어보는 것이다. 그것이 바로 절망을 희망으로 바꾸고 다시 일어날 수 있는 용기와 힘을 얻을 수 있는 길일 것이다.

삶이 우리에게 묻는 질문에 답하라

우리는 삶의 고통에 대해 "왜"라고 질문하지만, 삶에 대해 왜라고 묻는 순간 답이 없다고 빅터 프랭클은 말한다. 삶에 질문을 던지기보다 오히려 삶이 우리에게 묻는 질문에 답해야 한다는 것이다. 또한 정말 중요한 것은 우리가 삶으로부터 무엇을 기대하는 것이 아니라 삶이 우리로부터 무엇을 기대하는가 하는 것이다. 피할 수 없는 고통을 통해 삶이 내게 묻고 있는 질문은 무엇일까? 고통을 통해 삶은 내가 무엇을 알아차리기를 소망하고 있으며 어떤 의미를 발견하기를 기대하고 있는 것일까?

빅터 프랭클은 나치 수용소와 같은 최악의 고통스러운 상황에서도 자신이 완수해야 할 삶의 과제가 여전히 자기 앞에서 자신을 기다리고 있다는 것을 확신하는 것만큼 인간으로 하여금 '모든 것이 철저하게 통제된 환경'을 뛰어넘어 생존할 수 있게 해주는 것은 없다는 것을 직접 목격했다. 살아 돌아오기만을 간절히 바라는 가족이 수용소 밖에서 자신을 기다리고 있고, 언젠가 써야 할 수용소에서의 경험에 관한 책이 자신을 기다리고 있음을 확신하는 것만큼 끝까지 살아남는 데 있어 큰 힘이 되어주는 것이 어디 있을까. 빅터 프랭클은 피할 수 없는 고통에도 반드시 의미가 있을 것이라고 믿었고, 그 믿음이 최악의 상황에서 인간을 생존하게 한 가장 큰 힘이었음을 스스로 증명해 보였다. 고통을 감내하는 한 인간은 영적으로 얼마나 아름다운 존재인가를 확인시켜준 것이다.

매일같이 최악의 환경과 상황에 직면했던 죽음의 수용소에서조차 '의미'를 발견할 수 있었다면, 우리 또한 일상에서 직면하는 삶의 고통과 어려움 속에서 의미를 발견할 수 있지 않을까. 당장 알아차리지는 못하더라도 반드시 가까운 미래에 혹은 조금 먼 미래에 의미가 있을 것이라고 믿을 수 있지 않을까?

'왜' 살아야 하는지
삶의 이유를 아는 사람은
삶의 어떤 어려움도
극복할 수 있다.

"의미는 발견하는 것이다"

───────

빅터 프랭클은 의미는 만드는 것도 아니고 부여하는 것도 아닌 발견하고 찾는 것이라고 말한다. 무언가를 만든다는 것과 발견한다는 것에는 그 전제에 근본적인 차이가 있다. 만일 무언가를 만들거나 부여한다면, 그것이 존재하지 않음을 전제하는 셈이다. 반면 무언가를 발견하고 찾는다는 말에는 그것이 이미 존재한다는 전제가 깔려 있다.

"의미는 발견하는 것이다"라는 말을 처음 들었을 때 사실 나는 그 뜻을 쉽게 이해할 수 없었다. 어떻게 의미가 이미 존재한다는 것일까?

100퍼센트 메밀국수의 비밀

자주 가는 메밀국수집이 있다. 가족 대대로 이어오며 60년의 전통을 자랑하는 집으로 100퍼센트 메밀로만 국수를 뽑아 많은 사람들이 즐겨 찾는 식당이다. 보통 대부분의 메밀국수집에서는 메밀을 아무리 많이 넣는다 해도 최대 70퍼센트에서 80퍼센트 정도만 넣는다고 한다. 100퍼센트 전부 메밀을 사용하면 면발이 찰기가 떨어지고 쫄깃해지지 않기 때문이다. 그런데 내가 자주 가는 식당은 100퍼센트 메밀을 사용하면서도 감칠맛 나는 쫄깃쫄깃한 메밀국수를 판매한다.

하루는 이런 생각이 들었다. '100퍼센트 메밀로만 만든 메밀국수는 그 식당 주방장이 만든 걸까 아니면 발견한 걸까?' 엉뚱하게도 나는 그날 즐겨 먹는 메밀국수를 통해 '의미는 발견하는 것이며, 우리가 발견해야 하는 삶의 의미는 이미 존재한다'는 말의 뜻을 또렷이 이해할 수 있었다.

얼핏 그 메밀국수는 주방장이 만든 것이라고 생각하기 쉽다. 그러나 사실 그 맛은 '발견'한 것이다. 메밀국수 자체는 만든 것 아니냐고 반문할 수 있겠지만, 그 '맛'은 발견하고 찾아낸 것이다. 그 맛의 비법은 이미 존재하고 있었다. 다만 그 맛을 60년간 수많은 시행착오 끝에 '발견하고 찾아냈을 뿐'이다. 어느 곳에서 재배된 메밀을 사용해 어떻게 반죽을 하고 숙성을 시켜야 100퍼센트 메밀만으로 쫄깃쫄깃한 면발의 메밀국수를 뽑을 수 있는지 부단히 시도하고 실패하면서 어느날 세상 어딘가에 이미 존재하고 있던 바로 그 '비법의 맛'을 발견한 것이다. 그리고 가족 대대로 그 맛이 전수된 것이다.

음식만 그런 것이 아니다. 테니스나 탁구 같은 운동을 배울 때도 처음 몇 개월 동안은 지루할 정도로 자세 연습만 한다. 손의 힘을 어떻게 조절하고 어떤 각도로 라켓을 잡고 어떤 자세로 서서 공을 맞춰야 하는지 이른바 '정석'을 몸에 먼저 익히는 것이다. 그 정석이라는 '비법'은 이미 존재한다. 그 비법을 찾아내 부단한 연습으로 그것이 몸에 배게 한 후에야 비로소 제대로 공을 칠 수 있게 된다.

아직도 생생한 2010년 동계 올림픽 여자 개인 피겨스케이팅 금메달을 획득한 김연아 선수의 멋진 점프와 한치의 흔들림 없는 착지 기술 역시 김연아 선수가 만든 것이 아니라 발견해낸 것이다. 공중으로 힘차게 점프해 멋지고 안정되게 그리고 완벽하게 빙판에 착지하는 비법은 이미 존재했다. 김연아 선수가 해낸 일은 수없이 빙판에서 넘어지고 훈련하면서 '그 비법'을 찾아낸 것이다. 그리고 찾아낸 비법을 부단히 연습해 몸에 익히고 그 결과물을 수십억 세계인 앞에서 보여준 것이다.

과연 요리나 운동에서만 그럴까. 세상의 모든 것은 발견하는 게 아닐까. 일례로 하나의 사과씨 속에는 이미 몇 개의 사과가 열릴지 입력되어 있다. 여기에 흙과 물, 태양빛 등이 잘 어우러져 사과씨가 싹을 틔우고 자라서 나무가 되고 꽃을 맺고 그리고 드디어 사과라는 열매를 맺게 된다. 누구도 외부에서 사과나무에 사과를 억지로 매달아놓을 수는 없다. 이렇듯 하나의 사과씨에서 몇 개의 사과가 열릴 것인지는 이미 사과씨 안에 내재되어 있다. 다만, 실제로 몇 개의 열매가 맺을 것인지는 어떤 토양에서 얼마의 물과 태양빛을 사과씨가 받아서 자라느냐에 달려 있다. 한 가지 분명한 것은 열매를 맺은 사과는 밖에서 주어진 것이 아니라 애초에 사과씨 안에 존재하고 있었다는 사실이다.

빅터 프랭클이 말한 것처럼 삶의 의미 역시 만드는 것이 아니라 발견하는 것이다. 삶의 의미는 이미 존재한다. 그러나 그것을 발견하는 일은 바로 우리의 책임 있는 결정과 노력에 달려 있다. 사과 씨 안에 사과가 이미 존재한다는 사실을 아무런 의심과 증명의 여지 없이 믿을 수 있듯이, 나만의 고유한 삶의 의미를 발견하기 위해서는 그것이 분명 존재한다는 믿음이 전제되어야 한다. 삶의 의미는 이미 존재하고 있으며 그것을 발견해내는 것이 바로 우리 몫인 것이다. 우리 안에 있는 '의미의 씨앗'을 믿고, 좋은 토양을 마련하고 적당한 물을 주며 충분한 햇빛을 받을 수 있도록 하는 노력이 애초에 계획되어 있던 결실을 온전히 거두는 길이다. 그 씨앗에서 몇 개의 열매가 나올 것인지는 매 순간 우리의 선택에 달려 있다.

"나는 대리석 안에 들어 있는 천사를 보았고, 천사가 나올 때까지 돌을 깎아냈다." 이탈리아의 조각가이며 건축가였던 미켈란젤로가 다비드상을 조각하고 나서 남긴 유명한 말이다. 천사는 이미 돌 안에 있었다고 그는 말한다. 자신이 한 일은 돌 안에 있던 천사가 밖으로 나올 수 있도록 시간을 두고 천천히 정을 두드린 것이다. 우리만의 '천사', '로고스', 즉 의미는 우리 안에 이미 존재한다. 그것은 무조건적이다. 이제 우리가 해야 할 일은 나만의 천사가 세상에 잘 나올 수 있도록 이리저리 세심하게 돌을 다듬고 불필요한 부분을 깎아내는 일일 것이다. 나만의 의미가 세상 밖으로 온전히 모습을 드러낼 수 있도록 말이다.

의미와 기쁨 – 좋은 의미 vs. 나쁜 의미

───────

내가 발견한 삶의 의미가 진짜 내 삶의 의미인지 아닌지 어떻게 알 수 있을까? 지금 하고 있는 일이나 선택이 진정으로 내 삶의 의미를 향하고 있는지 여부를 우리는 어떻게 알 수 있을까?

빅터 프랭클은 지금 의미 있다고 생각해서 선택한 어떤 일이 진정으로 자신의 삶의 의미에 부합되는지를 알 수 있는 기준을 '기쁨'과 연관 지어 설명한다.

빅터 프랭클에 의하면 의미는 크게 두 가지로 나눌 수 있다. 하나는 좋은 의미고 다른 하나는 나쁜 의미다. '좋은 의미'에서 '좋은'이라는 말은 '조화롭다'에 기인했다고 한다. 따라서 좋은 의미란 나와 더불어 다른 사람에게도 기쁨이 되는 '조화로운 의미'라는 뜻이다. 즉 어떤 일이 좋은 의미의 일이라면, 그 일을 하는 나도 기쁠 뿐 아니라 다른 사람에게도 도움이 된다는 것이다. 이렇게 누가 봐도 좋은, 객관적으로 의미 있는 일이 바로 내 삶의 진정한 의미에 부합되는 일이다. 그리고 그런 일을 할 때 우리는 진정으로 내면의 기쁨을 느끼게 된다.

그러면 나쁜 의미란 무엇일까? 여기서 '나쁜'이라는 말은 '나밖에 모른다'는 뜻을 담고 있다고 한다. 즉 나쁜 의미란 나밖에 모르고 자신만 생각하는 주관적인 의미를 말한다. 자신만 생각한다는 것은 자기중심적이고 이기적이라는 뜻이다. 한마디로 자신에게만 좋은 것이다. 따라서 나쁜 의미는 자신에겐 좋은 의미겠지만 다른 사람에게는 오히려 해가 될 수도 있다. 일례로 자살 폭탄테러를 하는 사람에게 그 일은 자신의 목숨을 내걸 정도로 의미 있는 일일 것이다. 그러나 이것은 자신밖에 모르는 나쁜 의미에 해당한다. 다른 사람들을 해치는 일이기 때문이다. 이런 나쁜 의미의 일은 진정한 삶의 의미에 부합되지 않는 일이다. 이런 일이 진정으로 기쁨을 줄 수는 없다.

빅터 프랭클은 우리가 삶에서 추구해야 하는 의미는 나와 너 모두에게 더불어 좋은 의미여야 한다고 말한다. 즉 우리의 삶의 의미는 비록 각자 처한 상황에서 주관적으로 결정할 수밖에 없다 하더라도 궁극적으로는 누가 봐도 좋은 객관적으로 의미 있는 것이어야 한다는 말이다.

누군가를 속일 수는 있지만 자기 자신을 속이기는 정말 힘들다. 겉으로는 누가 봐도 행복하고 기쁜 것처럼 보여도 자신이 정말 행복하고 기쁜지 그렇지 않은지의 내면의 상태는 자신이 가장 잘 안다. 오늘 의미 있다고 판단하고 선택해서 행한 일에서 진정 기쁨이 느껴지는지 그렇지 않은지는 자신이 제일 정확히 안다. 따라서 앞서 말한 것처럼, 내면의 기쁨이라는 기준을 통해 그 일이 좋은 의미의 일인지 나쁜 의미의 일인지 가장 잘 가늠할 수 있는 사람도 바로 자기 자신이다. 만약 오늘 어떤 일을 하면서 진심으로 기뻤다면, 그리고 더불어서 그 일로 다른 사람도 기뻐했다면 그 일은 좋은 의미의 일이며, 나는 그 일을 통해 내 삶의 의미를 세상에 드러낸 것이다. 그러나 어떤 일을 했는데 진정 기쁘지 않고 뭔가 걸리는 것이 있거나 마음이 평화롭지 않다면, 그 일은 자신의 삶의 의미에 부합되지 않는 나쁜 의미의 일일 가능성이 높다.

한편, 요즘 '소명'이라는 단어를 자주 듣게 된다. 소명은 삶의 의미와 직접적인 관련이 있다. 어떤 일이 내가 이 세상에 태어난 진정한 이유인 소명인지 아닌지는 그 일이 좋은 의미의 일인가 아니면 나쁜 의미의 일인가에 달려 있다. 즉 기쁘면서도 타인에게 도움이 되는 일이라면 좋은 의미의 일이며, 우리는 비로소 그 일을 소명이라고 말할 수 있을 것이다.

그러나 어떤 경우는 나는 무척 기쁘지만, 다른 사람한테는 하나도 도움이 안 되는 일이 있다. 그렇다면 그 일은 나쁜 의미의 일일 뿐 아니라 소명이 아닐 가능성이 높다. 반대로 다른 사람에게는 도움이 되는 듯하지만, 그 일을 하면서 나는 어떤 기쁨도 느끼지 못한다면 그 일 역시 소명이 아닐 가능성이 높다. 예를 들어 교사로서 아이들을 가르치는 일이 진정으로 기쁘지 않다면, 비록 가르치는 일이 누군가에게 도움이 되는 일이라도, 내 삶의 이유, 즉 소명은 아닐 가능성이 있다. 그렇다면 어쩌면 교사라는 직업을 그만두어야 할지도 모른다. 실제로 자신에게 진정한 기쁨을 주지 않는 일이 타인에게 도움이 되기는 어려운 것 같다.

"하나도 기쁘지 않아요"

수녀들을 대상으로 로고테라피 강의를 한 적이 있다. 강의중에 의미와 기쁨 간의 관계를 설명하면서 만약 수도생활에서 어떤 기쁨도 찾지 못한다면 수도자로서의 삶이 소명이 아닐 가능성이 있고, 따라서 어쩌면 옷을 벗어야 할지도 모른다는 말을 용기를 내어 전했다. 그런데 쉬는 시간에 수녀 한 분이 근심스러운 표정으로 내게 다가왔다. 강의를 듣고는 수도자로서의 삶을 계속 이어가야 하는지 너무 고민이 들더라는 것이다.

"선생님, 저는 지금 수도자로서의 삶이 정말 하나도 기쁘지 않아요. 수도회를 나가야 하는 걸까요? 옷을 벗어야 하는 걸까요?"

지금 하는 일이 기쁘지 않다면 소명이 아닐 가능성이 높다고 말하긴 했지만, 막상 강의를 듣고 고민하는 그분을 보니 순간적으로 무척 당황스러웠다. 지금 하고 있는 일에서 기쁨을 느끼지 못한다면 정말 어떻게 해야 할까? 진짜 그 일을 그만두어야 할까? 기쁨을 느끼지 못하는 이유는 무엇일까?

나는 그분께 이렇게 말씀 드렸다.

"수녀님, 수도생활이 전혀 기쁘지 않다면, 수도자로서의 삶이 소명이 아닐 가능성이 높지요. 하지만 기쁘지 않다고 해서 당장 그만둘 것이 아니라 왜 기쁘지 않은가에 대해 살펴볼 필요가 있어요. 기쁘지 않은 데는 두 가지 이유가 있을 수 있습니다. 하나는, 예를 들어 본인은 이 일에 큰 뜻이 없었는데 독실한 천주교 신자인 부모님의 기대를 충족시켜드리고 싶어서, 어떤 의무감이나 책임감으로 수도회에 들어가신 거라면, 그 결정에는 처음부터 기쁨이 없었을 가능성이 높아요. 제가 그랬어요. 아버지의 기대에 부응하는 딸이 되고 싶어서 아무 생각 없이 경영학과에 진학했거든요. 그러니 아무리 열심히 공부해도 그 과정에서 진정한 기쁨을 느낄 수 없었죠. 본인이 아니라 다른 누군가의 기대를 충족시키고자 시작한 일이라면 그 일은 그만두는 것이 맞을 겁니다. 용기를 낼 필요가 있지요. 자기만의 유일한 소명인 좋은 의미의 일이 분명 어딘가에 존재할 것이므로 그걸 찾아야 할 거예요.

그런데 기쁘지 않다는 것은 또 다른 관점에서 살펴볼 필요가 있어요. 내면에는 수도생활에 대한 진정한 기쁨이 있지만 그 기쁨을 느끼지 못하게 막는 요소들이 존재할 수 있거든요. 몸이 아프다든가, 일이 과도하게 많다든가, 혹은 인간관계로 힘들다든가, 일 자체에서 오는 기쁨이 있어도 그걸 느끼지 못하는 경우가 있어요. 마치 두터운 구름이 태양을 가리고 있는 것처럼, 원래의 기쁨이 무언가에 가려져 느껴지지 않을 수도 있거든요. 이럴 때는 그 일을 그만두면 후회하게 됩니다. 이때는 무엇이 나로 하여금 이 일에서 기쁨을 느끼지 못하게 하는가를 파악해서 그것을 해결하려는 노력이 필요할 거예요. 그래서 '기쁘지 않다'는 말은 조심스럽게 돌아볼 필요가 있어요. 정말로 처음부터 기쁨이 없었던 건지, 아니면 기쁨이 있지만 무언가로 인해 내가 느끼지 못하는 것인지 분별할 필요가 있어요."

만일 지금 하고 있는 일에서 기쁨이 느껴지지 않는다면 우선 그 이유를 살펴보아야 한다. 아이들을 가르치는 일에 깊은 소명의식을 느껴 교사가 되었다고 하자. 그런데 행정 사무와 동료 교사들과의 관계 등에 치이다 보면 그 소명이 가려질 수 있다. 만약 그래서 기쁨을 느끼지 못하는 것이라면 교사직을 그만둘 것이 아니라 소명을 가리고 있는 것들에 대해 살펴보고 그 구름을 걷어내는 작업이 필요할 것이다. 그러나 처음부터 교사로서의 소명이나 뜻이 있었던 게 아니라 안정적이라는 이유만으로 그 일을 택했다면, 원래부터 기쁨이 없었을 가능성이 높다. 이 경우 가르치는 일을 통해 진정한 기쁨을 느낄 수 없다. 이때는 자신에게 진정한 기쁨을 주는 의미 있는 일을 찾아 나설 필요가 있다. 아직 찾지 못한 나만의 고유한 의미가 세상 어딘가에 분명 존재하기 때문이다.

소명의식을 느낄 수 있는 좋은 의미의 일을 한다고 해서 하나도 고통스럽지 않고 어려움이 없는 것은 아니다. 그러나 그런 일을 하고 있다면, 아무리 고통스럽고 힘든 장벽과 한계가 있다 해도 자신의 내면으로 들어가보면 그곳에 '진정한 기쁨'의 자리가 있음을 알게 된다. 좋은 의미를 통해 얻게 되는 참기쁨의 자리, 바로 그 자리가 우리의 영적인 근원이 아닐까.

쾌락, 행복, 기쁨의 차이

———————

기쁨은 내가 한 일이 나뿐만 아니라 타인에게도 진정 기쁘고 도움이 되는 좋은 의미의 일인지를 판가름할 수 있는 유일한 판단 기준이다. 폴 엉거 교수님은 이러한 기쁨(joy)은 쾌락(pleasure)이나 행복(happiness)과는 차이가 있다고 말한다.

쾌락은 결핍된 어떤 것이 채워졌을 때의 상태를 말한다. 예를 들어 갈증이라는 결핍은 물을 마시면 채워진다. 이때 우리가 느끼는 것이 바로 '쾌락'이다. 그러나 시간이 지나면 다시 목이 마르고 또다시 갈증이라는 결핍된 상태를 경험하게 된다. 그러면 다시 물을 마셔야 한다. 이와 같이 쾌락이란 영원히 채워지지 않는 것이다. 따라서 기쁨과는 그 차원이 다르다. 우리가 좋은 의미의 어떤 일을 통해 느끼는 것은 무언가의 결핍을 일시적으로 채우는 쾌락의 상태는 아니다.

한편, 행복도 기쁨과는 차이가 있다. 행복에는 기쁨도 포함될 수 있겠지만, 기본적으로 행복이란 어느 정도의 수준을 유지하기 위해 더욱 강력한 무언가가 필요한 상태를 말한다. 캐나다에서 학교 다닐 적에 집에서 학교까지는 걸어서 45분 정도 걸렸다. 조금 먼 거리였지만 자연환경이 너무 좋아서 걸어다니면서도 힘든 줄 모르고 마냥 행복했었다. 그런데 매일 똑같은 길을 다니다보니 아름다운 주변 풍경이 더는 나를 행복하게 해주지 않았다. 어느덧 걸어다니는 게 지치고 힘들게 느껴지기 시작했다. 그러던 어느날 지인이 자전거 한 대를 선물해주었다. 자전거로는 학교까지 20분 정도밖에 걸리지 않았고, 시원한 바람을 가르며 학교로 가는 길이 그렇게 행복할 수 없었다. 도보로 학교까지 가면서 느꼈던 그 행복감이 다시 찾아온 것이다.

그러나 시간이 지나자 자전거를 타며 느꼈던 행복한 감정도 시들해지기 시작했다. 중고차라도 하나 있으면 좋겠다는 마음이 들었던 것이다. 그래서 주행거리가 28만 킬로미터나 되는 아주 오래된 중고차를 한 대 구입했다. 낡은 차였지만 그래도 자전거를 타다 자가용을 몰게 되니 너무 행복했다. 그런데 그 행복감 역시 채 1년을 가지 못했다. 좀 더 괜찮은 차를 타고 싶은 욕심이 생긴 것이다. 이처럼 행복이란 일정 수준을 유지하려면 더욱 강력한 무언가가 필요해지는 상태를 말한다. 따라서 행복 역시 쾌락과 마찬가지로 기쁨과는 차원이 다르다.

기쁨, 즉 참기쁨이란, 한 번 느끼면 다른 무언가가 더 이상 필요치 않은 충만한 상태를 말한다. 아마 여러분도 무언가를 더는 채울 필요가 없는 그런 참기쁨을 경험한 적이 분명히 있을 것이다.

다시 결핍되거나 혹은 유지를 위해 더욱 강력한 무언가가 필요하지 않은 상태, 바로 그것이 참기쁨이다. 선하고 좋은 의미의 일은 우리에게 쾌락이나 행복 수준이 아닌 내면의 '참기쁨'이라는 부산물을 선물해준다. 그런 측면에서 좋은 의미의 삶이란 한마디로 참기쁨의 삶이라 말할 수 있다. 나의 소명, 삶의 이유를 알아내고 실현했을 때 우리는 진정한 기쁨을 맛볼 수 있기 때문이다. 여러분은 언제, 어떤 일을 할 때 진정으로 기쁜가?

"의미 있는 삶이란 하나의 라이프스타일이다"

어쩌면 지금까지 우리에게 "내 삶의 의미가 무엇인가?"라는 질문은 너무 무겁게 들려왔는지도 모르겠다. '삶의 의미'라는 말 자체가 너무 무겁고 버겁게 느껴질 수 있으니 말이다. 너 나 할 것 없이 '의미 있는 삶을 살고 싶다'라는 열망이 내면 깊숙이 있음에도 불구하고 삶의 의미에 대해 쉽게 답하지 못했던 이유가 삶의 의미라는 단어에서 느껴지는 무거움이나 부담감 때문이 아니었을까 싶다.

몇 년 전 미국에서 열린 로고테라피 학회에서 한 발표자가 "의미 있는 삶이란 하나의 라이프스타일이다"라는 빅터 프랭클의 말을 인용한 적이 있다. 우리는 일상 속에서 매 순간 의미를 추구해왔으며 늘 스스로 '의미 있다고 믿는' 선택을 해왔다는 뜻이다. 그리고 그러한 선택들이 모여 지금의 우리를 있게 한 것이다.

　때로는 삶이 무의미하게 느껴지고 그래서 절망스러운 마음이 들기도 할 테지만, 사실 우리는 삶의 단 한 순간도 의미를 잃은 적이 없었다. 늘 선택을 해왔기 때문이다. 로고테라피의 개념과 가정 그리고 원칙들을 설명하는 어휘는 다소 생소하게 들릴 수 있지만, 우리에게 로고테라피가 하나도 새롭지 않은 이유가 바로 그것이다. 즉 의미 있는 삶이란 우리가 매일 살아왔고, 그래서 이미 우리에게 익숙한 하나의 라이프스타일이기 때문이다. 그리고 이에 대한 확신은 평범한 일상 속에서 무의식적으로 지나쳐온 의미 있었던 삶을 하나씩 확인하는 것으로부터 시작된다.

태어났을 당시 내가 누군가 하는 것은
태어난 후 내가 무엇을 하는가보다
중요하지 않다.

의미를 발견하는 세 가지 길

그렇다면 우리가 일상 속에서 매 순간 이미 삶의 의미를 추구해왔다는 것을 어떻게 확신할 수 있을까? 어떻게 우리는 진정한 기쁨을 주는 삶의 의미를 발견할 수 있을까?

빅터 프랭클은 의미를 발견하는 길을 크게 창조적 가치, 경험적 가치, 태도적 가치라는 세 가지 길로 제시한다. 우리가 의식적이든 무의식적이든 창조적 가치, 경험적 가치, 태도적 가치를 통해 이미 일상에서 삶의 의미를 추구해왔다는 것이다.

창조적 가치
"세상에 주는 것을 통해 우리는 의미를 발견한다"

삶의 의미를 발견할 수 있는 첫 번째 길은 내가 하고 있는 어떤 일을 통해서다. 빅터 프랭클은 이를 창조적 가치를 통한 의미의 발견이라고 말한다. 창조적 가치를 통한 의미 발견이란 세상에 내가 무언가를 줌으로써, 즉 뭔가를 행함(doing)으로써 의미를 발견하는 것이다. 일례로 로고테라피를 좀더 쉽게 세상에 널리 알리고자 지금 이 책을 쓰고 있는 나는 '쓰는 행위'를 통해 의미를 발견하고 있다. 이것을 창조적 가치라고 한다. 이처럼 창조적 가치란 세상에 내놓은 어떤 일을 통해서 의미를 발견하는 것인데, 이때 그 일은 전문적인 어떤 일만을 이야기하는 것은 아니다. 전문적인 직업이 아니더라도 평범한 일상생활 속에서 우리는 의미를 발견할 수 있다. 아침 출근길 지하철 안에서, 버스 안에서, 혹은 길거리에서 등등 내가 세상에 줄 수 있고 할 수 있는 일은 얼마든지 있다.

워터하트(Water heart)의 비밀

내가 살고 있는 아파트 바로 뒤에는 산이 있어서 나는 거의 매일 아침 한두 시간씩 산에 오른다. 보통 6시쯤 출발해 산 입구에 있는 절에 들르곤 한다. 그런데 언제부터인가 절로 향하는 언덕 아스팔트 길 위에 누군가 물로 하트 모양을 그려놓은 것이 눈에 띄었다. 한 개도 아니고 200미터 정도 되는 길에 열 개 이상의 큰 하트 모양이 그려져 있었다. 그것을 볼 때마다 어느새 내 마음도 따뜻해지기 시작했다. 아침 일찍 절에 오르는 불특정의 사람들에게 물 하트로 사랑의 마음을 전하고 싶어하는 따뜻함이 내게도 전달되었던 것이다.

도대체 어떤 분일까 무척 궁금해졌다. 하루는 그분을 만나 감사함을 전하고 싶은 마음에 여느 때보다 일찍 집을 나섰다. 그날도 길에 어김없이 하트 모양이 그려져 있었다. 절로 올라가 보니 어떤 분이 주전자를 들고 왔다 갔다 하고 있었다. '이 분이구나!' 하고 확신한 나는 그분께 다가가 하트 모양을 그리는 분이 맞느냐고 물어보았다. 쑥스러운 듯한 말투로 '그렇다'는 답이 돌아왔다. 나는 반갑고 기쁜 마음으로 그분께 감사의 말을 전했다.

"고맙습니다, 선생님. 아침마다 마음이 따뜻해집니다. 그려주신 하트 덕분에 매일 아침 따뜻한 마음으로 하루를 시작할 수 있었어요."

"별것도 아닌걸요. 그냥 하트 모양을 그리면서 기도한 거예요. 여기에 오시는 분들의 하루가 사랑으로 넘쳤으면 하는 마음에서요."

그렇게 그분은 길에 하트 모양을 그려놓는 수고를 통해 삶의 의미를 발견하고 있었다.

아침마다 절로 가는 길에 그려진 워터하트

인쇄소 사장 이야기

2012년 한국에 와서 처음 로고테라피 교육을 시작했을 때의 일이다. 교육을 위한 교재를 만들기 위해 인터넷으로 근처 인쇄소를 검색해 아주 작은 곳 하나를 찾아냈다. 그곳에 전화를 걸어 교재로 만들 자료를 송부하고 인쇄를 맡겼다.

그런데 다음날 인쇄소 사장에게서 전화가 걸려 왔다. 내가 부탁한 날짜보다 반나절만 더 시간을 달라는 것이었다. 이유를 물었더니, 이런 답변이 돌아왔다. "말씀하신 대로 파워포인트로 보내신 교재를 한 페이지에 두 장씩 넣어서 인쇄를 해보았는데요, 한 페이지에 두 장씩 넣으니까 글씨가 너무 작아서요. 제게 시간을 조금 더 주시면 파워포인트에 있는 글씨들을 좀 크게 키워서 A4 용지에 꽉차게 인쇄를 할까 합니다. 어떤 분들이 교재를 보실지 모르지만 보기가 훨씬 편해질 것 같습니다. 그런데 그러려면 반나절 정도 시간이 더 필요합니다."

사실 그분은 그냥 내가 주문한 대로 인쇄만 하면 될 일이었다. 그런데 인쇄를 하고 보니 글씨가 작아서 그 교재로 공부할 사람들이 걱정이 되었던 것이다. 누군지도 모르는 사람들을 이미 배려하고 있었던 셈이다. 한 번도 만난 적 없는 인쇄소 사장의 말에 나는 무척 감동을 받았다. 그분은 그냥 단순한 인쇄 기술자가 아니었다. 자신이 늘 하고 있는 인쇄 작업을 통해 삶의 의미를 실현하고 있었던 것이다. 2012년 그날 이후 나는 지금까지도 그 인쇄소에서 교재를 만들고 있다.

이처럼 창조적 가치를 통한 의미의 발견은 어렵거나 거창한 것이 아니다. 일상 속에서 우리는 알게 모르게 어떤 형태로든 세상에 무언가를 주고 있다. 그걸 인지하느냐 못하느냐, 거기에서 의미를 찾느냐 못 찾느냐의 차이가 있을 뿐이다.

경험적 가치
"세상으로부터 받은 것을 통해 우리는 의미를 발견한다"

의미를 발견할 수 있는 두 번째 길은 '경험적 가치'를 통해서다. 빅터 프랭클은 우리가 세상으로부터 받은 것을 통해 의미를 발견할 수 있다고 말하며 이를 경험적 가치라고 정의한다. 즉 경험적 가치란 세상과의 참만남을 통해 발견하게 되는 의미다. 사람들과의 진정한 참만남은 물론 나무, 풀, 꽃 등 자연과의 만남, 예술작품과의 만남, 영화 속 어떤 인물과의 만남, 책 속 저자와의 만남, 신과의 만남, 세상의 진, 선, 미와의 만남. 이러한 참만남을 통해 우리는 평범한 일상 속에서도 얼마든 삶의 의미를 발견할 수 있다.

잡초와의 만남

캐나다에서 상담심리학을 공부할 당시 너무 힘들어서 포기하고 싶었던 순간이 한두 번이 아니었다. 부활 주일 아침, 미사를 드리면서 이번엔 정말 공부를 그만두기로 작정을 하고 집으로 돌아가는 길이었다. 그런데 부활 미사가 길어지면서 그만 버스를 놓치고 말았다. 그곳은 시골이라서 다음 버스가 올 때까지 한 시간을 기다려야 했기 때문에 나는 성당 주변을 거닐기로 했다. 그러다 주저앉아 무심히 바닥을 바라보았다. 수많은 잡초들이 눈에 들어왔다. 한참을 그렇게 잡초들을 바라보고 있었다. 그런데 갑자기 잡초들이 땅을 뚫고 안간힘을 쓰면서 밖으로 나오는 장면이 마치 영화의 슬로비디오처럼 눈앞에 펼쳐지기 시작했다. 한낱 이름 없는 잡초들이 겨울 동안 얼었던 땅에서 꾸물꾸물 마치 아지랑이처럼 올라오고 있는 것처럼 보였다.

그 순간, 있는 힘을 다해 땅을 뚫고 나오고 있는 잡초가 내게 이렇게 묻는 것 같았다. "나처럼 보잘것없는 잡초도 최선을 다하고 있는데, 너는 정말 최선을 다해보았니?" 그 질문에 갑자기 뒤통수를 한 대 얻어맞는 것 같았다. '나는 과연 최선을 다한 걸까? 열심히 살기는 했지만 최선을 다한 것 같지는 않은데… 그렇다면 살면서 최소한 한 번은 최선을 다하는 노력을 해봐야 하는 것은 아닐까?' 그날 나는 아무도 봐주지 않는 잡초와의 소중한 만남을 통해서 다시 한 번 용기를 가지고 최선을 다해볼 결심을 하게 되었다.

우리는 살면서 많은 만남을 갖는다. 우리가 조금만 의식한다면 그 만남 속에 숨겨져 있는 내 삶의 소명, 의미를 발견할 수 있다. 이것이 바로 경험적 가치를 통한 의미의 발견이다. 무심코 지나쳐 버린 많은 만남 속에도 삶의 의미를 발견할 수 있는 근원이 숨겨져 있다. 그날 잡초와의 참만남이 나의 삶의 의미를 재발견할 수 있도록 도운 것처럼 말이다.

한편, 만남에도 두 가지 종류가 있다. 내 삶의 선하고 좋은 의미를 발견하도록 도와주는 만남이 있는가 하면 이를 방해하는 만남도 있다. 즉 만남에는 내 안에 있지만 미처 발견하지 못했던 나만의 유일한 의미를 '자극'해주는 좋은 만남이 있다. 그리고 반대로 내 마음속의 본능을 자극해서 시기하고 질투하게 만들거나 자기중심적이고 이기적인 과도한 욕심을 부리게 하거나, 혹은 불필요한 죄책감이 들게 해서 마치 태양을 가리듯 나만의 고유한 의미를 상쇄시키고 가려버리는 나쁜 만남도 있다. 좋은 만남이란 내 삶의 고유한 의미를 발견할 수 있도록 도와주는 것이며, 나쁜 만남이란 내 삶의 고유한 의미를 가리거나 이를 왜곡시키도록 만드는 것이다. 마찬가지로 좋은 문학작품은 나의 진정한 삶의 의미를 자극하고 일깨워준다. 그러나 나쁜 작품은 마음을 혼란스럽게 하고 공포감을 조장하거나 열등감, 두려움을 느끼게 만든다.

만약 누군가 나로 하여금 시기하고 질투하며 욕심을 부리게 하고 불필요한 죄책감을 느끼게 한다면 그 사람과의 만남은 결코 좋은 것일 수 없다. 오늘 나의 만남은 좋은 만남일까, 나쁜 만남일까? 그 만남에서 내가 발견하는 것은 무엇일까? 누구와 그리고 무엇과 만나든 좋은 만남을 위해서는 우리의 노력이 필요하다.

태도적 가치

"삶에 대해 어떤 태도를 가지느냐를 통해 우리는 삶의 의미를 발견한다"

의미를 발견할 수 있는 세 번째 길은 '태도적 가치'를 통해서다. 로고테라피에서는 삶의 3대 비극에 대해 우리가 어떤 태도를 취하느냐 하는 태도적 가치를 통해 삶의 의미를 발견할 수 있다고 말한다. 삶의 3대 비극이란 고통, 죄책감, 죽음으로, 인간이라면 누구도 피할 수 없는 것이기에 비극이라고 말한다(삶의 3대 비극에 대해서는 제9장, 제10장, 제11장에서 구체적으로 다룬다). 빅터 프랭클은 창조적 가치나 경험적 가치를 통해 삶의 의미를 발견하기 어려운 상황에서도 인간은 언제나 태도를 통해 의미를 발견할 수 있다고 말한다. 그리고 창조적 가치나 경험적 가치보다 태도적 가치를 통해 의미를 발견하는 것이 더 어려운 일이라고 말하면서, 태도적 가치를 통한 의미의 발견을 다른 두 가지보다 더 우위에 두었다.

"내가 수확한 쌀을 먹고" – 섬마을 부회장님 이야기

2014년 안식년을 맞아 1년간 한국에 와 있을 때 잠시 신도라는 섬에 머물렀던 적이 있다. 인구가 천 명 정도 되는 정말 아름다운 섬이었는데, 인정 많은 주민들과 금방 친하게 지내게 되었다. 내가 심리상담 일을 한다고 했더니, 마음이 힘든 섬 주민들께서 가끔 커피 한 잔 들고 이런저런 이야기를 나누러 집에 놀러 오시곤 했다. 그중 섬마을 성당에서 여성 부회장으로 봉사하던 분이 있었다. 천상 농부가 소명인 순박한 분으로, 30여 년 전 섬에 시집 와서 겪었던 이야기, 농사짓는 이야기 등 정말 아름다운 이야기들을 많이 나누어주었다. 그분은 어떤 심리학적인 배경도, 로고테라피에 대한 지식도 전무했지만, 삶 자체가 정말 의미를 추구하는 모습이었다. 이야기를 들으면서 감동을 받은 적이 한두 번이 아니었다. 아래 내용은 그분께서 들려준 이야기로, 피할 수 없는 고통에 대한 태도적 가치가 얼마나 큰 힘을 발휘하는지 보여준다.

"30년 전 결혼해서 섬에 들어와 시부모님과 같이 살았어요. 그 당시에 시댁은 논농사를 짓고 계셨죠. 1년에 300가마니 정도를 수확했어요. 주로 저와 남편이 농사를 지었는데, 300가마니 논농사는 정말 만만치 않았어요. 그래도 열심히 했어요. 가을이 되어 추수를 하면서 그동안 고생한 보람이 있겠다 싶었죠. 그해 풍년이 들어 예상했던 것보다 더 많은 쌀을 수확할 수 있었어요. 농사는 힘들었지만 정말 보람 있었어요. 그런데 수확을 다 마치고 흐뭇하게 하루를 지내고 그 다음날 가보니 쌀이 하나도 남아 있지 않은 거예요. 그래서 시어머니께 여쭈어봤지요. 그 많던 쌀이 다 어디 갔느냐고. 그랬더니 시어머니께서 하시는 말씀이 시댁에 빚이 많아 수확한 쌀을 모두 팔아 빚을 갚아버렸다는 거예요. 정말 쌀 한 톨, 10원 한 장도 제 수중에 들어온 게 없었어요. 너무 속상했어요. 하지만 그건 어쩔 수 없다 치고, 다음해에는 괜찮겠지 생각했어요. 그런데 다음해에도, 그 다음해에도 계속 같은 일이 반복됐어요. 정말 그때는 너무 속이 상하더라고요. 아이도 있고 하니 이혼할 수도 없고 섬에서 도망갈 수도 없고. 제 처지가 하도 한심해서 울면서 섬 주변을 무작정 걷기 시작했어요. 그 상황을 벗어날 길도 없는 것 같고, 앞으로의 삶도 막막하게만 느껴졌어요. 그렇게 한참을 울면서 걷고 있는데 갑자기 이런 생각이 들었어요.

'그래. 몇 년간 그렇게 고생을 했는데도 나에게 돌아오는 건 단 한 톨의 쌀도 없지. 너무 속상하지만, 그래도 나는 열심히 쌀농사를 짓지 않았나. 그리고 300가마니면 1년간 몇 명이 먹을 수 있지? 그래도 내가 모르는 어떤 사람들이 내가 열심히 땀흘리며 농사지은 쌀을 먹고 어딘가에서 힘을 내고 있지 않나? 내가 정성껏 농사지은 쌀이 분명히 누군가의 피가 되고 살이 되고 있잖아! 그래. 그렇다면 비록 나에겐 아무것도 남는 건 없지만 그래도 괜찮은 거 아닌가! 누군가에게 힘이 되고, 피가 되고 살이 되는 쌀을 내가 수확했으니까! 그러면 된 거 아닌가!'

이렇게 생각하니 희한하게도 억울하고 속상했던 마음이 싹 사라졌어요. 아니, 새로운 힘도 생겨나는 것 같았죠. 다시 열심히 농사를 짓기 시작했고, 얼마 안 가서 빚을 다 갚았습니다. 저는 농사를 짓는 일이 너무 좋아요. 땅은 거짓말을 안 하거든요. 제가 아끼고 기르는 농작물들과 함께 매일 클래식 음악도 듣고 있어요. 만일 그때 제가 속상하다며 포기했다면 지금의 행복은 없었겠지요. 저는 정말 천상 농부인 것 같아요. 이 삶이 정말 기쁩니다."

그 상황에서 이분은 시부모님을 탓하거나 자신의 처지를 한탄만 하고 있지 않았다. 바꿀 수 없는 상황을 받아들였고, 그 상황을 바라보는 자신의 태도를 바꿈으로써 삶의 의미를 찾을 수 있었다.

엄마의 품에 안겨

미국 로고테라피본부(협회) 회장인 로버트 바네스 박사(Dr. Robert Barnes)가 1993년 실제 상담했던 사례다.

1992년 2월, 딸의 네 번째 생일 바로 전날 사고로 딸을 잃어버린 한 가족이 바네스 박사의 사무실을 방문했다. 어린 딸을 잃은 슬픔과 충격은 엄마, 아빠 그리고 13세 오빠의 삶을 산산이 부서놓았다. 그런 감당할 수 없는 슬픔을 안고 바네스 박사를 찾아온 가족은 그 비극적인 날에 대해 자세히 털어놓았다.

그날 이웃에 살고 있는 지인이 식품점에 가는 길에 그 집에 들러 혹시 필요한 것이 없는지 엄마에게 물어보았다고 한다. 이에 엄마는 "마침 잘 되었네요. 저도 같이 가요. 내일이 우리 딸 네 번째 생일이거든요. 딸을 위해 생일 케이크를 만들려고 하는데 필요한 것들이 많네요"라고 답변했다.

　엄마가 나갈 준비를 하는 동안 어린 딸은 자신도 엄마를 따라 식품점에 가려고 먼저 밖으로 뛰어나갔다. 그런데 안타깝게도 이웃 지인은 차의 시동을 켜놓은 채 그 집에 들렀다고 한다. 그런 차 안으로 딸이 뛰어들어서는 차의 기어를 후진으로 잡아당겼다. 곧이어 차가 후진을 하면서 딸이 열린 창문 밖으로 튕겨 나가고 말았다. 그 이야기를 하는데 엄마는 거의 미쳐 돌아버릴 듯했다고 한다. 이윽고 엄마는 이야기를 계속 이어나갔다.

　"제가 집 밖으로 나왔을 때 차가 뒤쪽으로 돌면서 연속적으로 우리 소중한 딸을 짓밟고 있었습니다. 저는 소리를 지르면서 딸을 향해 달려갔어요. 그리고 딸을 끌어안았습니다. 제 딸의 온몸이 피범벅이 되어 있었어요. 딸아이는 말은 하지 못했지만 여전히 숨을 쉬고 있었습니다. 딸의 두 눈은 제 눈을 똑바로 쳐다보고 있었어요."

　바네스 박사의 사무실에서 하염없이 눈물을 쏟아내며 엄마가 말을 이었다.

　"제 마음속에서 그날의 장면을 지울 수가 없습니다. 박사님, 밤에도 도저히 잠을 이룰 수가 없어요. 밤새도록 딸의 몸에 흐르던 피가 계속 보이고 저를 바라보던 딸의 두 눈이 보입니다. 저를 그렇게 바라보던 제 딸은 그 상태로 바로 숨을 거뒀어요. 왜 제 어린 딸이 그렇게 한마디 말도 못하고 피를 흘리며 세상을 떠났어야 했나요? 왜 제 품에서 저만을 바라보다 그렇게 가버렸던 겁니까?"

바네스 박사는 엄마의 손을 잡고 이렇게 말했다.

"어머님의 고통에 무어라 할 말이 없습니다. 그렇게 소중한 딸을 잃어버린 아픔과 가슴에 제가 뭐라 말할 수 있겠습니까. 그날 딸이 흘린 피를 보고 딸의 죽음을 품 안에서 목격하고 그 기억을 안고 살아가야 하는 분은 분명 어머님이시죠. 뭐라 말씀드려야 할지. 너무 가슴이 아픕니다. 그럼에도 저는 이렇게 말씀드리고 싶어요. 아니, 감히 감사하다고 말하고 싶습니다. 딸 인생의 마지막 순간에 딸을 안아주고 딸이 그 두 눈으로 바라본 사람이 다른 누구도 아닌 바로 어머니, 따님이 가장 사랑하는 엄마였다는 사실에 감사한 마음이 듭니다. 따님은 생애 마지막 순간에 엄마의 품에 안겨 아무 말도 할 수 없었지만 엄마의 눈을 보며 하늘나라로 다시 돌아갔습니다. 말은 할 수 없었지만 그 순간 엄마를 볼 수 있었습니다. 마지막 숨을 쉴 때 자신을 온몸으로 안아주던 사람이 낯선 타인이 아니었습니다. 따님은 엄마가 자신을 안아주었다는 걸 분명히 알았습니다."

"아, 박사님! 한 번도 그렇게 생각해본 적이 없었어요. 딸이 마지막 숨을 고를 때 딸을 발견하고 안아준 사람은 타인이 아닌 바로 저였어요. 그 사실에 감사합니다. 어쩌면 딸의 마지막을 같이하고 그 아이를 안아준 사람이 바로 저였다는 그 기억으로 이제 저는 남은 삶을 살아갈 수 있을 것 같습니다."

세상을 떠난 딸을 다시 살릴 수는 없다. 피할 수 없는 고통과 비극이다. 그러나 그 기억으로 고통스러운 나날을 보내는 것을 딸은 원치 않을 것이다. 이제 그 엄마는 딸의 마지막을 지켜준 사람이 바로 자신이었다는 사실에 힘입어 살아갈 힘을 얻게 되었을 것이다. 비극으로 생을 마감할 수밖에 없었던 딸의 삶까지 자신의 삶을 통해 의미 있게 승화할 수 있는 용기를 얻었을 것이다.

우리 곁을 떠난 가족들, 지인들, 우리가 그리워하고 슬퍼하는 이들의 삶은 우리가 그들을 아름답게 기억하고 그들의 삶을 기리는 한, 내 삶을 통해 그 의미가 소환될 수 있다는 빅터 프랭클의 말에 나는 깊이 공감한다. 빅터 프랭클이 말한 것처럼 그것이 또한 떠난 이들을 위해 내가 오늘 하루하루를 의미 있게 살아야 하는 이유이기도 하다. 나의 삶 또한 언젠가는 남겨진 사람들의 삶을 통해 그 의미가 소환될 것이다. 그것이 우리가 삶의 피할 수 없는 수많은 고통과 시련 그리고 비극 앞에서조차 태도를 바꿈으로써 의미 있는 삶을 살아내야 하는 이유이기도 하다.

"궁극적인 의미는 믿음의 문제다"

빅터 프랭클은 삶의 의미를 크게 '지금 이순간의 의미(즉, '상황적 의미')와 '궁극적인 의미'로 대별했다. 나중에 프랭클 박사의 제자인 엘리자베스 루카스(Dr. Elisabeth Lukas)는 여기에 '장기적인 의미'를 추가했다.

지금 이 순간의 의미란 매 순간 내가 처해 있는 상황에서의 의미로, 개인에 따라 처해 있는 상황에 따라 모두 고유하다. 지금 이 책을 읽는 독자들의 경우 이 시간에 다른 일을 하지 않고 이 책을 읽고 있는 이유와 의미가 있을 것이며, 이 순간의 의미는 책을 읽고 있는 독자마다 각각 모두 고유하다. 이 책을 쓰고 있는 나에게도 이 순간의 의미는 고유하다. 이렇듯 이 순간의 의미, 즉 상황적인 의미는 각자의 상황과 개인에 따라 고유하며, 우리가 구체적으로 인식할 수 있는 의미다.

다음으로 장기적인 의미란 내 삶의 과제로서 보다 장기적인 관점에서 지금 내가 향하고 있는 삶의 과제의 의미를 인식하는 것이다. 이러한 장기적인 의미는 인간으로 하여금 자신을 스스로 돌아보게 하고 삶의 방향을 재점검하게 해준다. 따라서 상황적인 의미와 마찬가지로 장기적인 의미 역시 대체로 우리가 인식할 수 있다.

그러나 빅터 프랭클에 따르면 궁극적인 의미는 인간의 이해를 넘어선다. 아주 솔직히 말하면 우리는 왜 우리가 이 세상에 왔는지 그 '궁극적인 이유'를 알 수 없다. 즉문즉설로 유명한 법륜스님이 한 강의에서 "저는 왜 태어난 겁니까?"라는 어떤 사람의 질문에 이렇게 대답한 적이 있다. "이유가 있어서 태어난 것이 아니라 태어났으니 이유가 있는 것이지요. 그러니 왜 태어났느냐고 묻지 마세요." 이처럼 우리는 궁극적으로 우리가 왜 태어났는지 알 수 없다. 우리의 생각으로는 이해할 수 없는 추상적인 것이 바로 삶의 궁극적 의미다. 그런 측면에서 빅터 프랭클은 궁극적인 의미는 믿음의 문제라고 말했다. 믿음의 문제란 종교적인 믿음을 말하는 것이 아니다. 궁극적인 의미가 무엇인지는 알 수 없지만, 있다고 믿어야 한다는 뜻이다.

사실 나는 처음에 궁극적인 의미가 믿음의 문제라는 말이 쉽게 이해되지 않았다. 그러나 죽음에 대해 깊이 생각할 기회를 갖게 되면서 그 말이 무슨 뜻인지 어렴풋하게나마 이해할 수 있었다. 인간인 우리는 언젠가 죽는다는 것을 누구나 잘 알고 있다. 실감이 나지는 않지만, 분명 우리는 언젠가 죽음을 맞이하게 되어 있다. 그것은 믿음이며 믿음을 넘어선 사실이다. 그러나 죽음 자체가 무엇인지는 아무도 알지 못한다. 죽어보지 않고서는 죽음의 실체가 무엇인지 전혀 알 수가 없다. 죽음의 실체는 살아 있는 인간의 이해를 넘어서는 것이기 때문이다.

궁극적인 의미도 죽음과 마찬가지가 아닐까. 우리가 세상에 태어난 이유는 분명히 있을 것이다. 그러나 우리가 태어난 이유, 그 궁극적인 의미의 실체가 무엇인가 하는 것은 죽음과 마찬가지로 인간의 이해를 넘어선다.

우리가 언젠가는 죽음을 맞이한다는 것을 당연하게 믿고 알고 있듯이 우리는 궁극적인 의미가 무엇인지는 몰라도 있다고 믿어야 한다. 이렇게 믿을 수 있을 때 우리는 지금 이 순간의 의미를 발견할 수 있다.

빅터 프랭클은 궁극적인 의미, 장기적인 의미, 지금 이 순간의 의미에 위계가 있다고 말한다. 즉 궁극적인 의미가 있다는 것을 무조건적으로 믿을 때 우리는 장기적인 삶의 의미를 탐색할 수 있게 되고, 장기적인 삶의 의미를 탐색할 수 있을 때 비로소 현재 이 순간의 의미, 상황적인 의미를 찾을 수 있다는 것이다. 그러므로 역으로 만약 이 책을 읽고 있는 독자들이 지금 이 순간의 상황적인 의미를 발견할 수 있다면, 그것은 장기적인 의미를 추구하고 있다는 것이고, 또한 당장은 명확한 실체를 알 수 없어도, 궁극적인 의미를 믿고 그것을 향하고 있다는 것을 의미한다.

무조건적인 삶의 의미에 대한 무조건적인 믿음

네잎클로버

내가 아는 지인은 네잎클로버를 수집하는 취미를 가지고 있다. 어느 날 방문해보니 수많은 네잎클로버는 물론, 다섯 잎, 여섯 잎, 심지어는 여덟 잎 클로버까지 소장하고 있었다. 그분은 토끼풀밭에서 찾은 클로버를 책갈피에 잘 말린 후 코팅을 해서 예쁘게 잘

보관하고 있었고, 아는 분들께 특별한 날 행운을 빌면서 선물을 한다고 했다.

어떻게 그렇게 많은 네잎클로버를 수집할 수 있는지 궁금하던 차에, 한번은 함께 야외에 나간 적이 있었다. 마침 그곳에 토끼풀 밭이 있었다. 그걸 보자마자 그분은 곧장 네잎클로버를 찾기 시작했다. 나도 옆에서 네잎클로버를 찾아보았다. 얼마 지나지 않아 그분은 네잎클로버를 찾아냈다. 나는 한참을 눈 씻고 찾아도 도무지 찾을 수 없던 것을 그분은 마치 요술처럼 금방 찾아낸 것이다. 그래서 그분께 물어보았다. 도대체 무슨 비법이 있는 거냐고.

"어떻게 그렇게 매번 네잎클로버를 찾으세요? 무슨 비법이라도 있는 거예요?"

그분은 이렇게 답했다.

"무슨 비법이 있는 건 아니에요. 우선 저는 네잎클로버를 찾는 게 재미있고 즐거워요. 그리고 무엇보다 저는 네잎클로버가 반드시 있다고 믿어요. 토끼풀밭이 있는 곳이라면 무조건 네잎클로버가 있다고 믿고 찾기 시작하거든요. 그리고 그 믿음대로 네잎클로버를 찾게 됩니다."

아무리 찾아도 네잎클로버를 찾지 못하는 나와 매번 네잎클로버를 찾는 그분과의 차이는 분명했다. 나는 네잎클로버를 찾으면서도 '설마 있겠어!'라는 의심의 마음을 품고 있었고, 그분은 반드시 있다는 믿음을 갖고 있었던 것이다. 네잎클로버가 없을 거라는 의심의 눈에 그것이 보이지 않는 것은 어쩌면 너무도 당연한 일일 것이다. 그분의 비법은 바로 '무조건 있다는 믿음'이었다. 있다고 믿으니 보일 수밖에.

우리 삶의 의미도 그렇지 않을까. 없다는 생각으로 찾기 시작한다면 찾아낼 확률이 훨씬 떨어질 것이다. 빅터 프랭클은 말한다. 삶의 의미는 반드시 존재한다고. 그 어떤 처참한 상황에서도. 무조건적인 삶의 의미에 대한 무조건적인 믿음. 그것이 우리가 삶이라는 토끼풀밭에서 네잎클로버와 같은 각자의 삶의 의미를 찾을 수 있는 비법 아닐까. 빅터 프랭클이 말하듯, 의미를 발견하는 데 있어 첫 번째로 가장 필요한 것은 바로 이러한 무조건적인 삶의 의미에 대한 무조건적인 믿음이다.

제2장

의미에의 의지

"너무 맛있어서…"

2007년 6월 캐나다 밴쿠버에서 태어난 조카딸 지은이는 온 가족의 환영 속에서 아주 건강하게 자라났다. 아이의 부모인 남동생 내외 모두 밴쿠버에서 한국 식당을 운영했기 때문에 올케가 산후조리를 마치자마자 아직 핏덩이인 지은이는 친할아버지 할머니의 손에 맡겨졌다. 캐나다에서 태어났다고 해서 모두 영어를 잘하는 것은 아니다. 태어나자마자 조부모 손에서 자란 지은이는 유치원에 갈 때까지 영어를 제대로 배울 기회가 없었고, 여섯 살이 되던 해 유치원에 들어가 엄청난 문화적·언어적 충격을 감당해야 했을 것이다.

아무튼 어린 나이에도 당찼던 지은이는 한국말을 조금씩 섞어 가면서 영어를 익히기 시작했고, 한두 해 지나자 조금씩 영어를 알

아들고 말하기 시작했다. 참으로 대견한 일이었다. 영어를 배운 적도 가르친 적도 없는데 캐나다 친구들과 잘 어울려 놀고, 놀면서 자신도 모르게 영어를 배우게 된 모양이다.

하루는 동생이 운영하는 식당에 점심을 먹으러 갔는데 홀서빙을 하던 올케가 이렇게 말했다.

"형님, 지은이가 어제 학교에서 간식을 남겨 왔어요!"

"왜 남겨 왔대? 맛이 없었대?"

나는 당연히 입에 맞지 않거나 맛이 없어서 남겨 왔을 것이라고 생각했다. 그런데 올케의 답은 너무도 의외였다.

"그게 아니고요. 너무 맛이 있어서 남겨 왔다네요. 저를 주려고요."

맛이 없고 먹기 싫어서가 아니라 너무 맛있어서 남겨 왔다니! 지은이는 그날따라 간식을 먹는데 너무 맛있었다고 한다. 그래서 엄마 생각이 났고, 그 맛있는 간식을 혼자 다 먹을 수가 없었단다. 그래서 반만 먹고 나머지는 엄마에게 나누어주려고 집에 가져왔다는 것이다. 맛있으면 어린 맘에 다 먹고 싶었을 텐데, 그걸 꾹 참고 엄마를 생각해서 남겨 온 것이다. 무엇이 지은이로 하여금 그런 결정을 하게 했을까. 지은이의 행동을 움직인 것은 무엇이었을까.

"의미에의 의지는 인간의 행동을 설명해주는 1차적인 동기다"

빅터 프랭클은 심리학을 동기이론이라고 정의한다. 즉 심리학이란 무엇이 인간을 움직이게 하는지 그 '동기'를 알고 싶은 것이다. 그래서 각 심리학 이론은 인간의 감정, 생각, 선택, 결정, 행동 등을 움직이는 '동기'가 무엇인지 명확히 정의하고 있다.

정신분석의 프로이트는 인간을 움직이는 동기를 '쾌락에의 의지'라고 정의했다. 그리고 개인심리학의 아들러는 '우월성 혹은 권력(힘)에의 의지'가 인간을 움직이는 동기라고 정의했다. 한편 로고테라피를 창시한 빅터 프랭클은 인간을 움직이는 동기를 '의미에의 의지'라고 설명한다. 쾌락에의 의지나 우월성에의 의지도 부분적으로 인간의 행동을 설명해주긴 하지만, 1차적인 동기는 '의미를 추구하고자 하는 의지'라는 것이다. 이 말은 인간은 어떤 일에 의미가 있다고 믿으면 쾌락이나 우월성 혹은 권력에의 의지를 포기할 수 있는 존재라는 의미를 담고 있다.

앞의 사례에서 엄마와 나누어 먹기 위해 맛있는 간식을 다 먹지 않고 남겨 온 지은이의 결정과 선택을 최종적으로 이끈 것은 쾌락도 우월성도 아닌 바로 의미에의 의지였다. 의미를 추구하고자 하는 의지가 지은이의 행동을 일으킨 1차적인 동기였다. 맛있는 것을 먹고도 더 먹고 싶은 것이 우리의 본능적인 욕구다. 그날 지은이에게 이러한 본능적 욕구가 동기로 작용했다면 학교에서 준 간식을 다 먹고, 옆에 있는 친구 것까지 빼앗아 먹었을 수도 있었을 것이다. 혹은 집에 와서 엄마에게 그날 간식이 너무 맛있었다며 다시 그 간식을 사 달라고 졸랐을 수도 있다. 그러나 지은이는 그렇게 하지 않았다. 앞서 언급한 것처럼 분명 쾌락에의 의지도 인간을 움직인다. 그러나 쾌락에 우선하여 더욱 강력하게 인간을 움직이는 동기가 있다. 그것이 바로 '의미에의 의지'다.

의미에의 의지는 쾌락에의 의지에 우선할 뿐 아니라 권력이나 우월성에의 의지에도 우선한다. 어떤 일에 진정으로 의미가 있다면 우리는 힘도 권력도 우월함도 포기할 수 있다. 누군가를 위하는 의미 있는 일이라면, 어떤 의미 있는 대의를 위한 일이라면 그 일이 수치스럽더라도 우리는 기꺼이 그 수치를 감당할 수 있는 존재다. 자식들을 위해 무릎을 꿇는 부모님의 행동은 오직 의미에의 의지와 동기로만 설명할 수 있다. 이와 같이 쾌락이나 권력 혹은 힘에의 의지보다 의미에의 의지가 인간의 행동을 근원적으로 설명해주는 1차적인 동기라는 빅터 프랭클의 주장을 우리는 어렵지 않게 일상 속에서 확인할 수 있다.

우리는 일 자체보다는 그 일에 의미가 없다고 느낄 때 더 힘겨워한다. 반면 일이 아무리 힘들어도 그것에 의미가 있다고 느끼면 기꺼이 행할 수 있다. 이렇듯 어떤 결핍도 이겨낼 수 있는 힘은 우리가 추구하고 느끼는 의미에서 나온다. 하루를 굶는다 하더라도 만약 그 하루의 희생이 누군가를 살릴 수 있는 의미 있는 일이라면 우리는 하루 굶는 결정을 할 수 있는 존재다. 진정한 삶의 의미 앞에서 우리는 배고픔을 견뎌낼 수 있는 그런 존재다. 배고픔은 배부름이라는 일종의 쾌락이 결핍된 상태이지만, 그 결핍을 감내해내는 결정을 할 수 있게 우리를 움직이는 것이 바로 의미를 추구하고자 하는 의지와 동기다.

우리 모두는 각자 이 세상에 존재하는 이유가 있고, 따라서 각자 자신만의 유일한 삶의 의미를 가지고 있다. 어떤 선택을 했을 때 그 선택이 내 삶의 유일한 의미에 부합한다면 우리는 비로소 내면의 진정한 기쁨을 느끼게 된다. 의미를 추구하고자 하는 의지는 인간만의 고유한 본성이기에, 인간이라면 누구나 의미 있는 삶을 살고 싶어한다. 하루를 살더라도 진정으로 의미 있는 삶을 살고 싶은 것이 인간의 본성이다. 오늘 내 행동의 동기는 무엇일까? 나의 행동을 이끈 것은 무엇일까? 진정한 내면의 기쁨으로 나를 이끄는 동기는 무엇인가? 쾌락일까? 권력 혹은 우월성일까? 아니면 의미일까?

"
행복과 성공을 목표로 하지 마라.
행복과 성공은 목표로 하면 할수록
점점 더 우리에게서 멀어진다.

행복과 성공은 추구할 수 없는 것이다.

행복과 성공은
의미 있는 어떤 일을 함으로써
얻을 수 있는 부산물이다.
"

"행복과 성공을 목표로 하지 마라"

───────

빅터 프랭클은 행복은 추구의 대상이 아니라고 말한다. 행복은 목표로 하면 할수록 우리에게서 점점 더 도망가버린다는 것이다. 그는 행복뿐 아니라 성공, 쾌락, 권력도 그 자체로 목표가 되어서는 안 되며 이는 모두 의미 있는 어떤 일을 했을 때 오는 부산물이라고 설명한다. 이 모든 것들은 자기파괴적이기 때문이다.

만약 행복이나 성공, 쾌락, 권력이 삶의 궁극적인 목적이 된다면 우리는 영원히 그 목적을 달성할 수 없게 된다. 잠시 동안은 행복하고 성공한 것처럼 느껴질 수도 있고, 즐겁고 어떤 힘을 가진 것처럼 느껴질 수도 있다. 그러나 이러한 행복이나 성공, 쾌락이나 권력이 의미 있는 어떤 선택을 통해 얻은 것이 아니라면, 그것들은 금방 사라져버릴 것이며 그런 결핍된 욕구가 우리를 충동질해 더 많은 행복, 성공, 쾌락과 권력을 필요로 하게 될 것이다. 따라서 만약 행복이나 성공, 쾌락, 권력이 삶의 최종 목표가 된다면 인간은 진정으로 행복할 수도, 진짜로 성공할 수도 없으며, 진정한 힘이나 기쁨을 느낄 수 없는 늘 결핍된 상태를 경험할 수밖에 없게 된다.

앞에서 살펴본 바와 같이 프로이트는 인간을 움직이는 동기를 쾌락에의 의지로 설명하고 있고, 아들러는 우월성, 권력, 혹은 힘에 대한 의지로 설명하고 있다. 어떤 것에 대한 의지라는 설명에서,

'어떤 것'에 해당되는 부분이 동기의 목적이다. 즉 인간이 쾌락이라는 동기에 의해 움직인다면, 쾌락이 인간 행동의 최종적인 목적이라는 말이고, 우월성이라는 동기로 움직인다는 말은 우월성이 인간 행동의 최종적인 목적이라는 말이다.

그러나 빅터 프랭클의 말처럼, 행복이나 성공처럼 쾌락이나 우월성(권력, 힘)은 자기파괴적인 특성을 가지고 있기 때문에 추구하면 할수록 우리에게서 더욱 멀어지게 된다. 어느 정도까지 행복해야 우리는 진정으로 행복하다고 느끼며 만족할 수 있을까? 어느 정도나 성공해야 진정으로 성공의 목표를 달성했다고 말할 수 있을까? 어느 정도의 쾌락이 있어야 더 이상 결핍된 상태를 느끼지 않을 수 있을까? 어느 정도의 권력을 얻어야 더 이상 권력을 추구하지 않게 될까? 얼마만큼 돈을 벌어야 돈에 대한 집착을 버리고 인간이 진정으로 만족할 수 있게 될까?

우리나라 속담에 쌀 99석 가진 사람이 1석을 탐낸다는 말이 있다. 욕심은 정말 끝이 없는 듯하다. 욕심은 또 다른 욕심을 부르고 쾌락은 또 다른 쾌락에의 갈증을 불러일으킨다. 쾌락은 느끼면 느낄수록 더욱 더 그것을 추구하게 되고, 권력 역시 높은 자리에 오르면 오를수록 더욱 큰 권력의 노예가 되어버린다. 성공과 행복, 돈 역시 마찬가지다. 가지면 가질수록 더욱 결핍을 느끼게 하는 자기파괴적인 것들은 인간의 진정한 목적이 될 수 없다. 따라서 쾌락이나 우월성은 인간이 추구하는 궁극적인 목적이 될 수 없고, 인간 행동을 가장 근원적으로 움직이는 동기가 될 수 없다.

빅터 프랭클은 인간을 '의미를 추구하는 존재'로 이해하고, '의미'만이 인간이 추구할 단 하나의 목적이라고 정의한다. 그리고 많은 심리학자들이 언급한 쾌락, 권력, 힘, 성공, 돈, 행복과 같은 것은 의미 있는 어떤 일을 함으로써 자연스럽게 따라오는 부산물(by-product)이라고 설명한다. 의미 있는 어떤 것을 추구했을 때 인간은 부산물로 쾌락을 느끼고, 힘을 얻게 되고, 성공하지 못한다해도 진정으로 기쁠 수 있다는 것이다. 인간은 본성적으로 의미를 추구하는 존재이기 때문이다.

"의미에의 의지가 억압되거나 좌절되거나 무시되었을 때 우리는 실존적 공허감을 느끼게 된다"

앞서 설명했듯 빅터 프랭클은 의미에의 의지가 인간의 행동을 움직이는 1차적인 동기이며, 인간은 본성적으로 의미를 추구하는 존재라고 정의한다. 따라서 인간이라면 누구나 의미 있는 삶을 살고 싶어하며, 자신만의 궁극적인 삶의 의미를 실현했을 때 진정으로 기쁘고 행복할 수 있다고 말한다.

그러나 내면에 본성적으로 내재되어 있는 의미에의 의지가 어떤 이유에서든지 억압되거나 좌절되거나 무시될 때 우리는 실존적 공허와 좌절을 경험하게 된다.

　우선, 의미에의 의지가 억압되거나 좌절되거나 무시된다는 것은 무슨 뜻일까? 예를 들어 엄마와 나누어 먹고 싶어서 가장 맛있는 간식을 남겨 왔던 지은이의 경우, 만약 엄마가 딸이 남겨온 간식을 맛있게 먹어주는 대신 "엄마는 이런 거 안 좋아하거든! 다음부터는 절대 남겨서 싸가지고 오지 마!"라고 말하면서 지은이가 남겨 온 간식을 쓰레기통에 던져버렸다고 하자(실제로는 고맙다고 하면서 맛있게 먹었다고 한다). 그랬다면 지은이는 어떤 느낌이 들었을까? 그런 엄마를 보면서 섭섭하고 속상했을 것이다. 그러나 섭섭하고 속상한 마음을 넘어서 아이 안의 '사랑'이라는 의미에의 의지가 억압되고 무시되고 좌절되었을 것이다. 앞으로는 아무리 엄마랑 나누어 먹고 싶어도 절대로 간식을 남겨 오지 말아야겠다고 다짐할 수도 있다. 그리고 엄마를 위해 간식을 남겨 오는 행동에, 그 행동 아래 깔려 있는 사랑에 뭔가 잘못이 있다고 느낄 수도 있다. 이렇게 엄마를 향한 사랑이 억압되고 무시되고 좌절되면서 '마음에 상처'를 입게 된다. 구름이 끼게 된다.

　또 어느 날엔가 맛있는 간식을 먹게 되면 어떻게 될까? 엄마와 나누어 먹고 싶은 사랑은 여전히 지은이의 내면에서 꿈틀거리지만, 상처받은 마음은 계속 지은이에게 "엄마가 절대로 남겨 오지 말라고 했어" 혹은 "엄마가 싫어할 거야"라고 속삭이며 내면의 꿈틀거리는 사랑이 밖으로 드러나는 것을 막아버리고 말 것이다. 이

때 지은이의 사랑이라는 의미에의 의지는 상처받은 마음이라는 구름에 가리어 다시 억압되고 좌절되고 무시되는 경험을 하게 된다. 여전히 내면에는 사랑의 울림이 있지만, 마음의 상처가 그것을 가로막게 된다. 마치 땅에서 씨앗이 싹을 틔우려고 하는데 무거운 바윗돌이 위에서 짓눌러 싹을 틔우지 못하는 것처럼, 지은이의 내면에 자리하고 있는 사랑은 그 싹을 틔우지 못하고 짓눌리게 된다. 이런 일들이 반복된다면 어떻게 될까? 빅터 프랭클은 이러한 억압과 좌절과 무시가 반복될 때 인간은 실존적으로 공허감을 느끼게 되며 이러한 공허감이 장기화될 때 실존적으로 좌절감을 느끼게 되고 이것이 만성이 되면 결국 실존적(영적) 신경증으로 발전할 수 있다고 말한다.

좋은 딸이 되고 싶었던 나는 아버지의 뜻에 따라 경영학 공부를 했고, 박사학위를 받고 대학교수가 되는 길을 걸어가고 있었다. 대학교수였던 아버지는 한국에서 여성으로서 가장 안정된 삶은 대학교수로 사는 것이라고 여기셨고, 그래서 나를 당신처럼 대학교수의 길로 이끌었다. 석사학위를 받자마자 '아버지 찬스'로 어려움 없이 대학에서 시간강사 자리를 잡을 수 있었다. 석사학위를 받자마자 박사학위를 바로 시작했고, 박사학위 과정 중에 항공사 연구소에서 연구원으로 일하게 되었다. 그리고 몇 년 후 경영학으로 박사학위를 받았다. 그러나 나는 행복하지 않았다. 경영학을 가르치며 시간강사 일을 할 때도, 항공사에서 좋은 조건 하에 연구원으로 일할 때도 나는 기쁘지 않았다. 어린 나이에 시간강사 일을 하면서 그럴듯하게 나 자신을 포장했지만, 강의를 하면서 어떤 보람도 느낄 수 없었다. 내가 시간강사를 했던 이유는 나중에 정식 교수로 임용될 때를 위해 경력을 쌓고자 하는 것 이외에 아무런 목적이 없었던 것이다.

매일 아침 항공사 연구소로 출근하면서도 그저 그만두고 싶다는 생각뿐이었다. 출근하고 한두 시간은 책상에 앉아 그만두고 싶다는 생각만 반복했던 것 같다. 좋은 딸이 되고자 하는 나의 의지가 잘못된 것은 아니다. 그러나 나는 내가 하고 있는 일에서 어떤 의미도 찾을 수 없었고 기쁘지 않았다. 언제부터인가는 계속 죄책감이 느껴지기 시작했다. 일이 재미없고 흥미가 없으니 최소한의 일만 했고, 그러다 보니 내가 하는 일에 비해 너무 많은 월급과 혜택을 받는 것 같았다. 그렇게 1년, 2년이 지나자 그때부터는 그만둘 수가 없었다. 매달 따박따박 통장에 적지 않은 월급이 입금되었고, 항공권 할인을 비롯해 항공사 직원들에게 주어지는 온갖 혜택이 나뿐만 아니라 가족들에게도 주어졌다. 한마디로 돈맛을 보니 그런 좋은 직장을 쉽게 그만둘 수가 없었던 것이다. 그렇게 따분하고 지루한 일상이 5, 6년 계속되었다.

박사학위를 받는 날, 내 인생의 목표가 모두 달성되는 것이라 생각했다. 이제 목표도 달성했으니 마냥 행복할 줄 알았다. 그러나 지금도 또렷이 기억날 정도로 그날 나는 행복하지 않았다. 너무도 허탈하고 허무했다. 나중에 캐나다에 오고 나서야 그날 왜 그리 우울하고 침울했었는지 알 수 있었다. 정작 있어야 할 나 자신이 그곳에 없었던 것이다. 내 삶의 의미에의 의지가 억압되고 좌절되고 무시되었던 것이다. 좋은 딸이 되고자 했던 것이 잘못된 삶의 목표는 아니지만, 어떻게 해야 정말 좋은 딸이 될 수 있는지를 나는 제대로 모르고 있었다. 그저 아버지 말씀대로 뭐든 공부해서 박사학위를 받고 대학교수가 되면 좋은 딸이 되는 줄 알았다. 그러나 아버지에게 좋은 딸이란 박사 딸, 대학교수 딸을 의미하는 게 아니었다. 아버지에게 좋은 딸이란 행복하고 기쁜 삶을 사는, 즉 진정으로 내 삶의 의미를 향해 가는 딸이었을 것이다. 그런데 학위나 직업으로 좋은 딸이 되고자 했던 나의 갈망이 나의 내면에 있는 진정한 의미에의 의지를 억압하고 좌절시켰으며 무시해버렸던 것이다. 그야말로 나는 실존적으로 공허했고 좌절했다.

그런 상태를 도저히 견딜 수 없었던 나는 도망치듯 캐나다 밴쿠버로 떠났다. 그곳에서 1년간 철저하게 내면의 공허감과 좌절감을 경험했다. 그런 상태가 만성이 되면서 그때 나는 우울이라는 신경증 상태까지 이르게 된 것이 아닌가 싶다.

빅터 프랭클에 따르면 실존적 공허와 좌절의 상태는 한마디로 뭔가 허무하고 텅 비어 있는 것 같은 상태, 삶의 의미와 목적이 결핍된 상태를 말한다. 그런 상태에서는 이유 없이 모든 것에 자꾸만 의심이 들고, 어떤 일을 시작할 때 확신이 들지 않으며 자신이 없고, 특별한 이유 없이 일상에서 불안과 공포감을 경험하기도 한다. 어떤 일이 발생하면 지나치게 극단적으로 확대해서 해석하는 파국적 사고를 하게 된다. 또한 자신의 의견이란 전혀 없고 오직 다른 사람들의 의견에 따라가고자 하는 순응적 삶의 태도를 가지게 될 수도 있다. 자신의 존재가 무가치하고 무의미하게 느껴지며 무엇으로도 채워지지 않을 것 같은 내적 공허감이 밀려든다. 이러한 실존적 공허 상태가 그 자체로 병리적인 것은 아니다. 하지만 이런 상태가 장기화되면 결국 실존적 좌절로 이어진다.

사람은 뭔가 텅 빈 것 같으면 자꾸만 채우려고 하는 욕구를 가지고 있다. 삶에 대한 의미를 찾지 못하거나 의미에의 의지가 어떤 이유에서든 억압되거나 무시되면 공허감을 느끼게 되고, 이런 공허감을 우리는 물질로 채우려는 경향이 있다. 술이나, 마약, 게임, 섹스, 도박 혹은 일이나 관계가 그것이다. 술을 마시거나 게임에 빠져 있으면 잠시간 공허감을 잊을 수 있을지 모른다. 그러나 곧이어 다시 공허감이 느껴진다. 그러니 계속 그러한 공허감을 채우려고 술이나 마약, 게임, 도박, 섹스, 일, 관계 등에 빠지게 된다. 그런 식으로 아무리 노력해도 공허감이 채워지지 않아 좌절하게 되는 것이다.

이러한 실존적 좌절감은 뭔가를 시작하고 싶은 동기를 상실한 느낌으로 다가온다. 일상이 지루하고 권태로우며, 불안해진다. 어떤 것에도 절대 만족하지 못하게 된다. 또한 타인에 대한 의존도가 지나치게 높아지고, 무책임해지고, 목표가 결여된 모습으로 나타난다. 이러한 실존적 좌절 상태가 만성이 되면 결국 실존적 신경증, 즉 영적 신경증이라는 병리적 상태인 알코올중독, 마약중독, 게임중독, 섹스중독, 일중독, 관계중독 등으로 발전할 수 있다.

영적(실존적) 신경증

빅터 프랭클이 명명한 실존적 신경증, 즉 영적 신경증의 상태는 이 시대의 3대 신경증이라고 하는 우울증, 중독, 공격성의 모습으로 나타난다. 일반적으로 이 세 가지 신경증의 특징을 '폭력성'이라고 말한다. 즉 우울증이 심해지면 결국 자살을 생각하게 되는데, 자살은 일종의 자기 자신에 대한 폭력성이라고 말할 수 있다. 중독이란 인간이 가지고 있는 폭력성이 중독으로 인해서 더욱 가중된 상태를 말한다. 술이나 마약, 도박, 게임에만 중독되는 것이 아니라 역할에도 중독이 되고, 관계중독, 일중독 등의 모습으로 나타나기도 한다. 한편 공격성은 그 자체로 폭력성을 가지고 있다. 타인에 대한 공격성이다.

그러나 로고테라피에서는 이 세 가지 신경증의 공통점을 '절망'이라고 본다. 삶의 의미를 찾지 못하거나 의미가 없다고 느껴서 절망한 상태가 우울증이나 중독, 공격성 등으로 나타난다는 것이다. 예를 들어 술에 취한 상태에서는 일시적으로 뭔가 채워진 느낌이 들기도 한다. 그러나 술에서 깨어나면 다시 공허감이 밀려오고, 그러면 이러한 공허감을 채우기 위해서 다시 술을 마신다. 이렇게 텅 빈 것 같은 공허감을 채우려고 부단히 노력하지만, 채워지지 않으면 결국 좌절하게 되고, 이러한 좌절은 만성적인 알코올중독 상태로 이어질 수밖에 없다. 비어버린 공허한 자리에 채워야 하는 것은 '내 삶의 의미'인데, 그 자리를 술로 채우려고 하니 당연히 채워질 수가 없다. 결국 그것이 알코올중독이나 우울증, 타인에 대한 공격성과 같은 신경증으로 발전하게 되는 것이다. 따라서 삶의 의미의 부재로 인해 느끼는 절망감이 핵심인 우울증, 중독, 공격성으로부터 벗어나는 길은 인간의 행동을 1차적으로 움직이는 동기인 의미에의 의지를 인식하는 것이다.

한편 의미에의 의지가 억압되거나 좌절되어 혹은 무시되어 느끼는 공허감과 좌절감으로 인한 신경증은 일반적으로 심리학에서 말하는 심인성 신경증(심리적인 것에 원인이 있는 신경증)과는 차이가 있다. 일반적으로 심인성 신경증의 경우 과거의 상처나 트라우마에 그 원인이 있다고 본다. 그러나 실존적 신경증 혹은 영적 신경증은 의미에의 의지와 관련이 있는 실존적 공허감이나 좌절감뿐 아니라 가치의 갈등과 혼동에 그 원인이 있다.

"땀이 너무 많이 나요."

다한증으로 맘고생 중인 40대 초반 여성이 상담을 위해 나를 찾아왔다. 시도 때도 없이 흐르는 땀 때문에 화장을 전혀 할 수 없을 뿐만 아니라 사람들이 많이 모이는 장소에도 갈 수가 없다고 했다. 더욱이 여름에는 잠깐의 외출도 언감생심이었다. 잠시만 나가 있어도 온몸이 땀으로 뒤범벅되기 때문이었다. 증상의 심각성을 알려주고자 내담자가 뒷목을 보여주었다. 뒷목 부분의 피부가 얼굴색보다 유난히 어두웠다. 땀을 너무 많이 흘리다 보니 옷의 염료가 녹아나 목의 피부가 그렇게 되었다는 것이다. 상담을 하는 동안에도 어찌나 땀을 많이 흘리던지 내담자의 온몸이 젖어 있었고 땀을 닦은 수건을 짜면 정말 물이 나올 지경이었다.

내담자는 20대 초반에 결혼해 어느덧 결혼생활 20년 차였다. 그런데 결혼 초부터 남편과 가치관 차이로 많이 힘들었다고 한다. 사업가인 남편은 돈도 잘 벌고 부모님에게서 물려받은 재산도 있고 해서 결혼생활은 경제적으로 윤택했으며, 예쁜 두 딸과 함께 겉으로는 행복한 가정을 꾸린 것처럼 보였다. 그러나 내담자는 늘 긴장하며 살아왔다고 했다. 바로 남편의 행동 때문이었다.

돈도 잘 벌고 능력 있는 남편이지만, 내담자를 괴롭히는 한 가지 문제가 있었으니, 바로 돈을 쓰는 습관이었다. 친지나 지인과의 모임 자리에서 남편은 늘 자신의 경제력을 자랑하곤 했다고 한다. 이번에 어디에 땅을 샀고, 지난번에 매입한 부동산이 얼마나 올라서 얼마의 돈을 벌었는지 그렇게 돈자랑을 한다는 것이다. 그것까지는 그래도 봐줄 만한데, 그렇게 한참 돈자랑을 하고 나서는 단 한 번도 식사값을 지불한 적이 없다고 했다. 평소 남편은 지갑에 현금도 가지고 다니지 않는다고 했다. 현금이 있으면 쓰게 된다면서 만 원짜리 한 장도 지갑에 넣어두는 법이 없다는 것이었다. 그렇게 돈자랑을 하며 부를 과시하던 남편이 식사가 끝날 때쯤 되면 슬그머니 화장실에 가거나 말 그대로 신발끈을 묶거나 했다는 것이다. 내담자는 남편의 그런 모습이 민망해 언제부터인가 식사 자리가 마련되면 늘 남편 몰래 식사비를 자신이 지불했다고 한다. 그러다 나중에 남편이 그 사실을 알게 되면 그날은 영락없이 한바탕 전쟁을 치르곤 했다는 것이다. 그런 남편의 모습을 20년 가까이 보다 보니 스트레스가 이만저만 쌓이는 게 아니라고 했다.

한편 내담자는 베푸는 것에서 기쁨을 느끼는 사람이었다. 어떤 모임이든 먼저 나서서 식사를 대접하길 즐기고 사람들과 어울리는 것을 좋아했다. 그리고 아무리 돈이 많아도 그걸 자랑하거나 내비치는 적이 없었다. 자신의 부를 과시하면서도 돈에는 인색한 남편의 가치관과 사람들과 나누길 좋아하고 겸손한 내담자의 가치관이 결혼생활 내내 충돌했던 것이다.

그런데 다한증은 왜 시작된 걸까? 내담자는 이런 남편과의 갈등이 자신을 늘 긴장하게 만들었고, 긴장을 하니 땀이 나기 시작했으며, 급기야 다한증으로까지 발전한 것 같다고 말했다. 다른 사람들과 나누고 베풀면서 살고 싶어하는 내담자의 의미에의 의지가 남편에 의해 억압되고 좌절되고 무시되었던 것이다.

"굶주림이 우리 몸이 위험하다는 신호이듯, 지루함은 우리가 위험하다는 영으로부터의 신호다"

실존적 공허와 좌절의 가장 큰 특징 중 하나가 바로 '지루함'을 느낀다는 것이다. 그런데 지루함은 현대를 살아가는 우리가 가장 피하고 싶어하는 것인 듯하다. 오죽하면 현대사회에서 가장 비용이 많이 드는 질병이 암이나 심장질환이 아니라 '지루함'이라는 말이 있을 정도니 말이다. 실제로 사람들은 어떻게든 지루함을 없애고자 안간힘을 쓰곤 한다. 일례로 지하철을 타면 나를 비롯해 거의 모든 사람이 스마트폰을 들여다보고 있다. 아마도 스마트폰이 지루한 느낌을 손쉽게 해소시켜주기 때문일 것이다. 쇼펜하우어도 인간은 고통(distress)과 지루함(boredom)이라는 두 극단 사이를 왔다 갔다 한다고 말했다. 더욱이 고통보다 지루함이 인간을 심리적으로 더 큰 위험에 빠뜨릴 수 있다고 했다.

애플 사를 설립한 스티브잡스는 몇 년 전 세상을 떠나면서 고등학생인 딸에게 이런 유언을 남겼다고 한다. 대학교에 가기 전까지 절대로 아이폰을 사용하지 말라고 말이다. 그에 따르면, 지루함 속에서 창조성이 발휘되는데 자신이 아이폰을 개발하여 사람들로부터 지루함이라는 창조의 원천을 빼앗았다며, 그것이 인류에게 한 가장 큰 잘못이라고 자책했다고 한다. 한 연구에 따르면, 실제로 기능성 자기공명 영상(fMRI)을 이용해 게임을 하고 있는 사람들의 뇌의 활성화 정도를 살펴보니 뇌의 일부분만 켜져 있고 다른 부분은 모두 꺼져 있었다고 한다. 반면 명상을 하는 동안 뇌를 촬영해보니 평소에 꺼져 있던 뇌가 활성화되고 있었다고 한다(《주간조선》 2018년 1월 1일).

빅터 프랭클은 배고픔이 우리 몸이 위험하다는 신호이듯, 지루함은 실존적으로 우리가 위험하다는 신호를 보낸다고 말한다. 따라서 지루함을 느낀다는 것은 역설적으로 우리가 여전히 건강하다는 사인이라는 것이다. 배고픔을 느껴야 뭔가를 먹어 몸에 영양분을 공급할 수 있듯이 지루함을 느낄 수 있어야 우리는 뭔가 잘못되었다는 것을 감지할 수 있기 때문이다. 배고픔을 느낄 때 음식으로 우리의 배를 채우듯, 지루함을 느낄 때 우리는 그 자리를 뭔가로 채울 수 있게 된다. 만약 지루함을 느끼지 못한다면, 혹은 지루함에서 무조건 도피해버린다면 어떻게 될까? 오랫동안 굶으면 목숨이 위태로워지듯이, 의미의 부재로 당연히 느껴야 하는 지루함을 느끼지 못한다면 한동안은 괜찮을지 몰라도 어느 날 갑자기 우울증, 중독, 공격성과 같은 신경증의 양상이 나타날 수도 있다.

빅터 프랭클에 의하면, 지루함이란 삶이 우리에게 주는 메시지다. 인간이 가장 피하고 싶어하는 지루함이라는 느낌은 의미에의 의지가 좌절되어 있다는 메시지를 우리에게 전달해주는 역할을 한다. 따라서 우리는 역설적으로 지루함을 무언가로 마비시켜서는 안 되며 오히려 지루한 상태를 온전히 경험해야 한다. 그래야 지루함이 주는 메시지를 제대로 인식할 수 있다.

매년 한국에서 멍때리기 대회가 열리는 것으로 알고 있다. 우리도 이따금 생활 속에서 멍때리는 시간을 가질 필요가 있다. 일부러 그런 시간을 따로 확보하진 않더라도 의미에의 의지가 좌절되어 느끼는 지루함을 피해서는 안 된다. 의미가 부재하여 느끼는 지루함을 거부해서는 안 된다. 끊임없이 스스로를 바쁘게 만들어 지루함을 없애려고 해서도 안 된다. 오히려 지루함을 인식하고 그 자리를 진정한 의미로 채울 때 우리는 비로소 존재의 의미에서 비롯되는 기쁨을 가슴속 깊이 느낄 수 있게 된다. 이때 지루함은 자연스럽게 물러나게 될 것이다.

"건강한 긴장은 성장의 가장 필수적인 조건이다"

———

긴장 상태를 좋아한다고 말하는 사람은 없다. 그래서 우리는 가능한 한 자신을 긴장시키는 사람이나 상황을 피하려고 한다. 그런데 정말로 인간은 긴장이 없는 상태를 원할까? 그렇다면 우리가 축구 경기에 열광하는 이유는 무엇일까? 많은 사람들이 놀이동산에서 아슬아슬한 롤러코스터를 즐기는 이유는 무엇일까? 오히려 우리는 끊임없이 긴장 상태를 만들고 있는 건 아닐까? 심지어 긴장이 없는 상태를 견디지 못하는 것인지도 모른다. 막상 긴장이 사라지고 나면 인간은 어떻게 해서든 사라진 긴장의 자리를 또 다른 긴장으로 채우려고 한다. 위험천만한 활동을 통해, 아슬아슬한 게임이나 경마를 즐기면서, 술을 마시면서, 폭력을 휘두르면서 건강하지 않은 긴장 상태를 만들어내려고 한다.

일반적으로 모든 심리치료의 목적은 긴장을 없애거나 줄여주는 것이다. 치료의 대상이 되는 아픈 상태란 한마디로 균형이 깨진 상태다. 몸은 늘 항상성을 유지하려고 한다. 인간의 생존에 필수적이기 때문이다. 항상성이란 균형 상태를 말한다. 그리고 몸이 항상성을 잃고 균형이 깨진 상태를 우리는 아프다고 말한다. 따라서 치료란 그 대상이 몸이든 마음이든 깨진 균형을 원상태로 돌아오게 하고 항상성을 다시 회복시키는 것이다. 그렇게 함으로써 몸과 마음의 긴장을 제거하거나 줄이도록 하는 것이다. 그러나 인간은 긴장이 없는 상태를 견디기 힘들어하고 오히려 어떤 식으로든 긴장을 만들어내고자 하기 때문에, 역설적으로 긴장을 없애고 해소시키고자 하는 노력은 근본적으로 인간을 진정으로 건강하게 만들어줄 수 없다.

　몇 년 전 종양내과 의사들로부터 로고테라피 특강 요청을 받은 적이 있다. 그들이 로고테라피 특강을 요청한 이유는 이러했다. "의사로서 환자의 고통을 없애고 완화시켜주는 것이 우리의 역할이며 최종적인 목적이라고 생각했었습니다. 그런데 그게 아니었어요. 암으로 신체적인 고통을 경험하고 있는 환자들을 치유하기 위해서 환자와 함께 우리는 열심히 싸워왔습니다. 그 노력이 결실을 거둬 환자들이 고통에서 벗어나거나 완치되면 그것만큼 의사로서 보람 있는 일이 없었습니다. 그런데 문제는 그 다음에 생겼습니다. 고통이 있을 때는 힘을 내며 열심히 병마와 싸우던 환자들이 고통이 사라지고 나면 오히려 더 우울해하고 심지어 죽고 싶다고 하는 경우마저 있다는 것입니다. 의사로서 저희는 신체적인 고통을 치료하는 것으로 우리의 역할이 다 끝나는 줄 알았습니다. 그런데 그게 아니었어요. 오히려 고통에서 자유로워진 환자들이 고통 중에 있을 때보다 더 힘들어하시니, 의사로서 우리가 무엇을 해야 할지 정말 난감했습니다. 고통이 사라진 후 살아야 하는 의미와 이유를 찾을 수 있도록 환자들을 어떻게 도울 수 있을까요? 그것이 저희가 로고테라피로부터 배우고 싶은 것입니다."

　종양내과 의사들의 말은 충분히 납득 가능하다. 고통이라는 도전에 직면하여 긴장해 있을 때는 삶에 대해 큰 의욕을 보이던 환자들이 막상 고통이 사라지고 나면 오히려 삶의 이유를 잃어버리고 무력감을 느끼게 되는 경우가 있다. 고통이 사라지고 긴장이 해소되는 것만으로는 해결되지 않는 문제가 있는 것이다. 결국 우리에게는 살아야 할 이유, 즉 삶의 이유라는 건강한 긴장이 필요하다.

이런 의미에서 빅터 프랭클은 긴장이 성장의 가장 필수적인 조건이라고 말한다. 여기에서 '긴장'이라는 말에는 '건강한'이라는 단서가 붙는다. 빅터 프랭클은 '건강한 긴장'을 영적 역동성(Noo-dynamics)이라고 정의하면서, 내가 누구인가(who I am)와 내가 어떤 사람이 될 수 있는가(who I can become) 하는 잠재성 사이의 차이로 이를 설명한다. 그리고 이러한 건강한 긴장이 정신건강의 기초라고 말한다. 또한 건강한 긴장을 통한 치료와 성장이 바로 다른 모든 심리치료와 로고테라피 간의 단적인 차이라 할 수 있다.

다른 모든 심리치료는 균형을 유지하고 항상성을 회복시켜주는 것, 즉 긴장을 없애고 해소시키는 것을 치료의 목적으로 삼는다. 그러나 로고테라피는 이와 반대다. 오히려 있는 균형도 깨버린다. 균형을 깨뜨림으로써 건강한 긴장을 만드는 것이다. 균형을 깨뜨린다는 말은 내가 알고 있던 내가 더 이상 나의 전부가 아니라는 것을 깨닫는 것을 의미한다. 자신이 병들고 상처투성이인 줄로만 알았는데 그런 자신에게도 삶의 고유한 의미가 있다는 것을 인식할 수 있게 하는 것이다. 그럼으로써 '어떤 존재가 될 수

있는가?' 하는 자신의 가능성과 잠재력을 인식할 수 있도록 돕는
것이다.

　빅터 프랭클은 70세의 고령에 경비행기를 배우기 시작했다. 그
는 경비행기를 조종하는 데 있어 중요한 기법 중 하나가 '크레이
빙(CRABING)'이라고 했다. 비행기가 최종 도착지점을 향해 날아갈
때 그 지점을 목표로 비행해서는 절대 그곳에 도달할 수 없기에
이 기법이 필요하다는 것이다. 크레이빙 기법에 따르면, A라는 지
점이 목적지라면 비행기는 A보다 높은 지점을 목표로 해야 한다.
A지점을 목표로 비행할 경우, 비행 도중 만나는 바람으로 인해 비
행기가 A지점이 아닌 그 아래 지점에 도착하게 되기 때문이다. 즉
경비행기를 조종할 때는 최종 목적지보다 높은 곳을 향해 날아가
야 결국 원래 목적했던 곳에 도착할 수 있다는 것이다.

　빅터 프랭클은 이 예를 들면서 인간의 경우도 마찬가지라고 말
했다. 현재의 모습만 바라볼 게 아니라 자신의 내면에 자리하고
있는 '의미에의 의지'를 바라볼 수 있어야 한다는 것이다. 앞서 말
했듯 의미에의 의지는 인간이 가지고 있는 자신만의 고유한 삶의
의미를 실현하고자 하는 본성적인 의지다. 따라서 현재 어떤 모습
이든, 그리고 행여 그 모습이 자신의 고유한 삶의 의미를 실현하
고자 하는 의미에의 의지를 막고 있더라도 그 의지는 우리 내면
에 여전히 존재하고 있다. 그 불씨를 인식할 수 있을 때 비로소 우
리 안에 건강한 긴장이 만들어진다. 인간은 '어떤 사람이 될 수 있

는가'의 가능성, 즉 '로고스(Logos)'로 향하게 되어 있다. 현재 어떤 사람인가에 머무를 게 아니라 어떤 사람이 될 수 있는가(who I can become), 어떤 사람이 되어야 하는가(who I am supposed to be) 하는 가능성의 로고스를 바라보고 이를 향해 갈 때 우리는 진정한 자신이 될 수 있으며, 의미 있는 삶을 실현할 수 있을 것이다.

"갈증은 세상에 물이 있다는 가장 확실한 증거다"

오스트리아의 표현주의 작가 프란츠 베르펠(Franz Werfel)은 "갈증은 세상에 물이 있다는 가장 확실한 증거다. 세상에 물이 없다면 인간이 어떻게 갈증을 느낄 수 있겠는가?"라고 말했다. 빅터 프랭클은 이 말을 인용해 무의미와 의미의 관계를 설명한다. "삶이 무의미하다"는 말은 곧 세상에 반드시 의미가 있다는 증거라는 것이다. 정말로 의미가 없다면 어떻게 무의미하다는 말을 할 수 있겠는가?

상담을 하다 보면 많은 분들이 공통적으로 내뱉는 말이 있다. "이렇게 사는 게 다 무슨 소용입니까? 정말 사는 게 의미가 없어요." 절망의 표현이지만, 사실 이 말은 역설적으로 인간이 본성적으로 의미를 추구하는 존재라는 것을 입증해주는 말이기도 하다. 인간은 의미를 추구하는 존재이기 때문에 무의미하다는 말을 할 수 있는 것이다. 정신분석의 프로이트는 누군가 '삶의 의미가 무엇인가?'라고 질문한다면, 그것은 그 사람이 아프다는, 즉 신경증 환자라는 증거라고 말한 적이 있다. 그러나 빅터 프랭클은 본성적으로 의미를 추구하는 존재인 인간은 '삶의 의미가 무엇인가?'라는 질문을 할 수밖에 없으며, 이 질문은 아프다는 증거가 아니라 오히려 얼마나 '인간적인가'를 입증하는 것이라 말했다. 삶에 의미가 없다고 느끼고 삶의 의미에 대한 질문을 하는 것이 아프다는 증거가 아니라 오히려 그 사람이 지극히 건강하다는 사인이라고 말이다. 그리고 "삶의 의미가 없다"는 말은 역설적으로 "세상 어딘가에 반드시 의미가 있다"는 말과 마찬가지라며 '무의미의 역설'에 대해 단언했다.

또한 실존적인 공허감과 좌절감은 그 자체로는 분명 고통이겠지만, 다른 한편으로 나의 의미에의 의지가 무언가에 의해 억압되고 좌절되고 무시되고 있다는 가장 확실한 메시지다. 따라서 공허감이나 좌절감을 무조건 회피해선 안 된다. 느껴야 한다. 그리고 그것이 나에게 전해주는 메시지에 귀를 기울여야 한다. 그 구체적인 방법은 뒤에서 좀 더 이야기하기로 하자.

빅터 프랭클이 말했듯, 인간은 자기도 모르게 본성적으로 자신이 이 세상에 존재하는 이유를 알아내고자 하는 의지와 동기를 드러낸다. 비록 삶의 의미를 실현하고자 하는 동기나 의지가 좌절되는 순간이 오더라도 말이다. 요즘 사람들이 제일 힘들어하는 것이 '중독'이 아닐까 싶다. 실제로 우리는 그 어느 때보다 각종 중독에 빠질 가능성에 많이 노출되어 있다. 중독에 대해서는 생리적, 심리적 그리고 사회적인 접근이 필요하지만, 그 핵심에는 실존적 접근방법이 있어야 한다고 생각한다.

빅터 프랭클은 로고테라피만으로 중독을 치료할 순 없지만, 로고테라피 없이 중독을 치유하기란 불가능하다고 말한다. 무엇보다 중독의 가장 핵심은 비워진 절망의 자리를 삶의 의미가 아니라 '물질'로 채우려고 한다는 데 있다. 일례로 술을 끊는다고 해서 근본적으로 알코올중독에서 벗어나기는 힘들다. 실제로 알코올중독에서 벗어난 사람 중 90% 이상이 다시 재발한다고 한다. 이는 어렵사리 술을 끊었어도 의미가 부재한 삶에서 느끼는 공허감이 여전히 해결되지 않았기 때문이다. 오히려 술을 끊고 나서 삶에 대해 더 허무하게 느끼는 경우도 많다. 의미의 부재로 인한 빈자리는 술이나 마약, 섹스, 게임, 도박이 채울 수 없기 때문이다. 빅터 프랭클에 의하면, 술을 끊는 단주는 의미 있는 삶을 찾고 그것을 실현함으로써 얻을 수 있는 부산물이다. 행복 자체를 목적으로 삼아서는 결코 우리가 행복해질 수 없듯이, 술을 끊는 것 자체가 목적이 되어서는 결코 중독에서 벗어날 수 없다는 것이다. 의미 있는 삶을 통해서만 진정으로 알코올중독에서 자유로워질 수 있다.

사실상 중독으로 힘들어하는 분들은 치료에 대한 동기부여가 가장 많이 되어 있는 사람들이다. 텅 빈 것 같은 내적 공허감을 무언가로 열심히 채우려고 한다는 것은 곧 그만큼 공허감을 치열하게 느끼고 있다는 증거이기 때문이다. 오히려 더 심각한 문제는 공허감조차 느끼지 못하는 것이다. 중독으로 힘들어하는 사람들은 최소한 내적 공허감이나 배고픔을 더 잘 느낀다. 단지 그런 빈 공간을 채울 무언가를 잘못 선택한 탓에 중독에 빠진 것이다. 따라서 그 자리를 채워줄 것이 자신의 삶의 의미라는 것을 인식하게 된다면 해로운 무언가로(술이나 도박, 게임, 섹스, 관계, 일 등) 채웠던 자리를 의미로 채울 수 있게 될 것이고, 자연스레 중독에서 해방될 수 있을 것이다.

실제로 미국에서는 오래전부터 중독을 치유하는 프로그램에 로고테라피 접근법이 적용되고 있다. 한국의 경우 아직은 로고테라피에 관한 인식이 낮은 상태라 중독 프로그램에 로고테라피의 적용은 미진한 편이지만, 지난 5년간 해당 분야 전문가들이 로고테라피 교육과정에 참여하고 있으니 조만간 한국에서도 로고테라피를 통한 중독 치유 프로그램이 진행될 것이라 기대해본다.

제3장

의지의 자유

상황이나 환경 때문에
견뎌낼 수 없는 삶이란 없다.

의미와 목적의 결핍 때문에
견뎌낼 수 없는
삶만 있을 뿐이다.

"수용소에서 누군가는 성자였고, 누군가는 돼지였다"

───────────

빅터 프랭클은 수용소에 들어가기 전 자신이 정립한 '인간이 어떤 존재인가'에 대한 세계관을 3년 반 동안 수용소에서 고통의 시간을 보내면서 직접 목격했다고 말한다. 수용소라는 절체절명의 고통 속에서 과연 인간은 어떻게 행동하고 스스로 어떤 존재가 되는 결정을 했을까?

프로이트는 한때 이렇게 말한 적 있다. 교육수준이나 사회적인 지위고하를 막론하고 인간을 계속 굶긴다면 얼마 안 가서 모든 인간은 동물적인 본능을 드러낼 것이라고 말이다. 그러나 빅터 프랭클이 수용소에서 목격한 것은 프로이트의 주장과는 달랐다. 수용소라는 최악의 환경에서 누군가는 돼지처럼 행동하고 누군가는 성자의 모습을 드러내더라는 것이다. 즉 자신이 어떤 존재가 될 것인가 하는 것은 수용소라는 환경에 의해 결정되지 않았다. 만일 그런 극한의 환경이 자신이 무엇이 될 것인가를 결정했다면 거기 있던 사람들이 모두 성자가 되었거나 혹은 모두 돼지가 되었어야 한다. 그러나 똑같은 극한의 상황에서 어떤 사람은 자신이 배급받은 한 조각의 빵을 더 배고픈 사람에게 나누어주었고, 또 어떤 사람은 다른 사람의 것까지 빼앗아 먹었다. 자신이 어떤 사람이 될 것인가 하는 결정은 수용소라는 피할 수 없는 환경의 고통이 아니라 결국 자신의 선택에 의해 결정되었다.

빅터 프랭클은 실제 수용소에 있었지만, 우리 모두는 삶 속에서 어쩌면 각자 자신만의 수용소에 살고 있는지도 모른다. 자신을 받아들이지 않은 시댁이 수용소일 수도 있고, 자기 마음대로 되지 않는 아들, 딸이 수용소일 수도 있다. 남편 혹은 아내 또는 직장상사나 직장동료가 자신의 수용소인 경우도 있을 것이다. 부모님이나 고통스러웠던 상처 많은 어린 시절이 수용소일 수도 있고, 열등감이 자신의 수용소일 수도 있다. 신체적인 문제나 질병이 수용소일 수도 있다. 중요한 것은 그 수용소가 자신이 무엇이 될 것인가를 결정하지 않는다는 점이다.

나는 지금 나의 수용소에서 무엇이 되기로 결정하고 있는가? 돼지가 될 것인가, 아니면 성자가 될 것인가? 이는 온전히 나의 자유로운 선택에 달려 있다.

"인간은 결정하는 존재다"

인간을 영적 존재로 바라보는 세계관을 심리치료의 근원으로 삼는 로고테라피의 주요 원칙 중에서 첫 번째 원칙은 인간은 신체적, 심리적, 사회적, 환경적인 어떤 한계에도 불구하고 여전히 선택할 수 있는 '의지의 자유(freedom of will)'를 가진 존재라는 것이다. 유전적인 기질이나 타고난 심리적 기질 혹은 어떤 환경은 우리가 선택한 것이 아니라 태어나면서부터 주어진다. 그러나 그렇게 주어진 것이나 외부 자극에 대해 우리는 똑같이 반응하지 않는다. 인간은 이에 대해 아니오라고 말할 수 있으며 다른 반응을 할 수 있는 존재다. 주어진 유전적 기질이나 타고난 심리적 기질 혹은 환경이라는 자극과 그것에 대한 반응 사이에는 빈 공간이 존재한다. 그 공간에서 '의지의 자유'라는 인간 영의 핵심적인 자원이 작동한다.

한번은 TV 건강 프로그램을 본 적이 있다. 그때의 주제는 '비만 탈출'이었다. 비만을 주제로 전문가들이 해법을 제시해주는 프로그램이었는데, 선천적으로 타고난다는 비만 유전자에 대한 검사 결과가 특히 흥미로웠다. 방송에 출연한 과체중의 개그맨과 미스코리아 출신 여성을 대상으로 실제 비만 유전자를 가지고 있는지 검사가 진행됐다. 검사를 하기 전, 대부분이 과체중의 개그맨에게는 비만 유전자가 있고 미스코리아 출신 여성에게는 없을 거라고 예측했다. 그러나 결과는 정반대였다. 나는 그 방송을 보면서 '인간은 결정하고 선택하는 존재'라는 말을 더욱 실감할 수 있었다. 선천적으로 비만 유전자를 타고났다고 해도 후천적으로 어떻게 생활할 것인가 하는 선택과 결정이 건강한 몸매를 유지할 수 있게 했던 것이다. 반면 애초에 비만 유전자가 없어도 어떤 생활습관을 가지고 있느냐에 따라 과체중이라는 결과가 나올 수도 있다.

우리가 어떤 사람이 될 것인지는 세상으로부터 받은 것에 의해 결정되는 것이 아니라 세상에서 받은 것에 대해 우리가 어떻게 반응을 했는가, 즉 세상에 무엇을 내보냈는가에 의해 결정된다. 인간은 부모가 누구인가에 따른 부산물이 아니며, 힘겨웠던 과거의 희생자도 아니다. 어떤 결과에 대해 희생자 모드로 누군가를 혹은 외부 환경만을 원망한다면 우리는 더욱 절망스러운 상황에 빠질 수밖에 없다. 주어진 환경을 바꾸는 선택은 할 수 없다 해도 우리는 여전히 그 환경에 대한 태도를 바꿀 수 있는 자유의지를 가지고 있다. 이런 인식은 우리를 동물과는 다른 진정한 인간이게 해준다.

"모두 저의 선택이었던 겁니다"
로고테라피 강의를 들으며 자신의 선택과 결정을 인식하고 인생에 대한 새로운 시각을 지니게 된 분이 있다. 그분의 이야기를 들어보자.

"저는 늘 제 부모님을 원망했었습니다. 제가 어릴 때 부모님은 하루가 멀다 하고 싸우셨어요. 특히 아버지가 술을 드시는 날이면 집안이 온통 전쟁터가 되곤 했죠. 집에 있는 게 무서웠고, 술을 먹고 횡포를 부리는 아버지, 그리고 그런 아버지와 싸우면서 욕하고 울부짖는 엄마로부터 정말 도망가고 싶었어요. 그래서 언제부터인지는 모르겠지만 제 인생 목표는 집에서 가능한 한 빨리 탈출하는 것이었어요. 대학을 졸업하자마자 맞선을 봤고, 처음 맞선 본 남자와 몇 번 만나지도 않고 결혼을 하기로 결정했어요. 당시로서는 결혼만이 집에서 벗어날 수 있는 유일한 탈출구라고 생각했거든요. 사랑 따위는 안중에도 없었어요. 그저 결혼을 통해 집에서 탈출하려는 생각뿐이었으니까요.

하지만 그런 결혼이 행복할 리 없었죠. 별다른 애정 없는 결혼생활, 너무 후회스러웠어요. 결혼생활이 불행하면 할수록 그 원망은 힘겨웠던 제 어린 시절, 그 고통의 한가운데 있다고 생각했던 부모님께로 향했어요. 이런 부모를 만나지 않았다면 내가 이런 사람을 만나서 결혼하지 않았을 것이고, 그랬더라면 이렇게 불행하지 않았을 텐데. 오로지 부모님에 대한 원망뿐이었죠. 그렇게 시간이 흘러 아이들이 태어났어요. 아이들이 저를 힘들게 할 때도 제 원망은 죄다 부모님께로 쏟아졌어요. 그런 부모를 만나지 않았다면 이런 사람하고 결혼하지 않았을 것이고, 이런 사람하고 결혼하지 않았다면 이런 아이들이 태어나지도 않았을 텐데, 하며 결국은 모든 게 부모님 탓이었어요. 너무 괴로웠죠.

그런데 로고테라피 강의를 들으면서 한 가지 깨달은 것이 있어요. 어떤 상황이든 모든 것은 결국 제 자신이 결정했다는 것이죠. 어떤 부모님을 만날지는 분명 제가 결정할 수 있는 문제는 아니지만, 대학을 졸업하자마자 선을 봐서 사랑하지도 않는 사람과 결혼하기로 결정한 것도, 또 그렇게 결혼생활이 힘들면서도 이혼하지 않고 아이들을 낳은 것도 사실 모두 다 제 결정이고 선택이었다는 것을 알게 되었어요.

그런데 참 이상하게도, 모든 게 제 결정이었다는 것을 깨닫는 순간 괴롭기보다 오히려 자유로워지는 거예요. 저는 늘 엉망인 저의 과거와 부모님의 희생자라고 생각했었는데, 그게 아니었어요. 그렇게 생각한 것도 결국은 저의 선택이었던 거죠. 모든 것이 제 선택이었다는 인식이 이렇게 저를 자유롭게 해줄지 몰랐습니다. 앞으로의 삶 역시 모두 제 선택에 달려 있음을 이제 알 것 같아요. 이제부터는 과거에 이끌려 희생자이자 피해자가 되는 그런 결정은 스스로 하지 않을 거예요. 제 삶은 모두 제 결정에 달려 있으니까요. 제 삶의 주인은 저라는 것을 이제 절대 잊지 않을 겁니다. 좋은 결정을 하도록 노력할 거예요."

우리에게는 선택의 자유가 있다. 그리고 우리는 늘 선택해왔다.

우리의 자유로운 선택에는 항상 책임이 따른다. 그러나 이때 따르는 책임은 우리를 억압하거나 억누르지 않는다. 모든 것이 결국 나의 선택이며 결정이었다는 인식은 우리 자신이 우리 삶의 주인으로서 진정 자유롭고 책임 있는 선택을 할 용기를 준다. 그리고 자유롭고 책임 있는 선택이야말로 의미있는 삶, 나아가 본질적으로 인간을 진정 인간이게 하는 인간 존재와 실존의 핵심이다.

"진정한 자유란 무엇으로부터 혹은 누구로부터 도피하는 것이 아니라 무언가를 향해 누군가를 향해 나아가는 것이다"

———————

얼핏 자유란 무언가로부터 벗어나는 것이라고 생각하기 쉽다. 얽매여 있던 어떤 관계나 고통스러운 환경으로부터 해방되는 것, 그것을 우리는 자유라고 여기곤 한다. 그러나 빅터 프랭클은 진정한 자유란 어떤 것에서 해방되거나 도피하는 것이 아니라 오히려 그 대상을 향하는 것이라고 말한다. 그런 의미에서 빅터 프랭클은 우리가 정말로 자유를 원하는가 하는 질문을 던진다. 우리는 자유를 원하는 것처럼 말하지만 어쩌면 자유로워지기를 거부하고 심지어 두려워하고 있는지도 모른다. 진정한 자유란 책임 있는 선택이며, 무언가 혹은 누군가를 향하는 것이기 때문이다. 우리는 자유를 갈망하는 듯하지만, 자유에 따른 책임에 부담감을 느껴

오히려 자유를 거부하고 책임으로부터 도망가려고 하는지도 모른다.

그러나 잊지 말아야 할 것은, 우리의 삶을 진정 의미 있고 목적 있는 것으로 만드는 것은 바로 어떤 상황에 처해 있든 그 누구도 우리에게서 빼앗을 수 없는 것이 있다는 사실이다. 그것이 바로 영의 자유다. 최악의 절망적인 상황에서도 인간의 실존적인 자유를 실행한 최종적인 결정은 여전히 인간에게 남아 있고, 그러한 '상황 속에서', 그러한 '상황을 통해서', 그리고 그러한 '상황에도 불구하고' 우리는 오히려 완벽히 인간만의 고유한 영적 자유의 힘을 발휘할 기회를 가지고 있다. 빅터 프랭클이 말했듯, 늘 자신이 어떤 사람이 될 것인가를 결정하는 존재인 인간은 나치 수용소의 가스실을 발명할 수도 있고, 이와 동시에 허리를 꼿꼿이 펴고 기도를 올리며 마지막까지 인간으로서 자신의 존엄을 지키면서 그 가스실로 들어갈 수도 있는 존재다.

"
인간은
결정하는 존재다.
"

"진정한 자유란 한계가 아니라 선택에 초점을 맞추는 것이다"

————————

어떤 분이 코펜하겐을 여행하면서 겪은 이야기를 지인을 통해 전해들었다. 기대를 한가득 품고 가족과 함께 코펜하겐에 도착했는데, 그날부터 열흘간 여행 기간 내내 날씨가 좋지 않았다고 한다. 코펜하겐의 날씨가 원래 안 좋은 줄은 알았지만, 듣던 대로 정말 열흘 동안 해를 보는 날보다 비 오고 흐린 날이 더 많았다는 것이다. 날씨 때문에 여행을 망쳐버린 것 같아 속상한 마음에 현지인에게 이렇게 물었다고 한다.

"날씨가 매일 이런데 어떻게 사세요? 우울하지 않으세요? 이런 날씨에도 즐겁게 지낼 수 있나요?"

그랬더니 이런 대답이 돌아왔다고 한다.

"'나쁜 날씨란 없다. 나쁜 옷차림만 있을 뿐이다'라는 말이 있어요. 하늘이 준 날씨에 맞춰 옷을 입고 돌아다니면서 즐겁게 지내면 되는 것이지요."

날씨는 우리가 통제할 수 있는 대상이 아니다. 선택할 수 없다. 전적으로 주어지는 것이다. 날씨가 좋고 나쁘고는 어쩌면 인간의 입장에서 판단한 것이다. 현지인의 말대로 사실 좋은 날씨, 나쁜 날씨란 없다. 날씨가 어떻든 그에 맞춰 어떤 옷차림을 하느냐가 좋거나 나쁠 수는 있다. 날씨는 우리가 선택하거나 결정할 수 없지만, 그날의 날씨에 따라 어떤 옷을 입을지는 우리가 결정할 수 있는 문제다.

"선택하지 않은 것도 선택이다"

———————

"나 돌아갈래!"

"유학이 제 결정은 아니었어요. 저는 정말 여기 오기 싫었거든
요. 부모님이 유학 바람이 들어서 할 수 없이 끌려온 거예요. 저는
정말 이곳이 싫어요. 왜 여기에 있어야 하는지도 모르겠어요. 이
모든 힘든 일들을 다 감당하면서 말이죠. 너무 힘들어요. 이제 한
국으로 돌아갈래요!"

밴쿠버에 있으면서 유학이나 이민을 온 한국 청소년과 가족들
을 상담할 기회가 많았다. 언어와 문화가 너무 다른 곳에서 적응하
기란 사춘기 청소년들에게는 더욱 큰 곤혹이고 고통이다. 특히 청
소년들의 경우 스스로 자신이 원해서 유학이나 이민을 왔다기보다
는 대부분 부모님의 결정에 따른 것이다 보니 상담 중에 가장 많이
하는 말 중 하나가 "나 돌아갈래"라는 말이다.

상담 중 이렇게 이야기하는 청소년 내담자에게 나는 어느 정도
신뢰가 형성되고 나면 이렇게 말한다. "물론 유학을 온 것이 부모
님의 결정인 것은 맞아요. 그런데 누가 비행기에 탔나요? 부모님
의 결정에 반대하기 어려웠겠지만, 그래도 비행기를 탄 사람은 본

인 아닌가요? 누군가 자신을 마취시키거나 보쌈을 해서 비행기에 태워 여기까지 온 것은 아니지요. 만일 정말 그렇게 싫었다면 어떻게 해서든지 오지 않을 수도 있지 않았을까요? 이곳에 오는 결정에 본인이 협조한 부분이 단 1%도 없을까요? 부모님이 모든 걸 결정했다고는 하지만, 부모님의 그런 결정에 따르는 결정을 하고 선택한 사람은 바로 본인 자신 아닐까요?"

스스로 선택하고 결정하지 않더라도 누군가가 나 대신 선택하고 결정하도록 하는 경우가 있다. 이처럼 다른 사람이 선택하도록 묵인한 것도 분명 나의 선택이다.

중화요리 식당에 가면 늘 따라붙는 고민이 있다. 짜장면을 먹을까, 짬뽕을 먹을까? 냉면집에 가도 마찬가지다. 물냉면을 먹을까, 비빔냉면을 먹을까? 누군가 중화요리집에서 "짜장면 먹을래요, 짬뽕 먹을래요?"라고 물었는데, 내가 "짜장면도 짬뽕도 먹지 않을래요"라고 대답했다면 나는 아무것도 선택하지 않은 것일까? 그렇지 않다. 나는 여전히 둘 다 먹지 않겠다는 선택을 한 것이다. "외나무 다리에서 앞이나 뒤로 가는 것만 선택이 아니다. 가지 않고 가만히 서 있는 것도 하나의 선택이다"라는 어느 드라마 대사처럼 말이다.

우리는 생에서 딱 두 가지, 즉 태어남과 죽음을 빼고 모든 것을 선택한다. 빅터 프랭클은 선택하지 않은 것도 하나의 선택이라고 말한다. 선택하지 않기로 선택한 것이기 때문이다. 모든 걸 내가 선택하고 결정했다는 것을 인식하는 순간 우리는 보다 책임 있는 삶, 자유와 책임이 함께하는 의미 있는 삶을 살아갈 수 있다.

"선택에는 중립이 없다"

———

"내 차가 소형 중고차인 게 다행이에요"

로고테라피 교육을 받았던 참가자의 이야기다. 지방에 거주하는 그분은 로고테라피 연구소가 있는 인천에 와서 교육기간 동안 호텔에 머물며 교육에 참여하게 되었다. 교육 둘째 날, 시간이 되었는데도 그분이 나타나지 않았다. 숙소가 근처인데 어찌된 일인가 궁금하던 차에 조금 늦겠다는 문자가 왔다. 그러고는 한 시간쯤 뒤 도착해서는 교육에 늦은 이유를 설명해주었다.

"아침에 교육을 받으러 오려고 호텔 주차장에 갔더니 차 범퍼가 심하게 찌그러져 있지 뭐예요. 차 앞유리를 보니 같은 숙소에 머무는 투숙객이 메모와 전화번호를 남겨놓았더군요. 자신이 차를 좀 건드린 것 같으니 연락을 해 달라는 거였어요. 전화를 걸고 좀 기다리니 그분이 오더군요. 그런데 하는 말이, 자신이 그 정도로 범퍼를 망가뜨리지는 않았다고 발뺌을 하는 거예요. 차가 망가진 것도 문제지만, 교육을 받으러 멀리서까지 왔는데 시간이 늦어져 강의 내용을 조금이라도 놓치게 되는 게 굉장히 속상하더라고요. 조금 뒤 CCTV를 확인해보니 그분이 차를 뒤로 빼면서 제 차를 박은 게 맞더군요. 그 사람이 메모를 남기기는 했지만 일단 발뺌을 했다는 게 괘씸하기도 했고, 또 멀리서 왔는데 강의마저 빼먹게 생겼으니 예전 같으면 엄청 화를 낼 상황이었죠.

그런데 이상하게도 화가 별로 나지 않는 거예요. 이미 찌그러진 범퍼는 돌이킬 수 없는 일이고, 차를 운전하는 데는 전혀 지장이 없어 보였거든요. 그리고 사실 보험처리를 하면 되는 일이잖아요. 아침에 약간 실랑이가 있긴 했지만, 이 정도면 괜찮은 거지 하는 생각이 들더라고요. 사고 전으로 돌아가기란 이미 불가능하고 제가 선택할 수 있는 일도 아니니까요. 그 상황에서 제가 할 수 있는 선택은 어떻게든 신속하게 사고를 처리하는 거였죠. 제가 선택할 수 없는 것과 선택할 수 있는 것을 구분하고 나니 마음이 편안해졌어요.

그리고 정말 희한하게도, 제 차 옆에 세워진 차를 보고 나니 한층 더 안도감이 들더군요. 억지처럼 들릴지도 모르겠지만요. 제 차는 소형 중고차예요. 그런데 옆에 세워져 있던 차는 고가의 중형 새 차였어요. 만약 제 차의 범퍼를 찌그러뜨린 사람이 그 값비싼 차를 박았다면 어땠을까 하는 생각이 순간 들더군요. 차라리 내 차를 찌그러뜨린 게 다행이라는 안도감이 들었어요. 저도 그런 생각을 하는 제 자신에게 놀랐어요. 이미 벌어진 사고는 어쩔 수 없는 일이고, 그 일로 속을 끓이는 대신 신속하게 문제를 처리했고, 비록 내 차의 범퍼는 망가졌지만 그나마 내 차인 게 다행이라고 생각하는 제 자신이 대견스럽기까지 했습니다.”

이미 벌어진 상황을 바꿀 수는 없지만, 그 상황을 바라보는 우리의 태도는 얼마든 바꿀 수 있다. ‘선택에는 중립이 없다’는 말이 있다. 어떤 하나의 선택이 좋으면서도 동시에 나쁠 수는 없다는 뜻이다. 즉 우리의 선택은 결국 반드시 우리에게 좋은 영향을 미치거나 혹은 나쁜 영향을 미친다. 좋으면서도 나쁜 중립적인 선택은 없다. 그러니 조금 시간을 두고 길게 보면서 우리에게 있는 여러 선택안 중 어떤 것이 결국 나에게 좋은 영향을 미칠지 신중하고 지혜롭게 선택하는 노력이 필요하다.

그날 그 참가자는 이미 발생한 사고의 희생자가 되지 않았다. 그 상황에 대한 태도를 바꿈으로써 예전과 달리 안도감과 마음의 평안까지 얻었다. 자칫 온종일 화를 내며 그날 하루를 망쳐버릴 수도 있었을 텐데, 태도를 바꾸는 선택을 통해 사고의 희생자가 아닌 진정한 승리자가 되었다. 그리고 그 선택은 좋기도 하고 동시에 나쁘기도 한 선택이 아니라 결국 그분께 마음의 평안을 가져다준 선하고 좋은 선택이었다. 우리의 선택에는 중립이란 없다.

빅터 프랭클은 말한다. 인간에게서 모든 걸 빼앗는다고 해도 단 한 가지 결코 빼앗을 수 없는 것이 있으니, 그것은 바로 인간의 자유, 즉 어떤 상황에서도 자신이 걸어갈 길과 태도를 선택할 수 있는 우리의 자유다. 또한 우리의 선택은 결국 우리에게 좋은 선택이거나 아니면 나쁜 선택이다. 좋으면서도 동시에 나쁜 선택이란 없다. 그날 그 참가자가 이미 망가져버린 범퍼를 보면서 그나마 마음의 평화를 느낄 수 있게 하는 선택은 오로지 하나밖에 없었던 것이다.

> "모든 것은 나 자신에게 달려 있다. (중략) 상처를 키울 것인지 말
> 것인지도 내가 결정한다. 상대방의 행동은 내가 어쩔 수 없지만, 그
> 에 대한 반응은 언제나 내 몫이다. (중략) 거칠게 말할수록 거칠어지
> 고, 음란하게 말할수록 음란해지며, 사납게 말할수록 사나워진다.
> 결국 모든 것이 나로부터 시작되는 것이다. 나를 다스려야 뜻을 이
> 룬다. 모든 것은 나 자신에 달려 있다."

백범 김구 선생이 남긴 글이다. 진리는 이렇게 하나로 통하는 듯하다. 모든 게 나 자신, 나의 선택에 달려 있다는 것. 매일매일의 작은 선택이 우리 삶을 결정한다. 우리의 선택이 또 다른 선택을 불러오고, 그 선택이 또 다른 선택을 가져온다. 이런 선택들이 모여서 결국 우리 삶을 결정하게 된다. 삶이 100%라면 그중 10%는 실제 우리에게 벌어진 일이고, 나머지 90%는 벌어진 일에 대해 우리가 어떻게 반응했느냐로 구성된다는 말이 있다. 오늘 나의 선택이 내일의 나와 내 삶을 결정한다.

제4장

인간의 영

아버지의 청원

몇 년 전 언론매체에서 접한 기사다(《연합뉴스》 2017년 10월 9일). 하루 일과를 마치고 부대로 복귀하던 육군 상병 A씨가 유탄에 맞아 사망한 사건이 있었다. 국방부에서는 특별수사팀을 구성해 사망 원인을 조사했고, 인근 사격훈련장에서 날아든 유탄에 맞아 A씨가 사망한 것으로 밝혀졌다. 국방부는 총을 쏜 사람이 누구인지 알아보기 위한 조사에 나서겠다고 했다. 그런데 아들을 잃은 A상병의 아버지가 조사를 하지 말아줄 것을 국방부에 청원했다고 한다. 실수로 일어난 사망사고이고, 아무런 의도도 없이 훈련 중 쏜 총에 누군가 맞아 사망했다는 것을 알게 되면 그 병사 또한 얼마나 힘들겠는가 하는 것이 그 이유였다. 비록 아들이 너무도 어처구니 없는 일로 세상을 떠났지만, 그 병사 또한 자신처럼 아들을 군대에 보낸 어떤 부모의 자식이니 더 이상 이런 아픔이 없기를 바란다고 청원을 한 것이다. 그리고 더는 젊은이들의 희생이 없도록 그리고 다 큰 자식을 잃는 부모가 없도록 철저한 예방조치를 해달라고 당부했다고 한다.

젊은 청년인 아들을 잃은 부모의 심정이 얼마나 비통했을지 가히 상상도 할 수 없다. 그러나 아들을 잃은 아버지는 그러한 고통에도 불구하고 무고한 또 다른 청년과 그의 부모님의 심정을 헤아리고 있었다.

무엇이 아들을 어이없게 떠나보낸 아버지로 하여금 또 다른 청년과 그의 부모님의 심정을 헤아리게 하고 그런 청원을 하도록 했던 것일까?

"인간은 영적인 존재다"

────────

모든 심리이론은 그 이론을 창시한 사람의 인생 경험에서 비롯되었다는 말에 깊이 공감한다. 어떤 한 사람의 삶의 경험은 인간에 대한 세계관을 형성하고, 나아가서 자기만의 고유한 삶에 대한 관점과 철학을 형성하게 한다. 이러한 삶에 대한 관점과 철학은 살면서 겪게 되는 여러 가지 경험들 속에서 나타나는 인간의 행동과 그 동기를 해석하는 바탕이 된다. 따라서 인간의 행동은 특정한 동기와 인간에 대한 세계관과 깊이 연결되어 있다.

인간의 행동을 설명하는 동기는 각각 그 사람의 인간 본성에 대한 세계관과 무관하지 않다. 따라서 인간의 행동을 쾌락이라는 동기로 설명한 프로이트와 우월성 혹은 권력이라는 동기로 설명한 아들러, 그리고 의미라는 동기로 설명한 프랭클의 인간 본성에 대한 세계관은 당연히 다를 수밖에 없다. 프로이트의 정신분석 심리치료와 아들러의 개인심리학에서는 인간을 몸과 마음이라는 2차원의 존재로 바라본다. 그러나 프랭클의 로고테라피에서는 인간을 몸과 마음, 그리고 영의 3차원의 존재로 바라본다.

로고테라피는 인간을 몸과 마음, 영의 존재로 인식해 심리치료에 적용한 최초이자 유일한 심리치료다. 이와 같은 로고테라피의 3차원적 인간 본성에 대한 이해를 차원적 존재론(Dimensional Ontology)이라고 한다. 차원적 존재론에 따르면 총체적인 존재로서 인간의 몸과 마음과 영은 서로 분리될 수 없으며, 무엇보다 인간의 몸과 마음은 영의 차원을 통해 하나로 통합된다는 관점을 제시한다. 따라서 영적 존재로서의 인간에 대해 온전히 이해하지 못한다면 인간은 자신이 진정으로 어떤 존재인지 이해할 수 없다. 프랭클은 다음의 그림을 통해 몸과 마음 그리고 영이 어떤 관계에 있는지 그리고 어떻게 총체적인 인간을 구성하는지 설명한다. 다음과 같이 네모와 동그라미를 각각 나란히 그린 후에 그는 이렇게 물었다.

그림 1

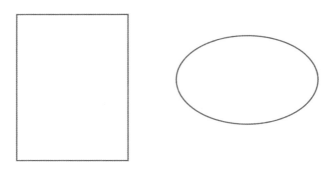

"각각 모양이 전혀 다른 네모와 동그라미가 하나에서 비롯되었다는 것을 어떻게 증명할 수 있을까? 다시 말해서 네모와 동그라미를 어떻게 하나로 통합할 수 있을까?"

로고테라피를 강의하는 중에 이 질문을 던지면 매우 다양한 답변이 나온다. "네모 안에 동그라미를 넣어요!" 혹은 "네모랑 동그라미를 잘라서 이어요!" 등등.

그러나 모두 빅터 프랭클이 기대하는 답은 아니다. 그의 설명은 매우 간단하다. 유리컵이 바로 그 답이다. 유리컵의 옆에서 빛을 비추면 그 옆으로 네모난 그림자가 만들어지고, 위쪽에서 빛을 비추면 아래쪽에 동그란 모양의 그림자가 만들어진다⟨그림 2⟩. 유리컵에는 네모와 동그라미가 모두 함께 존재한다. 유리컵은 네모와

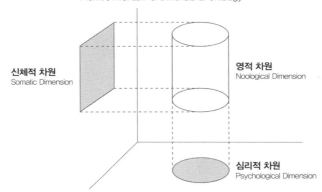

차원적 존재론의 첫 번째 법칙
Frankl's First Law of Dimensional Ontology

신체적 차원
Somatic Dimension

영적 차원
Noological Dimension

심리적 차원
Psychological Dimension

출처: The Will to Meaning, Viktor Frankl, 1988

동그라미를 모두 포함하고 있다. 그런데 여기서 유리컵은 3차원이고 네모와 동그라미는 2차원이다.

이 간단한 그림을 통해 빅터 프랭클은 영적 존재로서의 인간에 대해 간단명료하게 설명해준다. 인간의 몸과 마음은 마치 네모와 동그라미가 각각 다른 모양을 하고 있는 것처럼 매우 다르게 인식될 수 있다. 이렇게 전혀 다른 것처럼 인식되는 몸과 마음이 하나에서 비롯되었다는 것은 오직 유리컵의 예에서처럼 3차원으로 인간을 바라볼 때만 온전히 이해될 수 있다. 3차원의 영적 존재로서의 인간에 대한 이해를 통해 우리는 몸과 마음을 통합한 총체적인 인간을 이해할 수 있는 것이다.

그림 3	**차원적 존재론의 두 번째 법칙**

Frankl's Second Law of Dimensional Ontology

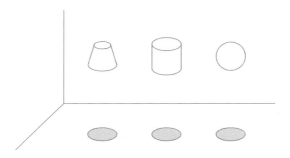

출처: The Will to Meaning, Viktor Frankl, 1988

한편 〈그림 3〉의 2차원(바닥)에 있는 원형은 모두 같은 모양이다. 그러나 3차원으로 보면 하나는 원뿔형이고 하나는 원통형이며 하나는 공모양이다. 2차원에서는 모두 같은 것으로 보이지만, 3차원으로 봤을 때는 각각 모두 다른 모양임을 알 수 있다. 이렇듯 인간을 2차원의 평면으로 바라보면 모두 같은 존재로 보일 수 있다. 3차원의 영적 존재로 보았을 때 비로소 우리는 존재의 실재를 온전히 파악할 수 있다. 만약 우리가 자신을 2차원의 존재로만 바라본다면 우리는 우리 자신이 누구인지 온전히 이해할 수 없게 된다. 인간을 2차원적인 존재, 즉 신체적인 존재나 혹은 심리적인 존재로만 이해한다면, 빅터 프랭클이 말했듯 세상에는 도무지 이해할 수 없는 행동들이 너무나 많아진다.

예를 들어 신체적 존재로만 인간을 이해한다면 우리는 신체적인 장애를 가진 사람들의 자기초월적인 성숙한 삶을 도저히 이해할 수 없게 된다. 한국을 여러 차례 방문한 적이 있는 행복과 희망의 전도사 닉 부이치치(Nick Vujicic)의 경우 팔다리가 없는 신체를 가지고 태어났지만, 이러한 극단적인 신체적 장애를 극복하고 많은 사람들에게 희망을 전하고 있다. 만약 인간을 신체적인 존재로만 인식한다면 그의 행동을 어떻게 설명할 수 있을까?

사고로 사지가 마비되는 중도장애를 입었지만, 좌절하지 않고 사고 이전보다 더 활발하게 연구하고 학생들을 가르치는 서울대학교 지구환경과학과 이상묵 교수 역시 신체적인 존재로서의 인간관만으로는 도저히 설명할 수 없다. 한 인터뷰 프로그램에서 이상묵 교수는 자신의 사고에 대해 이렇게 말했다. "장애는 불행이 아니라 삶의 방향 전환이라고 생각합니다. 사고가 나기 전까지 저는 좋은 아들, 좋은 아빠, 좋은 남편으로 살아왔습니다. 그리고 평범한 연구자로 살아왔습니다. 하지만 장애인으로는 살아본 적이 없습니다. 이제 하늘이 내게 그동안 경험하지 못한 것을 경험하라는 기회를 허락한 거라고 생각합니다. 사지는 마비되었지만, 뇌를 다치지 않아 연구를 할 수 있다는 것이 얼마나 다행스러운 일입니까? 저는 행운아입니다. 불편하지만 불행하지는 않습니다." 심지어 이상묵 교수는 사고 전보다 훨씬 긍정적이고 유머도 많아졌다고 한다. 이는 신체적 존재로서의 인간에 대한 세계관으로는 도저히 설명할 수 없다. 그의 행동은 오로지 영적 존재로서의 인간 본성에 대한 이해를 통해서만 설명할 수 있다.

닉 부이치치나 이상묵 교수 이외에도 우리는 주변에서 이와 같은 경우를 많이 본다. 신체적으로 큰 장애를 가지고 있음에도, 매우 긍정적이며 누군가를 향해 내어주는 마음으로 살고 있는 사람들이 너무도 많다. 그들의 행동은 인간을 영적 존재로 바라보는 관점으로만 이해하고 설명할 수 있다.

한편, 인간을 2차원적으로 심리적인 존재로만 바라본다면 어떨까? 인간의 행동을 쾌락의 동기나 우월성의 동기로 설명하며 인간을 몸과 마음을 가진 2차원의 존재로 바라보는 세계관으로는 앞서 사례로 든 아들을 잃은 아버지의 청원을 도저히 설명할 수가 없다. 자식을 잃은 아픔은 그 무엇으로도 위로할 수 없는 엄청난 심리적 고통이다. 그러나 심리적 차원에서 극심한 고통을 경험했더라도 이를 극복하고 고통에서 의미를 발견할 수 있는 것이 바로 인간이다. 그리고 그런 힘은 오로지 영적 존재인 인간에 대한 이해로만 설명할 수 있다.

몸과 마음, 그리고 영적 존재로서의 인간 본성에 대한 이해를 통해서만 우리는 우리 자신과 주변에서 일어나고 있는 인간의 모든 행동을 온전히 이해할 수 있다. 빅터 프랭클은 비행기의 비유를 통해 이렇게 말한다. 비행기도 활주로를 택시처럼 주행할 수 있다. 그러나 비행기의 진정한 모습은 하늘을 나는 것이다. 하늘을 날 때에야 비로소 비행기는 자신의 본연의 모습을 실현할 수 있다. 사람도 마찬가지다. 몸과 마음을 가진 존재이지만, 영적인 존재로서의 자신의 모습을 인식하고 실현할 수 있을 때 우리는 비로소 진정한 인간의 모습을 완성할 수 있을 것이다.

"인간의 영은 절대로 아프지 않다"

───────

빅터 프랭클은 무엇보다 '가진 것(having)'과 '존재하는 것(being)' 간의 차이를 명확히 했다. 그에 따르면 몸과 마음은 인간이 '가지고 있는 것(having)'인 반면, 영은 인간 '존재 자체(being)'다. 몸과 마음은 가지고 있는 것이기 때문에 잃어버릴 수 있고 세상 속에서 상처받거나 아플 수 있지만, 존재 자체인 영은 잃어버릴 수도 아플 수도 상처받을 수도 없는 인간 존재의 본질이다. 빅터 프랭클은 인간이 본질적으로 아프거나 상처받지 않는 영적 존재임을 강조한다. 또한 인간의 영은 모든 치유와 성장의 자원이라는 점도 강하게 주장한다. 아무리 몸과 마음이 아프다 해도 아프지 않은 영적 존재로서의 인간에게는 언제나 희망이 있다는 것이다. 즉 어떤 고통도 설사 죽음조차 영적 존재인 인간을 소멸시킬 수 없다.

앞에서 설명했듯, 만약 인간을 몸과 마음을 가진 존재로만 이해한다면 신체적 장애나 질병으로 고통을 경험하거나 엄청난 심리적 트라우마나 아픔을 경험한 사람들이 이를 극복하고 보다 성숙한 삶을 살아가는 것을 우리는 절대 이해할 수 없을 것이다. 어떠한 신체적 고통이나 심리적 상처에도 불구하고 보다 성숙한 삶을 살아갈 수 있는 것은 우리가 예외없이 아프지 않은 영적인 존재이기 때문이다.

먹구름이 끼고 비바람이 불어 태양을 볼 수 없을 때에도 우리는 여전히 태양의 빛을 받을 수 있다. 태양이 언제나 존재하며 먹구름을 뚫고 그 빛을 발하듯이 인간의 영도 고통이라는 삶의 구름을 뚫고 그 빛을 발한다. 태양이 아프거나 상처받을 수 없듯이 우리의 영도 아프거나 상처받지 않는다. 나 자신이 아프지 않고 상처받지 않은 영적 존재임을 믿는 한, 다른 사람 역시 나와 같은 영적인 존재임을 인식하는 한, 어떠한 삶의 어려움에 직면한다 해도 우리 모두에게는 여전히 희망이 있다. 구름과 비바람 속에서도 여전히 우리는 '의미'라는 빛을 발견할 수 있기 때문이다.

"인간의 영은 절대 상처받지 않는다"

———

내 앞에 밀어놓은 물컵

"선생님, 저는 상담 정말 싫어요! 상담하고 싶지 않아요!"

초등학교 4학년 여자아이가 상담을 위해 만난 자리에서 꺼낸 첫마디다. 그러고는 자신을 보통의 초등학교 4학년생으로 대하지 말아 달라고 했다. 태어나자마자 아빠 없이 엄마 손에 자란 아이는 방과후 공부방에서 시간을 보내고 있었다. 나는 그 공부방에서 일하는 지인의 요청으로 그 아이를 만나게 되었다. 아이가 최근에 학교에서 왕따까지 당하면서 많이 힘들어한다는 게 주된 이유였다. 여러 가지 상담을 시도해봤지만 아무런 효과도 없었다고 했다.

나는 이왕 만났으니 요즘 초등학교 4학년 학생들은 어떤 생각을 하고 지내는지 알려줄 수 있겠느냐며 어른아이가 되어버린 아이와 대화를 시작했다. 아이는 눈도 맞추지 않은 채 불만스러운 듯 한참 동안 이런저런 이야기를 이어갔다. 잠시 후 지인이 물 한 컵을 들고 와 우리가 앉아 있던 테이블 중앙에 놓고 갔다. 그런데 아이가 잠시 말을 멈추더니 물컵을 살짝 내 쪽으로 밀어주는 것이 아닌가. 아이가 물컵을 내 쪽으로 밀어준 순간 아이의 손길이 슬로비디오처럼 내 가슴으로 들어왔다. 따뜻했다. 아이는 자신의 행동을 인식하고 있었을까? 나는 고맙다는 말대신 살짝 미소를 지으며 물을 마셨다. 아이는 말을 계속 이어갔다. 그렇게 얼마 지나지 않아 아이가 벌떡 일어나더니 이렇게 말했다.

"선생님! 이제 여기서 상담 끝내죠! 선생님도 저도 지금 시간 낭비거든요! 왜냐고요? 제가 변하지 않을 거거든요! 제가 하나도 안 변할 건데 그럼 선생님도 저도 시간 낭비하는 거 아닌가요? 이제 그만해요."

아이의 말이 옳았다. 자신이 바뀌지 않기로 마음을 먹었으니 계속 앉아 있어봐야 서로 시간 낭비일 거라는 말. 그러나 아이에게는 시간 낭비였는지 모르겠지만 내게는 아니었다. 왜 내게는 그 시간이 낭비가 아닌지 아이에게 말해주고 싶었다.

"나한테는 이 시간이 낭비가 아닌데요. 혹시 기억하는지 모르겠지만, 아까 공부방 선생님께서 물컵을 놓고 가셨을 때 그 물컵을 내 쪽으로 살짝 밀어줬던 거 기억해요? 그때 정말 마음이 따뜻해졌고 고마웠어요! 다른 데서 급히 오느라 피곤하고 지쳐 있었는데 마침 내 쪽으로 물컵을 밀어주는 모습을 보니 가슴이 따뜻해지던 걸요. 그래서 제게는 이 시간이 낭비가 아니에요."

"선생님, 그건요! 제가 제 앞에 물컵 같은 거 있는 걸 정말 싫어하거든요! 그래서 밀어버린 거예요."

그러나 이미 아이의 입꼬리가 귀와 가깝게 살짝 올라가 있었다. 누군가를 향해 자신이 작은 배려를 한 것을 그제야 알아차렸던 것이다. 상담을 끝내자며 벌떡 일어섰던 아이가 그대로 가지 않고 그 이후로도 얼마를 더 선 채로 진짜 자신의 이야기를 하기 시작했다. 그러더니 이렇게 말했다.

"선생님! 제가 핸드폰이 없어요!"

나는 그 말이 무슨 뜻인지 잘 알고 있었다. 나에게 연락을 계속 하고 싶다는 것이었다. 하지만 그날 아이와 나는 연락처를 교환

할 수 없었다. 그날 이후 안타깝게도 다시 캐나다로 돌아가야 했기 때문에 아이를 다시 만날 수는 없었다. 그러나 지인을 통해 나중에 들어보니 아이가 정말 오래간만에 속이 후련했다고 말했다고 한다. 원하지 않았던 임신으로 세상과 만난 아이. 아이 아빠에게 버림받고 홀로 핏덩이를 안게 된 엄마는 얼마나 절망했을까. 엄마의 절망과 분노, 슬픔, 좌절이 고스란히 아이에게 전달되었을 것이다. 어린 딸은 엄마에게 유일한 대화 상대였을 것이다.

어른아이로 자랄 수밖에 없었던 아이. 엄마의 아픔을 고스란히 떠맡을 수밖에 없었고 학교에서도 왕따를 당하면서 적응하기 힘들었을 아이는 지금까지 상담의 '대상'이자 문제이며 증상으로 취급받았을지 모른다. 그러나 아이 마음은 상처받았더라도 그 아이 안에 여전히 영적 존재로서의 빛이 비치고 있다는 것을 나는 확신한다. 그날 자신도 모르게 물컵을 내 앞으로 밀어주던 그 아이의 작은 손이 그걸 말해준다. 그리고 솔직하게 나에게 도전하고 직면했던 아이의 반짝이던 눈빛은, 마음은 상처받았을지언정 아이의 영이 절대로 상처받지 않았음을 말해준다.

인간 영은 한 번도 아프지 않고 상처받지도 않은 인간 존재 자체를 의미한다. 그런데 사실 '영'이라는 말을 듣는 순간 거부감을 갖는 사람들이 많다. 그 이유 중 하나는 영이나 영적이라는 말이 종교를 자동적으로 연상시키기 때문이 아닌가 싶다. 또한 한국에 로고테라피가 잘 보급되지 않은 이유 중 하나도 로고테라피의 열 가지 가정 중 첫 번째 핵심적인 가정인 '인간은 영적인 존재다'라 는 표현 때문인 듯하다. '영적인 존재'라는 말을 듣는 순간 속세의 자신(?)과는 너무도 거리가 먼 성인, 성녀에게만 해당되는 말로 인 식되고, 자신은 도저히 범접할 수 없는 어떤 특별한 존재에 관한 이야기인 듯해 왠지 모를 괴리감이 느껴지는 것도 사실이다. 그만 큼 '영' 혹은 '영적'이라는 표현은 우리에게 너무 종교적이고 거룩 하며 무겁고 부담감을 주는 단어임에는 틀림없다.

그러나 '영적'이라는 말은 흔히 생각하듯 다른 세상 사람들의 이야기가 아니다. 인간을 오래 연구하고 이론을 정립했으며 스스 로 체험으로 그것을 입증한 빅터 프랭클이 말하듯, 종교의 유무 나 종파에 상관없이 모든 인간은 영적인 존재다. 우리 모두는 영 적인 존재로 세상에 왔고, 영적 존재로서 이미 일상에서 그 모습을 드러내며 살아가고 있다. 단지 우리가 영적인 존재인 우리 자신의 모습을 인식하고 있지 못할 뿐이다.

"이제 알 것 같아요! 불교가 무엇을 해야 하는 종교인지를!"

호스피스 일에 종사하는 스님들을 대상으로 로고테라피 강의 를 한 적이 있다. 강의에 앞서 사실 나는 조금 주저하는 마음이 있었다. 로고테라피의 핵심이 '인간은 영적인 존재다'라는 것인데, '영'이라는 표현을 스님들에게 어떻게 설명해야 하나 고민이 되었기 때문이다. 개인적으로 나는 불교에서 '영'이라는 단어를 사용하는 것을 들은 적이 없었기 때문에 그 단어를 듣는 순간 스님들께서 특정 종교를 연상하며 로고테라피에 대해 혹시 편견을 갖지나 않을까 걱정이 앞섰던 것이다. 또한 로고테라피의 '로고스'가 '영'이라고 설명하면 특정 종교를 떠올릴 것만 같았다. 그러나 빅터 프랭클의 가르침대로 종교의 유무나 종파에 상관없이 인간은 영적인 존재이고, 인간의 영은 한 번도 아프지도 상처받은 적도 없으며 앞으로도 그럴 일 없는 인간 존재 자체라는 것을 전달해주고 싶었다.

그날 3시간 동안 '로고테라피에서 말하는 인간이란 무엇인가'에 대해 열심히 설명했다. 그 3시간이 나에겐 로고테라피의 개념을 전달하기에 짧은 시간이었지만, 스님들의 얼굴표정을 보니 그래도 뭔가 잘 전달된 것 같아 다행이다 싶었다. 강의를 마치고 막 강의실을 나서는데 밖에서 스님 한 분이 나를 기다리고 있다가 나를 보더니 이렇게 말했다.

"선생님, 오늘 강의 정말 감사합니다. 강의를 들으면서 불교가 무엇을 해야 하는 종교인지 확실히 알게 된 것 같아요. 불교에서는 모든 인간 안에 부처님이 계시다고 말하거든요. 모든 인간 안에 자신만의 부처가 있다고요. 강의 중에 인간 영에 대해 설명해주셨는데요, 아프지 않고 상처받지 않은 인간 영이 불교에서는 바로 '모든 인간 안에 있는 부처님'이거든요. 그것이 불성이지요. 모든 사람 안에 계신 부처님, 즉 불성은 한 번도 아픈 적도 상처받은 적도 없고 앞으로도 그러지 않을 인간 존재입니다. 모든 사람의 이러한 자기만의 부처님, 즉 불성이 세상에 잘 나올 수 있도록 돕는 것이 바로 불교의 역할이라는 것을 깨달았습니다. 정말 감사합니다."

빅터 프랭클은 종교의 유무, 종파와 상관없이 인간은 모두 영적인 존재임을 강조한다. 그러나 굳이 종교적으로 말한다면 인간 영이란 불교에서는 불성일 것이고, 천주교와 개신교에서는 신성일 것이다. 그날 스님이 말했듯, 종교의 진정한 역할은 아프지 않고 상처받지 않은 인간 영이 세상에 잘 드러나도록 돕는 일일 것이다.

로고테라피 역시 이미 영적 존재로서 살고 있는 우리 자신에 대한 재발견에 초점을 맞추고 있으며 인간 영이 세상에 잘 드러나도록 돕는 것이다. 그러나 좀더 영적으로, 자기초월적으로 살아야 한다고 굳이 말하고 싶진 않다. 다만 이미 그렇게 살고 있는 나 자신을 일상에서 발견하는 것이 더욱 그러한 삶을 살 수 있는 가장 강력한 동기가 될 것이다. 우리 모두는 하나의 라이프스타일로 매 순간 의미 있는 삶을 살아왔기 때문이다. 이미 그렇게 살아왔던 내 삶의 의미들을 재확인하는 것이 무엇보다 중요하다. 또한 이미 영적으로 살고 있는 나 자신을 발견할 수 있을 때 우리는 더욱더 그러한 삶을 살아가도록 자극받게 될 것이다. 영적인 삶이라는 의미에의 의지를 확인할 수 있을 것이다. 사실 우리는 한 순간도 의미

없는 삶을 살 수 없다. 흔히 의미를 부여한다고들 말하지만 사실은 의미를 찾는 삶을 살고 있는 것이다. 우리 안에 이미 로고스, 즉 의미가 들어 있기 때문이다.

누군가 나에게 로고테라피를 한마디로 설명해 달라고 한다면? 한마디로 표현하기 정말 어렵지만 그래도 그렇게 묻는다면 나는 어떻게 로고테라피를 정의할 수 있을까? 로고테라피의 목적이 무엇이라고 말할 수 있을까? '우리 안의 아프지 않은 영으로부터 자연스럽게 밖으로 향하는 빛을 우리 스스로 인식할 수 있도록 돕는 것'이라고 할 수 있겠다.

2014년 안식년을 맞아 한국에 잠깐 와 있는 동안, 미국 로고테라피본부에서 발간한 40년간의 로고테라피 관련 논문들을 읽고 정리하면서 내 안에서 울려 퍼진 한 단어가 바로 '빛'이었다. 그 빛은 밖에서 오는 것이 아니라 바로 우리 안의 영에서 자연스럽게 밖을 비추는 '빛'이다. 로고테라피는 그 빛의 근원을 '로고스(logos)'라는 말로 표현했고, 그 로고스로부터 나오는 빛을 우리 안에 어떤 로고스가 있는지 알려주는 '로고힌트(logolights)'라고 명명했다. '우리 안의 아프지 않은 영으로부터 자연스럽게 밖을 비추는 빛'이라는 문장을 쉽게 설명하는 것이 아마도 이 책의 목적일지도 모르겠다. 이것은 짧은 한 문장이지만 인간 본성에 대한 본질적이고 근원적인 세계관과 이에 따른 정말 많은 가정과 개념, 원칙을 포함하고 있기 때문이다.

인간의 영은 결코 병들지 않는다.

어머니와 아들

　뉴스에 나왔던 기사다(《연합뉴스》 2020년 4월 20일). 80대 노인이 집 앞에 빨간색 차가 주차될 때마다 차에 용돈과 간식을 끼워둔다는 기사였다. 노인의 사연은 이러했다. 치매를 앓고 있는 86세의 노인은 가정 형편이 어려워서 아들의 공부 뒷바라지를 제대로 해주지 못한 것을 무척 가슴 아파했다고 한다. 아들은 직장 때문에 얼마 전 다른 도시로 이사를 갔고, 아들에게 늘 미안한 마음을 가지고 있던 노인은 빨간 차가 주차되어 있을 때마다 아들이 온 것으로 착각하고 두 달 동안 다섯 차례에 걸쳐 빨간 차에 용돈과 간식을 두고 가신 것이다. 비록 치매로 인해 기억력과 인지능력은 떨어졌을지 몰라도 아들에 대한 어머니의 사랑은 고스란히 남아 있어, 듣는 이의 가슴을 울린다.

　또한 치매와 관련된 비슷한 내용의 안타까운 사연이 소개되었다(《연합뉴스》 2020년 1월 10일). 주민의 신고로 한 다세대 주택에 들어가보니 아들은 이미 사망한 지 몇 개월째 된 것 같았고, 그 옆방에 치매를 앓고 있는 77세 노인이 앉아 있었다고 한다. 아들의 어머니인 노인은 아들이 세상을 떠난 것을 인지하지 못한 채, 아들의 몸을 닦아주고 옷을 갈아입히고 추울까 봐 이불까지 덮어놓았다고 한다. 죽은 아들 곁에서 몇 달씩이나 홀로 남아 있던 노인은 어떻게 생을 이어갈 수 있었던 것일까? 아들이 노모를 위해 미리 밥을 해놓았고 냉장고 한가득 통조림과 햄을 쟁여놓은 터였다. 노인은 아들이 마련해놓은 것을 먹고 몇 달을 홀로 버텼던 것이다.

빅터 프랭클은 인간의 영은 절대 병들지 않는다고 말한다. 앞의 사연에서 알 수 있듯, 치매로 인해 인지능력과 기억력이 떨어지고 판단력이 흐려져 몸과 마음이 병들 수는 있지만, 어머니의 아들에 대한 사랑은 결코 병들지 않는다. 사랑은 인간 영의 핵심이며, 그 어떤 신체적, 심리적 장애나 어려움도 절대 인간 영을 병들게 할 수는 없다.

치매 환자를 돌보는 요양원에서 일하는 간호사들을 대상으로 로고테라피 강의를 한 적이 있다. 상실은 한마디로 고통이라 할 수 있다. 특히 치매 환자를 옆에서 돌보는 가족이나 요양사 혹은 의료진은 매일같이 한 사람에게서 일어나고 있는 '상실'이라는 가장 힘든 여정을 함께하고 있는 사람들이다. 어떻게 하면 이런 힘든 여정에서도 의미를 찾을 수 있도록 도울 수 있을까? 바로 '인간이 어떤 존재인가' 하는 인간 본성에 대한 올바른 이해로부터 의미를 찾는 길이 시작된다고 생각한다. 인간의 영은 절대 병들지 않는다는 믿음과 확신은 치매로 고통받는 사람을 절대로 병들지 않은 한 존재로 바라볼 수 있게 할 것이기 때문이다. 병들고 아픈 몸과 마음을 바라보는 것이 아니라, 그런 가운데서도 여전히 병들지 않고 잃을 수 없는 인간의 영에서 비치는 빛을 발견할 수 있을 때 우리 또한 그 빛으로 우리 안에 있는 빛을 밝힐 수 있을 것이다.

앞의 두 기사를 접하고 우리가 안타까움과 짠한 감동을 느끼는 것은 우리가 역시 영적인 존재임을 말해준다. 치매라는 구름에 가려져 있지만 여전히 빛나고 있는 자식을 향한 숭고한 '어머니의 사랑'이 우리의 영 안에 있는 깊은 사랑을 건드린 것이기 때문이다. 우리 역시 아프지 않고 상처받지 않으며 절대 병들지 않는 존재라는 것을 우리 내면에서 인식할 수 있을 때 상실이라는 지속적인 아픔과 고통은 그 영의 힘으로 극복하고도 남을 것이다.

인간 영의 도전적 힘

"너 딱 걸렸어!"
로고테라피 국제 공인 교수 중 한 분의 실제 이야기를 공유해 보자.

의사의 눈빛이 심상치 않았다. 얼굴빛 역시 그러했고, 입술조차 순간적으로 바짝 긴장한 것처럼 보였다. 유방 시티촬영 결과를 컴퓨터 화면을 통해 보던 의사는 한참을 아무 말도 하지 못했다. 오랫동안 상담을 하면서 내담자 한 사람 한 사람의 눈빛, 얼굴표정, 낯빛, 작은 움직임도 섬세하게 살피던 나는 그날 의사의 비언어적인 모습에서 어떤 검사 결과가 나왔는지 짐작할 수 있었다. 굳이 의사의 말이 필요치 않았다. 그 순간 나는 삶이 나를 소환하는 순간이라는 것을 알아차렸다. 건강검진을 통해 몸에 이상이 있다는 것을 알게 되었고, 정밀검사 결과 유방암이라는 진단을 받은 것이다.

"우리가 절망하는 것은 고통 자체 때문이 아니라 고통의 의미를 발견하지 못하기 때문이다"라는 빅터 프랭클의 말을 강의시간에 얼마나 수없이 내뱉었던가? "정말 중요한 것은 삶에 질문하는 것이 아니라 삶이 우리에게 하는 질문에 답하는 것이다"라는 말도 수없이 강조했다. "삶에 무언가를 기대하기보다 삶이 나에게 무엇을 기대하는지 알아차려라"라는 빅터 프랭클의 말을 나는 수많은 사람들 앞에서 전달해왔다. 이제 내 차례가 된 것이다. 이제 말로만이 아니라 내가 말하고 전달했던 것을 증명하고 실천할 차례가 된 셈이었다.

"아무래도 악성암인 것 같습니다. 많이 안 좋아 보입니다. 큰 병원에 가서서 빨리 수술을 하셔야 할 것 같습니다." 이 말을 해야 했던 담당의사에게 내가 오히려 미안한 마음이 들었다. 담담하게 받아들이려 했지만, 내 의지와 상관없이 내 몸은 이미 긴장하고 굳어져 있었다. 그러나 그 순간 마음속 깊은 곳에서 이상할 만큼 편안한 안도감이 느껴졌고, 이와 동시에 이제 내가 말한 것을 증명하고 실천할 시간이 왔다는 다소 오만한 생각이 떠올랐다.

"내가 암에 걸린 것은 불행한 일이지만, 암이 나에게 걸린 것은 더 불행한 일이다. 너 딱 걸렸어!" 암에 대해 인터넷을 검색하다가 찾은 누군가의 글귀였다. 암으로 절친인 친구 두 명을 잃어야 했다. "이제 내가 너에게 복수를 해주마, 내가 너를 이겨주마! 너 정말 딱 걸렸어!" 어디서 이런 용기가 났는지 모른다. 이렇게 말하고 나니 그 어디에서도 느끼지 못했던 희열감과 전투력이 온몸에서 느껴졌다. 힘이 났다.

암 확진을 위해 받았던 여러 가지 검사들과 그 검사 중에 만난 많은 사람들, 그리고 검사를 진행하면서 나의 몸이 경험했던 것들, 특히 최종 확진을 받는 그 자리에서의 나의 몸의 반응들, 가족들에게 아픈 것을 알리고, 수술을 결정하고, 수술대에 눕고 깨어나고, 회복하는 모든 과정을 나는 환자로서가 아니라 연구자로서 객관적으로 관찰했다. 하나도 빠뜨리거나 무시하지 않고 철저하게 체험하고 싶었다. '그것이 무엇인지' 제대로 경험하고 싶었다. 정말로 아프다는 것이 무엇인지 온몸으로 느끼고 싶었던 것이다. 그리고 이 모든 과정을 잘 겪어내 누군가에게 진정한 위로가 되고 싶었다. 이제 나는 그때 관찰했던 모든 것들과 겪어야 했던 모든 것들이 축복이라고 감히 말하고 싶다. 로고테라피가 아니었다면 불가능했을 일이다.

수술을 하고 수년이 지난 지금, 결코 짧지 않은 여정이었지만 나의 일상에 많은 변화가 있었다. 암 진단을 받고 그 무엇도 누구도 원망해본 적이 없었다. 모두 나의 선택이었기 때문이다. 그동안 너무도 불규칙적으로 몸을 돌보지 않고 살아왔던 나의 생활습관을 돌아보게 되었다. 나는 전면적으로 나의 모든 생활습관을 바꾸었다.

일하는 습관, 먹는 습관, 자는 습관. 하루에 채 5분도 하지 않던 운동도 이제는 거의 빠지지 않고 열심히 하고 있다. 또한 어떤 일에도 결코 스트레스를 받지 않으려고 노력하고 있다. 밤을 새우거나 몸을 혹사시키는 일은 가능한 한 피하고 대신 내 능력 밖에 있는 일들에 대해서는 욕심과 기대를 내려놓게 되었다. 암 진단을 받지 않고서도 진작 이렇게 할 수 있었다면 얼마나 좋았을까 하는 어리석은 후회는 하지 않았다. 지금이라도 할 수 있음에 감사했다.

아무것도 바꿀 수 없는 피할 수 없는 고통 중에도 내가 할 수 있는 일이 여전히 얼마나 많은지를 경험할 수 있었다. 고통에 직면할 수 있는 영적 존재로서의 힘을 깊이 체험하게 된 것이다. 몸과 마음은 자유롭지 못하지만, 나는 영적으로 온전히 자유로운 존재이며 내 삶에 책임을 질 수 있는 존재임을 다시 한 번 확인했다. 몸은 아프지만, 나는 영적으로 아프지 않은 나 자신을 만날 수 있었다. 이것이 로고테라피가 나에게 가르쳐준 삶의 지혜이며, 진리 중 하나였음을 나는 믿는다.

"내가 암에 걸린 것은 불행한 일이지만, 암이 나에게 걸린 것은 더 불행한 일이다. 너 딱 걸렸어!" 이 부분을 읽는 순간 심각한 모든 상황이 그냥 웃음으로 바뀌는 것 같았다. 암이라는 사형선고 같은 병 앞에서 어떻게 그렇게 담대한 용기를 낼 수 있었을까? 어떻게 그렇게 웃을 수 있었을까?

빅터 프랭클은 인간 영의 도전적 힘(The defiant power of the human spirit)에 대해 말한다. 어떤 역경과 시련 앞에서도 당당히 맞설 수 있는 인간 영의 도전적인 힘! 죽음 앞에서조차 당당할 수 있는 인간 영의 강력한 힘, 도전적인 힘은 그 무엇도 인간에게서 빼앗아갈 수 없다. 어떤 상처도, 어떤 아픔도, 어떤 고통도, 어떤 질병도 인간의 영을 파괴할 수 없다. 인간은 오히려 그러한 모든 것에 당당하게 맞설 수 있는 영적 존재이기 때문이다.

제5장

자기 초월

"인간은 자기초월적인 존재다"

———

영적 존재로서의 인간에 대한 정의와 더불어 인간의 초월성은 로고테라피의 가장 핵심적인 개념 중 하나다. 빅터 프랭클은 인간의 자기초월성(Self-Transcending)을 인간 실존의 핵심(the essence of human existence)이라고 정의했다.

처음 자기초월성의 정의에 대해 배울 때 나는 그 개념을 이해하기 어려웠다. '인간 실존의 핵심'이라니 도대체 무슨 뜻일까? 그래서 폴 엉거 교수님께 물어보았다. 그랬더니 교수님께서 '자기초월성이 인간 실존의 핵심'이라는 말을 이해하기 위해서는 우선 핵심이라는 말이 무슨 뜻인지 이해해야 한다고 답해주었다. 그러고는 영어의 에센스(essence)가 무슨 뜻인지 아느냐고 물어보았다. 한국어로는 에센스를 핵심이라는 의미로 자주 쓰지만 막상 교수님이 그렇게 물으니 핵심이라는 말이 무슨 뜻인지 설명하기 힘들었다. 한참을 망설이던 나에게 교수님은 핵심이란 "이것이 없으면 그것이 안 되는 것"이라고 정의해주었다.

단팥빵의 에센스는 바로 빵 안에 들어 있는 '단팥'이다. 빵에 단팥이 들어 있지 않다면 단팥빵이 될 수 없다. 어떤 것의 존재를 정의하는 것, 이것이 없으면 그것이 되지 않는 것, 그것이 바로 핵심, 정수, 에센스의 뜻이다. 단팥(이것)이 없으면, 단팥빵(그것)이 될 수 없기에 단팥은 단팥방의 에센스다. 그렇다면 자기초월이 인간 실존의 핵심이라는 것은 무슨 뜻일까? 빵에 단팥이 들어 있어야 단팥빵이 되듯이, 인간이기 위해서는 반드시 자기초월적이어야 한다는 의미다. 즉 자기초월을 하지 못한다면 인간이 아니라는 뜻이다.

로고테라피 강의를 하면서 '자기초월을 하지 못한다면 인간이 아니다'라는 말을 들려주면 다들 얼굴이 일그러진다. '내가 언제 자기초월을 한 적이 있던가? 없는 것 같은데. 그러면 나는 인간도 아니란 말인가?' 식의 생각을 하는 것이다. 그러나 절망할 필요는 없다. 이 말을 뒤집어 다시 풀어보면 '나는 이미 인간이고 따라서 인간인 나는 본성적으로 자기초월을 하게 되어 있는 존재'라는 뜻을 담고 있기 때문이다. 우리가 인식하지 못하는 순간에도 우리는 이미 인간으로서 초월적인 삶을 살고 있다는 뜻을 포함하고 있는 것이다.

우리는 정말 자기초월적인 존재일까? 지금까지 '자기초월'이라는 단어는 '영적'이라는 표현처럼 너무 거창하게 정의되어 거룩한 성인, 성녀, 혹은 특별한 사명감을 가진 사람들에게만 해당하는 것으로 오인되고 있었던 듯하다. 그러나 인간이며 이미 자기초월적인 존재인 우리는 일상 속에서 부지불식간에 수없이 자기초월적인 삶을 살아왔다. 그저 인식하지 못했을 뿐이다.

엄마와 나누어 먹고 싶어서 맛있는 간식을 남겨 온 지은이의 행동은 자기초월적이다. 남의 일 같지 않아서 일부러 시간을 내어 인쇄물을 수정해 책자를 만들어준 인쇄소 사장의 행동 역시 자기초월적이다. 매일 아침 새벽같이 산에 올라 물로 하트 모양을 그려 놓은 분 역시 자기초월적이다. 사지마비의 장애를 딛고 세계적인 해양학자로서 살고 있는 이상묵 교수의 삶도 진정으로 자기초월적이다. 이렇듯 우리 주변에서는 크고 작은 자기초월성을 발견할 수 있다.

이렇듯 자기초월성이란 멀리 있는 것이 아니다. 자기초월이란 나를 넘어서 누군가 그리고 의미 있는 어떤 것을 향하는 것이다. 내가 가지고 있는 장애를 넘어서, 나 자신을 넘어서서 누군가를 향하는 것이다. 자기초월 안에서는 나와 남이 다르지 않으며 인간은 그래서 주관적인 동시에 객관적으로도 의미 있는 어떤 것을 향해 고통이 따르더라도 용기 있게 나아가게 하는 자연스러운 힘을 가지고 있다. 어쩌면 이 말조차 너무 거창하게 들릴 수도 있다. 그러나 한마디로 말하자면 자기초월이란 역지사지의 자세다. 즉 다른 사람의 입장이 되어보는 것이다.

빅터 프랭클은 인간의 자기초월성은 인간 실존의 핵심일 뿐 아니라 인간에게 본성적이며 직관적이라고 말한다. 본성적이며 직관적이라는 말은 태어나서 후천적으로 학습한 것이 아니라 이미 가지고 태어난 것이라는 의미다. 인간은 태어나면서부터 선천적으로 이미 자기초월적인 존재다.

지하철을 기다리다 만약 누군가 선로 안으로 떨어진 것을 보게 되면 우리 몸은 본성적으로 그 사람을 향해 달려가려는 자세를 취한다. 선로에 떨어져 위험에 처한 사람을 보는 순간 직관적으로 남이 아닌 자신처럼 느끼기 때문이다. 그러나 자기초월적으로 그 사람을 향해 가려는 순간 이와 동시에 우리의 마음이 작동하기 시작한다. 후천적으로 학습한 마음이 바로 그 순간에 상황 파악에 나선다. '저 사람 덩치가 나보다 너무 커서 내가 도울 수 없을 것 같아' 혹은 '나 말고 다른 사람들이 저 사람을 도울 거야' 하는 순간적인 마음의 작용이 영의 자기초월적인 행동을 막아선다. 심지어는 '저걸 찍어서 페이스북에 올려야겠다' 식의 이기적이고 본능적인 욕구가 영의 본성적인 자기초월적 행동을 압도하게 되는 경우, 휴대전화의 카메라로 선로에 떨어진 사람의 사진을 찍는 행동을 하게 된다. 비록 마음이 이렇게 작용해서 영과는 전혀 상반

되는 결정을 하더라도 바로 그 직전에 인간의 자기초월성이 작동을 하게 된다. 자유의지를 가진 인간이 그 순간 어떤 결정을 할 것인지 선택하게 되는 것이다.

"세상의 모든 것이 섬기고 있습니다"

상담심리학을 공부하는 사람들 사이에 서로 씁쓸하게 하는 말이 있다. "빨리 망할 거면 주식투자를 하고 천천히 망할 거면 상담심리 공부를 하라"라는 말이다. 혹은 상담심리학 공부를 하면 3대가 망한다는 말이 있을 정도로 상담심리 공부는 가히 중독성이 강하다. 나 역시 캐나다에서 상담심리학을 공부하고 전문 카운슬러로 활동하면서 주말에 거의 집에 있지 않았다. 캐나다 서부의 대도시 밴쿠버에서는 세계적으로 유명한 심리치료학자들과 치료사들이 주말마다 늘 워크숍이나 교육을 개최했고 나는 시간이 되는대로 가능한 한 빠지지 않고 이런저런 심리치료 이론과 임상을 배우러 다녔다.

수많은 심리치료 이론과 임상 중에서도 특히 가장 인상 깊었고 내 삶의 전환점이 되었던 워크숍이 있었다. 바로 후엠아이(who am I, 나는 누구인가)라는 워크숍이다. 이것은 교육자가 일방적으로 가르침을 주는 방식이 아니라 좋은 질문을 통해 내 삶 속에 이미 드러났던 '내가 누구인가'의 모습을 온전히 볼 수 있게 도와주는 경험적 접근에 기반한 것이었다. 당시 내가 살던 캐나다 밴쿠버의 랭리

(Langley)라는 작은 도시에서는 연세가 있는 수녀께서 40년간 후엠아이 과정을 진행해오고 있었다. 첫 워크숍에 참석한 뒤로 이어지는 후속모임이나 워크숍에 참석하면서 나는 나 자신에 대해 보다 깊고 넓게 이해하고 그런 이해를 통해 주변 사람들과의 관계를 더 잘 이해할 수 있었을 뿐만 아니라, 건강한 관계를 맺는 방법을 실제로 내 삶에 적용할 수 있었다. 참으로 귀한 시간이었다.

처음 후엠아이 워크숍에 참석했을 때의 일이다. 참석자의 평균 연령이 70세가 넘다 보니 내가 제일 어린 참석자였다. 워크숍에서 가장 감동적이었던 부분은 70세가 넘어서까지 '내가 누구인가'를 탐구하기 위해 며칠씩 이어지는 워크숍에 참석한 어르신들이었다. 그분들의 삶에 대한 나눔에 존경심이 들었고 많은 감동을 받기도 했다. 각자 진지하게 자신의 삶에 대해 이야기를 나누던 중에 80세 가까운 어르신께서 이런 말을 들려주었다.

"세상에 있는 모든 것이 섬기고 있습니다. 저 또한 예외가 아닙니다." 세상의 모든 것들은 자신이 아닌 다른 어떤 것을 섬기고 있으며(serving), 자기 자신만을 위해 존재하는 것은 없다는 말이었다. 의자는 누군가 그 자리에 앉아주었을 때 비로소 존재의 가치와 의미를 발견하게 되듯이, 세상의 모든 것들도 누군가를 위해 쓰여질 때 비로소 존재 의미와 가치를 찾을 수 있다는 뜻이다. 자신 또한 예외가 아니어서 누군가를 향하는 존재라는 것이다. 그 말을 듣는 순간 나는 인간이 본성적으로 자기초월적이라는 말, 그리고 자기초월이 인간 실존의 핵심이라는 말이 이해가 되었다. 그런데 우리가 때로 자기중심적이고 이기적인 의사결정을 하고 행동을 하는 이유는 여타의 다른 것들과 달리 인간은 선택할 수 있는 자유의지를 지니고 있기 때문이다. 인간은 자기 보전과 생존을 위해 자신에게 유리하다고 생각되는 선택을 하고 이런 선택이 때로는 이기적이고 자기밖에 모르는 결정이 될 수 있다.

즉문즉설로 많은 사람을 위로한 법륜스님이 한 강의에서 이런 말씀을 한 적이 있다. "돼지들은 자기가 배고플 때는 다른 것이 자기 것을 먹는 것을 허용하지 않는다. 그러나 배가 부르고 나면 다른 것이 자기 밥을 먹어도 상관하지 않는다. 그러나 인간은 돼지와 다르다. 인간은 누군가를 위해 배가 고파도 자신의 것을 내어준다. 반면 남아도는 음식이 있어도 다른 이에게 나누어주지 않기도 한다."

법륜스님의 말씀처럼 인간은 다른 동물과 달리 본성적으로 자기초월적이며, 한편으로 자기 자신만을 위해 이기적인 결정을 할 수 있는 존재다. 그러나 본성적으로는 자기초월적이기 때문에 그에 부합하는 의사결정을 할 때 가장 기쁘고 자신의 존재 의미를 발견할 수 있다. 배가 고파도 다른 사람에게 내가 먹을 빵을 내어줄 때 인간은 가장 큰 기쁨을 누린다. 남아도는 음식에도 불구하고 아무에게도 나눠주고 싶지 않은 마음에 기쁨이나 평화란 있을 수 없다. 자신의 존재 가치나 의미는 물론이고 말이다.

"패배하고 실패했다고 느끼는 바로 그곳에서 인간은 자기초월을 통해 숨겨진 삶의 의미를 발견할 수 있다"

─────────

캐나다 동부 맨끝에 위치한 뉴펀들랜드(Newfoundland) 주의 세인트존(St. Johns)이라는 곳에서 학회가 있어서 출장을 간 적이 있다. 오후 5시경에 학회일정을 모두 마치고 참석자들과 함께 그 지역 명소를 방문하게 되었다. 세인트존이라는 도시에는 유명한 관광 상품이 두 개 있었는데, 하나는 그린랜드(Greenland Glacier)와 북극으로부터 5월에 떠내려오는 빙하를 보는 것이었고, 다른 하나는 캐나다 동부 제일 끝에 위치한 세인트존의 땅끝에 서볼 수 있는 기회였다.

학회가 6월에 열렸기 때문에 안타깝게도 빙하를 볼 수는 없었다. 대신 대서양과 맞닿은 땅끝에 서볼 수 있었다. 버스를 타고 도착해보니 땅끝에 서보기 위해 이미 많은 이들이 순서를 기다리고 있었다. 눈앞에는 끝도 없이 대서양이 펼쳐져 있었다. 그 바다를 항해하면 유럽의 어느 지점이 나온다는 설명과 함께 나도 드디어 땅끝에 서게 되었다. 단 한 발짝이면 대서양으로 퐁당 빠져버리는 아찔한 순간. 겁이 나기도 했지만 용기를 내 지정된 자리에 잠깐 서 있었다. 그런데 작은 팻말 하나가 눈에 띄었다. '희망의 곳(The Cape of Hope)'이라고 적혀 있었다. 한 발만 내딛으면 망망대해에 빠질 수도 있는, '가장 절망스러운 삶의 끝자리를 상징하는 땅끝' 그 자리에 누군가 '희망이 시작되는 곳'이라는 팻말을 세워둔 것이다. 그날 저녁을 맛있게 먹고 호텔방으로 돌아왔는데, 땅끝에 섰던 그 경험보다 팻말에 적혀 있던 글귀가 내내 마음속을 맴돌았다. 아무 것도 할 수 없고 이제 곧 죽을 것 같은 절망밖에 없는 그곳이 희 망이 시작되는 곳이라니.

그러나 빅터 프랭클의 말처럼 패배하고 실패했다고 느끼는 바로 그 자리가 어쩌면 가장 강력하게 희망이 시작되는 장소가 아닐까 하는 생각이 들었다. 언젠가 이런 이야기를 들은 적이 있다. '절벽에 서서 떨어질까 봐 두려워하는 나를 누군가 절벽 밑으로 밀어버렸다. 그러나 절벽 아래로 떨어지면서 나는 그제야 비로소 내가 날 수 있다는 것을 알게 되었다.' 이제 더 이상 잃을 것이 아무것도 없는 그 자리에서 우리는 다시 일어날 힘을 얻을 수 있지 않을까. 패배와 실패라고 느끼는 곳에서 어쩌면 내 안에 있었지만 미처 깨닫지 못했던 내 안의 자기초월성, 그동안 찾지 못했던 내 삶의 의미를 만나게 되는 것은 아닐까.

빅터 프랭클은 오늘 우리에게 분명히 말하고 있다. 절망의 끝자락에서 희망이 시작된다고. 내 삶의 의미를 보게 된다고 말이다. 그러니 용기를 가져보라고. 삶의 끝에서 삶이 여전히 나에게 기대하고 있는 것이 무엇인지 들어보라고 말이다.

"자아실현은 자기초월의 부산물이다.
인간의 자기초월성은 참자아와 자아실현의 척도다"

───────

빅터 프랭클은 인간은 오직 초월을 통해서만 자신을 온전히 이해할 수 있으며 따라서 자기초월성은 참자아와 자아실현의 척도라고 말한다. 초월을 통해 인간은 삶의 장애물을 넘어 삶이 인간에게 존재하기를 원하는 곳으로 향할 수 있다. 또한 자기초월을 통해 인간은 자기 자신의 진정한 가치를 실현할 수 있다. 욕구단계설로 유명한 인본주의의 대가 매슬로는 자아실현을 인간이 채우고자 하는 최고의 욕구로 여겼다(차후에 자기초월을 하나의 욕구로 가장 최상의 자리에 놓았지만). 모든 인간은 자기 자신을 실현하고자 하는 욕구를 가지고 있다는 것이다. 그러나 빅터 프랭클은 말한다. 자아실현이 목적이 되는 순간 자아는 결코 실현될 수 없다고 말이다. 자아실현의 욕구 역시 행복이나 성공, 권력처럼 자기파괴적이기 때문이다. 의미 있는 어떤 일을 통해 부산물로 얻게 되는 것이 행복이며 기쁨, 성공이듯이 자아실현 역시 자기초월을 통해 얻을 수 있는 부산물이라는 것이다.

요즘 서점에 가보면 자기성장에 지나치게 초점을 맞춘 책들이 많이 나와 있는 것 같다. 그러나 자기성장에 너무 초점을 맞출 경우 자칫하면 모든 것을 자기 자신을 중심으로 놓게 되는 오류를 범할 가능성이 높다. 인간은 이기적으로 자신만을 위할 경우 결코 행복할 수 없으며, 오히려 자기중심적인 성향이 심리적 어려움을 불러일으킬 수 있다.

"제발 저를 분석해주세요"

2014년 한국에 안식년으로 나와 있을 때의 일이다. 하루는 강의에 참석했던 어떤 분이 개인 상담이 필요하다며 섬에 있는 나를 찾아오고 싶다고 했다. 섬까지 찾아오겠다는 다급한 마음을 외면할 수 없어 약속을 잡고 내 거처를 알려주었다. 그렇게 만나서 한참 동안 이야기를 나눴다.

이야기를 들어보니, 그동안 한국에서 특정 심리치료에 유명하다는 심리학자나 치료사는 모두 찾아다녀봤지만 아무런 소용이 없었고 급기야 섬에 있는 나에게까지 찾아오게 된 것이었다. 온갖 종류의 심리치료를 다 받아봐서인지 그분은 자기 자신의 과거나 상처에 대해 너무도 잘 알고 있었고, 그 원인과 뿌리가 어디에서 비롯되었는지도 정말 잘 파악하고 있었다. 그러나 불안과 긴장, 그리고 뭔지 모를 두려움이 좀처럼 사라지지 않는다고 했다.

그렇게 한참을 이야기하고는 얼른 자신을 분석해 달라고 했다. 섬이라 매번 올 수 없으니 가능하다면 그날 하루 동안 자신을 치료해 달라는 것이었다. 하지만 내 눈에는 그분에게 더 이상의 자기 분석이나 해석, 더욱이 치료는 필요해 보이지 않았다. 아니, 지금까지 너무 지나치게 자신을 분석하고 해석해온 경향이 있었고,

그것이 오히려 그분을 더욱 자기 자신에게만 집중하게 만든 것 같았다. 자신에 대한 지나친 관찰이 그분을 더 힘들게 하고 있는 듯했다. 나는 이렇게 답변해주었다.

"선생님, 오늘은 자기 분석이나 해석, 치료는 내려놓는 게 어떨까요? 섬에 오셨으니 그냥 이곳에서 시원한 바람도 쐬시고 자연 속에서 편안하게 한숨 푹 주무시면 좋을 것 같아요. 맛있는 감자도 삶아 드릴게요. 드시고 편히 쉬시다 가시면 좋겠습니다."

그분께 필요한 것은 자신을 꼼꼼히 관찰하고 분석해 자신(특히 자신의 과거)에 대해 완벽히 이해하려는 노력이 아니라, 오히려 자기 자신을 잠시라도 잊어버리고 내려놓는 것이었다. 자기중심적인 마음에서 자유로워질 필요가 있었다. 나의 제안에 그분은 실망감을 드러냈지만, 감자를 삶아 내고 편하게 낮잠을 잘 수 있는 공간을 마련해주자 어느새 곤한 잠에 빠져들었다. 스스로 잠에서 깨어날 때까지 나는 그분을 깨우지 않았다. 그렇게 몇 시간이 흐르고 잠에서 깨어난 뒤로는 더 이상 어떤 분석이나 해석, 치료를 요청하지 않았다. 그분이 돌아가는 길에 나는 한 가지 제안을 했다.

"선생님, 당분간은 자기 분석이나 치료를 잠시 멈추시면 좋겠어요. 대신 주말에 시간 되시면 자원봉사할 곳을 좀 찾아보시는 게 어떨까요? 어르신이나 어린아이 돌보는 일 같은 거요. 지금 하고 있는 일과 전혀 상관없는 그런 일을 해보시는 겁니다. 저는 그게 선생님에게 도움이 될 거라고 믿어요."

내가 누구인지, 내 아픔의 뿌리가 무엇인지 이해하는 것이 중요하지 않다는 말은 아니다. 그러나 그분에게 진정 필요했던 것은 자기중심에서 벗어나 다른 사람을 향하는 것, 즉 자기초월이었다. 자신의 문제에 지나치게 집중하면 자칫 자기중심성이 더욱 강화되고, 그것이 오히려 우리가 이미 가지고 있는 심리적 어려움을 심화시킬 수 있다. 자신의 열등감을 분석하고 깊이 파고드는 것이 오히려 열등감을 더 심화시킬 수 있듯이 말이다. 잠시라도 본인이 생각하는 자기중심적인 문제에서 벗어나 다른 사람을 향하고, 의미 있는 어떤 일을 해보라. 우리가 자신의 문제를 객관적으로 바라보고 헤쳐나갈 힘이 거기서 나온다. 문제의 과거를 파헤치고 원인을 찾는 것보다는 그 문제에 대해 현재 내가 무엇을 할 것인가가 훨씬 중요하다.

빅터 프랭클의 말처럼 자기초월은 치료가 불가능해 보이는 자기중심적인 심리적 장애를 치유할 가장 효과적인 명약이다. 인간은 자아와 자신의 이익을 넘어서 사랑을 베풀고 타인을 도울 수 있는 자리, 즉 자기초월을 통해 스스로를 가장 많이 도울 수 있다. 가장 많은 의미의 열매를 맺을 수 있다. 진정한 인간의 존재는 나를 넘어선 곳에서 발견할 수 있기 때문이다.

"자기 자신을 잊을 수 있다면 심리치료의 절반은 성공한 것이다"

_____

빅터 프랭클은 현대 심리치료의 가장 큰 문제점이 너무 자기 자신에게 집중하게 하는 것이라고 말했다. 기존의 심리치료에서는 치유, 자기계발, 그리고 성장이라는 명분하에 치료자가 내담자의 문제와 증상의 원인을 분석하고 밝혀내고자 함으로써 내담자가 지나치게 자기 자신에게 집중하게 만들어 정신병리를 더욱 심화시키는 경향이 있다고 말이다. 그러나 오히려 역설적으로 자신에게 집중하기보다 자신을 잊을 때 우리는 더욱 자유로워질 수 있다. 빅터 프랭클은 자기 자신을 잊을 수 있다면 심리치료의 절반은 성공한 것이라고 말한다.

"그냥 있는 줄 알고 있으면 돼요"

캐나다에 있었던 기간 동안 가장 기억에 남는 일은 프랭클 박사의 제자인 폴 엉거 교수님과 거의 매주 함께했던 시간이다. 1998년에 교수님을 만났으니 2015년 한국에 오기까지 거의 20년간 폴 엉거 교수님에게서 로고테라피를 전수받은 셈이다. 폴 엉거 교수님은 로고테라피의 개념들이나 원칙, 이론을 마치 학교 수업처럼 체계적으로 설명해주거나 하지는 않았다. 그러나 그분의 일상을 통해 그리고 대화 속에서 나는 진정으로 의미 있는 삶이 무엇인지 배울 수 있었다.

나는 거의 매주 교수님을 찾아갔다. 그렇게 이런저런 이야기를 나누던 중 한번은 내가 교수님께 이렇게 물었다.

"교수님은 늘 저에게 격려가 되는 좋은 말씀만 해주셨어요. 그런데 저를 오랫동안 알아오셨고, 정신과 의사이기도 하고 로고테라피뿐만 아니라 수많은 심리이론을 섭렵하셨으니 저보다 저를 더 잘 알고 있을 것 같아요. 이제 격려 차원의 긍정적인 말보다는 제가 고쳐야 하는 제 문제점에 대해 말씀해주세요. 저는 뭐가 문제일까요?" 내 말을 가만히 듣고 있던 교수님이 이렇게 말했다.

"정말 알고 싶어요? 자신의 문제가 무엇인지?"

"네, 정말 알고 싶습니다. 뭘 고쳐야 제가 좀 더 나아질 수 있을까요?"

분명 교수님은 내 문제점을 간파하고 있는 듯했다. 마음이 조급해졌다. 교수님의 눈에 비친 내 문제점은 무엇일까?

"네, 그럼 알려줄게요. 굳이 말해줄 필요는 느끼지 못했는데, 그렇게 알려 달라니 말해주지요. 처음 만났을 때보다는 많이 나아지긴 했지만 아직 자존감이 낮은 것 같아요. 열등감이 있어요."

교수님의 말을 듣고 나니 더욱 조급해졌다. 교수님 눈에 내가 여전히 자존감이 낮고 열등감이 있는 것으로 보였다면 그건 정확한 진단일 터였다. 그래서 다시 물었다.

"교수님! 그럼 제가 어떻게 해야 낮은 자존감과 열등감을 극복할 수 있을까요?"

얼른 해결책을 알고 싶었다. 그랬더니 교수님이 이렇게 답했다.

"아니, 그냥 그렇다고요. 자존감이 낮고 열등감이 아직 남아 있다는 걸 그냥 알고 있으면 된다고요. 그것에 대해 뭘 하려고 할 필요는 없어요. 그저 본인이 자존감이 아직은 좀 낮은 편이고 열등감이 있다는 걸 알고 있는 것으로도 충분해요. 딱히 뭘 할 필요는 없어요."

너무도 황당한 답변이었지만 '그렇다는 걸 그냥 알고 있으면 되고 아무것도 하지 않아도 된다'는 말을 듣는 순간 왠지 모를 마음의 평화가 찾아왔다. 굳이 투쟁할 필요 없이 그냥 있는 그대로 받아들이면 되는 것이었다. 자존감을 높이기 위해 어떤어떤 것을 해야 하고 열등감을 없애려면 이것저것 해야 한다고 말해주었다면 오히려 내 마음은 복잡했을 것이고, 낮은 자존감과 열등감에 더욱 집중하게 되었을 것이다. 그리고 그 뿌리가 어디에 있는지 분석하려 했을 것이다. 그러나 있는 그대로의 내 모습을 받아들이니 오히려 마음이 평안해지면서 용기가 났다. 아무것도 하지 않았는데도 그 말을 듣는 순간 절로 자존감이 높아지고 열등감이 사라지는 것 같은 느낌마저 들었다. 그날 교수님은 단번에 내가 낮은 자존감과 열등감을 '초월'할 수 있게 도와주었다.

"자기초월을 통해 인간은 스스로를 가장 많이 도울 수 있다"

발음 고쳐주는 아이

캐나다에서 대학원 과정으로 600시간의 상담 임상실습을 했다. 인턴십을 한 곳은 브리티시콜럼비아(British Columbia) 주의 아동가족 복지부(Ministry of Children and Families)였다. 그곳에는 주로 아동, 청소년, 가족 문제로 힘들어하는 분들이 상담을 받으러 왔다. 나는 특히 아동이나 청소년들을 많이 상담했는데, 영어가 모국어가 아닌 내가 현지의 캐나다인을 상담하기란 부담스러운 일이었다. 캐나다에서 원어민이 아닌 나의 영어 실력은 어딜 가나 극복할 수 없는 한계였기 때문이다. 그런데 나는 그곳에서 내 언어의 장벽이 상담에서 얼마나 치료적인 효과를 가질 수 있는지 확인하는 매우 흥미로운 경험을 하게 되었다. 특히 아동과 상담할 때 더욱 그러했다.

하루는 일곱 살짜리 아동 내담자가 내 영어 발음이 잘못되었다고 지적을 했다. 성인들은 내가 어떤 단어를 잘못 발음해도 굳이 지적하지 않고 그냥 넘어갔는데, 아이들은 달랐다. 그 아이는 내 발음을 지적하더니 자신이 해당 단어를 발음하며 나보고 따라 해보라고 했다. 나는 순순히 아이의 발음을 따라 했다. 여러 번 반복하면서 내 발음이 점점 좋아지자, 아이가 너무도 좋아했다. 그날 이후 아이는 상담시간 내내 내 발음을 교정해주기 시작했다. 어느

날은 집에서 자신이 읽고 있는 동화책을 가져와서는 나에게 자기 앞에서 읽어보라고 했다. 내가 동화책을 다 읽고 나자 아이는 아주 천천히 단어 하나하나 다시 읽으며 나한테 따라 해보라고 했다. 몇 달간 모래치료나 놀이치료, 미술치료 등 어떤 치료기법을 동원해도 좋아지는 기색이 없던 그 아이는 그날 이후 일주일에 한 번씩 만날 때마다 차츰 얼굴색이 환해지기 시작했다.

아이 부모와 면담을 해보니 집에서도 아이의 행동이 차분해졌다고 했다. 어느 날부터는 엄마 아빠가 하는 일을 조금씩 도와주기 시작했다고도 했다. 그리고 상담받으러 가는 걸 싫어했던 아이가 일주일 내내 상담 날을 기다린다는 것이었다. 아이는 상담시간에 내가 자신의 발음을 따라 하면서 발음이 정확해질 때마다 뭔가 기쁨을 느끼는 듯했다. 그 기쁨은 무엇이었을까? 아이는 늘 누군가에게서 보호를 받는 수동적인 존재로 취급받아왔다. 그러나 이제 누군가에게 뭔가를 줄 수 있는 존재로 바뀐 것이다. 늘 받기만 하던 존재에서 이제는 뭔가를 주고 도움이 되는 존재로 바뀐 것이다. 나의 언어 장벽이 아이에게는 '자기초월을 할 수 있는 기회'가 되었던 셈이다.

자신이 누군가에게 뭔가를 줄 수 있을 때 인간은 본질적으로 기쁘고 행복한 존재가 된다. 그것이 바로 인간의 본성이기 때문이다. 누군가에게 뭔가를 줄 수 있는 '의미 있고 가치 있는 존재'임을 자각할 때 우리는 부수적으로 자신이 가지고 있는 문제와 증상들을 잊고 이겨낼 수 있는 힘을 얻게 되는 듯하다. 그 아이와의 상담 시간은 '인간은 자기초월을 통해 스스로를 가장 많이 도울 수 있다'는 빅터 프랭클의 말이 무슨 뜻인지 제대로 실감할 수 있는 계기가 되었다. 또한 진정한 인간의 존재는 자신을 넘어서서 발견할 수 있다는 말의 뜻도 체득할 수 있었다. 심지어 그 아이는 늘 기죽어 있던 치료자로서의 내 자존감까지 높여주었다. 지금도 나는 내 영어 발음을 고쳐주며 책을 읽어주던 그 아름답고 당찬 눈빛을 잊을 수가 없다.

"과도한 의도는 과도하게 숙고하게 만들고 그것이 증상을 악화시킬 수 있다(탈숙고)"

───────

빅터 프랭클은 자기초월이라는 로고테라피의 주요 개념에 기반해 탈숙고(De-reflection)라는 로고테라피 기법을 제시한다. 그러면서 그는 문제에 지나치게 주의를 기울이는 것이 증상을 일으키거나 있던 증상을 악화시킨다는 점을 강조한다. 즉 어떤 것에 대해 지나치게 의도를 하게 되면 그에 대한 생각이 과도해지고 이것이 오히려 문제를 일으킬 수 있다는 것이다.

예를 들어 성적 신경증의 하나인 발기부전의 경우, 비뇨기과적인 문제가 그 원인일 수도 있고 심리적인 문제가 있을 수도 있다. 만약 발기부전이 심리적 요인에 의한 것이라면 성적 쾌락에 대한 과도한 의도가 그 원인 중 하나일 수 있다. 즉 성적인 쾌락이 목적이 되어 지나치게 이를 의도하는 경우 자신의 행동 하나하나를 과도하게 관찰하게 되고 그것이 오히려 발기부전이라는 증상을 야기할 수 있다는 것이다. 성적인 행위를 매개로 사랑을 나누는 것이 관계의 근본적 목적이 아니라 성적인 행위 자체가 목적이 되거나 이에 따른 성적 쾌락이 목적인 경우, 성적 행위 자체에 너무 집중하게 되어 역효과가 날 수 있는 것이다.

이때는 자신이 성취하고자 하는 것에 지나치게 집중하기보다는 자기초월적으로 다른 것에 시선을 돌리는 것이 문제와 증상에서 벗어나는 길이다. 즉 문제나 증상에 대해 집중하고 생각하는 것으로부터 탈피해 '의미 있는 사람'이나 '의미 있는 일'로 향하는 것이다. 성적 신경증의 경우, 성적 행위에 집중하거나 성적 쾌락을 목적으로 삼기보다는 '의미 있는 대상'인 사랑하는 사람에게 집중하는 것이다. 그러면 설사 성적 행위를 '성공적으로 수행'하지 못한다 해도, 의미 있는 대상인 상대방과의 애정 표현 자체가 진정 의미 있는 것이 될 것이므로, 성공적으로 성적 행위를 해야 한다는 부담감에서 자유로워질 수 있다. 이렇게 되면 자신을 지나치게 관찰하던 자기중심적 의도와 숙고로부터 탈피할 수 있게 되고 그러면 자연스럽게 발기부전이라는 성적 신경증의 증상이 사라질 수 있을 것이다.

운동선수가 경기에 나갈 때 승패에만 과하게 목적을 두고 그것에만 집중하면 오히려 그런 의도와 과도한 주의 집중으로 인해 더욱 긴장하게 된다. 이 경우 자신의 행동 하나하나에 지나치게 집중하게 될 가능성이 높고 그러면 경기를 성공적으로 치르기 힘들어진다. 승패에 집중하기보다 경기 자체를 '의미 있게' 즐길 수 있고, 등수보다 경기 자체가 주는 의미에 집중할 수 있다면 이에 따른 부산물로 좋은 성과가 뒤따를 수 있을 것이다.

"허리 통증 때문에…"

다음의 이야기는 빅터 프랭클이 직접 경험한 성적 신경증 치료 사례다.

중년의 내담자 부부는 25년 넘게 다복한 결혼생활을 해왔다. 그러나 최근 아내의 허리 통증으로 인해 부부생활에 어려움을 겪게 되었다. 평소에는 아무 이상이 없던 아내가 남편과 부부관계를 할 때만 이상하게도 허리에 통증을 느낀다는 것이었다. 허리 통증이 심각한 정도는 아니었지만, 부부관계 중 허리 통증을 경험한 아내는 남편이 부부관계를 원할 때마다 통증이 더 심해질 것 같은 우려가 앞서 예전처럼 정상적인 부부관계를 할 수 없었다. 아내는 차츰 남편과의 부부관계를 피했고, 이에 남편은 아내의 사랑을 의심하기 시작했다. 남편은 아내가 허리 통증 때문이 아니라 그걸 핑계로 자신을 피하는 건 아닌가 의심하게 되었다. 결국 부부 사이에 다툼이 잦아지면서 갈등이 더욱 심화되었고, 이로 인해 부부관계가 더욱 나빠지고 소홀해졌다. 남편이 부부관계를 원할 때마다 아내는 허리 통증이 심해질까 봐 미리 두려워했고, 아내가 그럴수록 남편은 아내가 자신을 거부한다는 의심을 키워갔다. 이런 악순환의 고리가 계속 반복되었다.

빅터 프랭클은 우선 부부에게 몸과 마음 간의 상호관계에 대해 설명하고, 인간은 불안과 의심에 대해 "아니오"라고 말할 수 있는 영적 존재임을 알려주었다. 그리고 남편에게 부부관계에 있어 성적 행위에 대한 의도를 버리고 그저 부드럽게 아내를 애무해줄 것을 권고했다. 굳이 부부관계를 하지 않더라도 남편이 애무를 통해 아내에 대한 사랑을 표현한다면 아내의 불안감을 낮출 수 있을 것으로 예상한 것이다. 아내에게는 허리 통증에 대해 생각하지 말고 남편에 대한 자신의 사랑에 집중하도록 권고했다. 즉 사랑하는 남편의 좋은 점에 대해 생각하도록 한 것이다. 또한 남편이 부부관계를 원하지 않을 때라도 아내가 먼저 부부관계를 주도적으로 시도해보라고 조언했다. 남편에게는 부부관계를 자제하게끔 한 반면, 아내에게는 적극적으로 부부관계를 시도하도록 한 것이다.

다음 상담을 위해 방문한 부부는 약간 부끄러워하며 이렇게 말했다. "저는 정말 애무만 하려고 했는데요, 그게 잘 안 되더라고요." 남편이 말했다. "저는 선생님 말씀대로 제 허리 통증에 집중하며 불안해하기보다 남편에게 집중했어요. 남편을 처음 만났을 때를 기억해냈고, 여전히 우리가 서로를 얼마나 사랑하고 있는지도 깨달았어요. 그러고 나니 놀랍게도 제가 불안해하던 허리 통증 따위는 아예 생각이 나지도 않더라고요. 정말 신기하게도 허리 통증 없이 남편과 부부관계를 잘 할 수 있었어요. 정말 기뻐요." 그날 이후 아내는 더 이상 부부관계 중에 허리 통증을 경험하지 않았다고 한다.

아내가 왜 부부관계 중에만 허리 통증을 느꼈는지 그 원인은 여전히 알 수 없다. 하지만 분명한 것은, 그녀가 남편에 대한 사랑에 집중함으로써 허리 통증에서 벗어날 수 있었다는 사실이다.

빅터 프랭클의 자기초월에 대한 정의를 정리하다 보니 프란치스코 교황의 아름다운 메시지 중 한 구절이 떠오른다.

"강물은 제 물을 마시지 않습니다. 나무는 제가 맺은 과일을 먹지 않습니다. 태양은 제게로 빛을 비추지 않고, 꽃은 자신을 향해 향기를 흩뿌리지 않아요. 타인을 위해 사는 것, 이것이 우주의 법칙입니다. 우리는 서로 도우며 살도록 태어났어요. 그렇게 하는 게 비록 어렵다 해도 말이지요. 우리가 행복하면 삶은 멋지죠. 그러나 다른 이들이 당신으로 인해 행복해지면 삶은 더 멋질 겁니다."

제6장

자기와 거리두기

"인간은 자기 자신과 거리를 둘 수 있는 존재다"

———————

"그는 암 환자가 아니에요. 암을 가지고 있을 뿐이죠." 암 투병 중인 대학원 지도교수님의 안부를 묻고자 보낸 편지에, 걱정 말라면서 회신해온 교수님 아내의 답장에 적혀 있던 글이다.

빅터 프랭클은 자기초월성과 더불어 '자기 자신과 거리두기'를 인간만의 고유한 능력이자 로고테라피의 핵심 개념으로 제시한다. '자기와 거리두기'란 한마디로 자신이 가지고 있는 것(having)과 자신의 존재 자체(being)를 떨어뜨릴 수 있는 능력을 말한다. 앞서 설명했듯이, 몸과 마음은 우리가 '가지고 있는 것'이며 영은 우리의 '존재 자체'다. 또한 우리의 생각과 행동은 사실 '가지고 있는 것'이다. 생각이나 행동이 우리 존재 자체가 될 수는 없다. 증상이나 문제 역시 우리가 가지고 있는 것으로서, 우리의 존재 자체는 아니다.

교수님 아내의 "그는 암 환자가 아니에요. 암을 가지고 있을 뿐이죠"라는 말은, 가지고 있는 것과 존재 자체 사이의 차이를 알아차리는 '자기와 거리두기'가 무슨 뜻인지 잘 설명해준다. 존재 자체가 암 환자일 수는 없다. 암은 가지고 있는 것이다. 암 환자라는 것과 암을 가지고 있는 것은 천지 차이로 아주 다른 의미를 지닌다. 언젠가 한 방송에서 암 투병기에 대해 이야기하던 어떤 개그맨이 이렇게 말한 적이 있다. "제가 아픈 것이 아니라 제 병명이 아픈 것이었습니다." 사람의 존재 자체가 아플 수는 없다. 가지고 있는 병명이 그러했고 몸이 아팠던 것이다. 즉 이 말은 인간은 몸과 마음을 가지고 있어서 아프고 상처받을 수 있지만 존재 자체인 인간은 영적으로 아프거나 상처받지 않는다는 말과 일맥상통한다.

이처럼 우리가 가진 것과 존재 자체를 떨어뜨리는 '자기와 거리두기'를 할 수 있는 이유는 바로 인간만이 지닌 메타인지(meta-cognition) 능력 때문이다. 메타인지란 '생각에 대한 생각을 할 수 있는 능력'을 말한다. 인간은 생각하고 있는 자기 자신을 보면서 또 다른 생각을 할 수 있는 존재다. 특별한 이유도 없이 누군가가 미워질 때 그 사람을 미워하는 자신이 있는가 하면, 한편으로는 그런 자신을 바라보면서 '도대체 왜 그래? 이제 그만 좀 하지'라고 말하는 자신이 있다. 슬픔에 빠져 있을 때도, 다른 한편엔 슬퍼하는 자신을 바라보면서 스스로를 위로하는 내가 있다. 동물도 슬퍼하고 화를 낼 순 있다. 그러나 그런 자신을 바라볼 수는 없다. 동물은 화내고 있는 자신을 바라보면서 '이제 그만 좀 하지'라는 생각을 하지 못한다. 인간만의 고유한 메타인지 능력 덕분에 우리는 가진 것과 존재 자체를 떨어뜨릴 수 있는 것이다.

"치매 환자가 아니야"

치매에는 여러 가지 원인이 있고 증상도 다양하지만, 가장 공통적인 것은 아마도 인지능력이나 기억력의 상실일 것이다. 인지능력과 기억력은 '잃어버릴' 수 있다. 인간이 '가지고 있는 것'이기 때문이다. 그러나 그것이 인간의 존재 자체는 아니다. 즉 '인간=인지능력' 혹은 '인간=기억력'은 아니다. 따라서 가지고 있던 인지능력이나 기억력이 상실되었다고 해서 인간 자체가 그 자신을 잃어버리는 것은 아니다. 존재 자체는 잃어버릴 수 있는 것이 아니기 때문이다. 그러므로 인간이 치매 자체가 될 수는 없다. 단지 치매라는 증상을 '가지고 있고' 그로 인해 고통을 경험하고 있는 것이다. 존재 자체를 치매 환자로 바라본다면 더 이상 우리에게 무슨 희망이 있을까.

오래 전 미국의 로고테라피 치료자들이 치매 어르신이 머무는 요양원에 방문해 한 가지 연구를 진행했다. 아프지 않은 영적 존재로서 치매 어르신들이 세상에 드러내는 로고힌트라는 빛을 찾기 위해서였다. 일주일간 요양원에 머무르며 관찰한 결과, 연구자들은 인지능력과 기억력의 상실로 인해 몸과 마음은 아프지만 여전히 어르신들의 내면에서 빛나는 수많은 긍정적인 빛들, 즉 로고힌트를 관찰할 수 있었다고 한다. 식사를 하고 나서 옆에 있는 사람의 식판을 자신의 것과 함께 반납하고, 자신보다 더 아픈 누군가를 위해 꽃 한 송이를 따다 주고, 아름다운 꽃을 보며 활짝 미소 짓고, 누군가의 작은 도움에도 늘 감사하다는 말을 잊지 않는 모습, 즉 아프지 않은 영적 존재로서의 모습을 수없이 많이 목격했다.

치매 환자를 돌보는 요양원에서 근무하는 간호사들을 대상으로 로고테라피 교육을 하면서 나는 참석자들에게 도전적인 질문과 제안을 던졌다. 진료차트에 매일 무엇을 적고 있는지, 즉 환자들이 오늘은 무엇이 잘못되었고 무엇을 할 수 없는지 등 그날 발생한 문제들만 적고 있지 않은지 물어보았다. 그리고 앞으로는 환자들이 상실한 것들뿐 아니라 존재 자체에서 비치는 영의 모습을 관찰하고 그것도 적어보면 어떻겠느냐고 제안했다.

우리는 문제와 증상 자체가 아니다. 문제와 증상을 가지고 있을 뿐이다. 이렇게 가지고 있는 것과 존재 자체를 구분하고 객관적으로 떨어뜨려 볼 수 있을 때 우리는 진정으로 자신의 참모습, 나아가 타인의 참모습을 발견하고 바라볼 수 있을 것이다.

"거리두기를 통해 인간은 피할 수 없는 고통에 대해 어떻게 반응할지를 선택할 수 있다"

———————

고통 자체가 아니라 고통에 대해 어떻게 반응할 것인가 하는 우리의 태도와 선택이 더욱 중요하다. 이때 발휘되어야 하는 것이 바로 자기와 거리두기다. 고통은 어떤 문제나 증상처럼 우리가 '가지고 있는 것'이지 우리 '존재 자체'가 아니기 때문이다. 우리는 고통에 대해 어떻게 반응할 것인가를 통해 더욱 성장할 수 있는 가능성을 가진 존재다. 고통을 객관적으로 자신으로부터 떨어뜨릴 수 있을 때 우리는 고통과 자기 존재 간의 거리와 차이를 알아차릴 수 있다. 그렇게 할 수 있을 때 비로소 우리는 부정적인 상황 속에서 긍정적인 의미를 발견할 수 있다.

상담 중에 나는 종종 '나는 누구인가?'를 주제로 내담자와 문장 완성하기를 한다. 열등감이 많고 자존감이 낮은 내담자들의 경우 '나는 _____ 이다'라는 10개의 문장을 주고 빈칸을 완성하라고 하면 대부분 부정적인 자아상에 대한 문장들로 빈칸을 가득 채우곤 한다. '나는 이기적이다' '나는 불성실하다' '나는 무책임하다' '나는 게으르다' 등등.

그러면 나는 우선 그런 내담자들과 문장을 바꾸는 작업에 들어간다. 즉 '나는 이기적이다'라는 문장을 '나는 이기적이라고 생각한다'로 바꿔 적도록 한다. 존재 자체가 '이기적'일 수는 없기 때문이다. 만약 '나=이기적'이라는 공식이 성립되려면 태어나서 삶을 살아오는 동안 24시간 내내 이기적이었어야 한다. 그래야 존재에 이기적이라는 말을 붙일 수 있다. 마찬가지로 만약 '나=게으름'이라는 공식이 성립되려면 나는 평생 24시간 내내 게을렀어야 한다. 예를 들어 지금부터 내일까지 24시간 동안 단 1분도 쉬지 말고 이기적이거나 게으르게 생활해보라. 불가능하다. 이기적이거나 게으른 '생각과 행동'을 할 수는 있다. 그러나 존재 자체가 이기적이거나 게으를 수는 없다. 그렇다고 이기적이거나 게으른 생각이나 행동을 합리화하려는 건 아니다.

생각과 행동은 '가지고 있는 것'이지 존재 자체가 아니라는 것을 인식하는 순간 우리는 자신의 생각과 행동을 객관적으로 바라볼 수 있게 되고, 그것이 건강하지 않은 것이라면 스스로 그런 생각이나 행동을 수정하고 고쳐나갈 수 있게 된다. 그러나 존재 자체가 이기적이거나 게으르다고 말한다면 우리는 자신이 가지고 있는 것과 존재 자체를 혼동함으로써 가지고 있는 것에 함몰되어 스스로를 객관적으로 바라볼 수 없고 결국 자신을 도울 수 없게 된다.

일례로, 우울증이 인간의 존재 자체일 수는 없다. 단지 우울증이라는 증상을 가지고 있고, 그 증상에 의해 고통을 겪고 있을 뿐이다. 존재 자체가 우울증 환자가 되는 순간, 스스로 자신을 온전히 도울 수 없으며 누군가에게 도움을 청하기도 힘들어진다.

"

삶의 황폐함은 종종
우리로 하여금
하늘을 볼 수 있게 해준다.

"

"감정이나 고통은 잘 기술하는 순간
더 이상 감정이나 고통에 머무르지 않는다"

––––––––––

'감정'은 영어로 'emotion'이다. 여기서 'e'에는 out(밖)이라는 의미가 있고 'motion'은 'move'라는 어원에서 비롯되었다. 따라서 감정은 우리의 생각을 움직이고, 우리의 행동과 선택, 결정을 밖으로 움직이는 것이라고 정의할 수 있다. 우리는 흔히 감정을 부정적이거나 긍정적인 것으로 나누곤 하지만, 사실 긍정적이거나 부정적인 감정은 없다. 어떤 특정한 감정에 따라 움직인 우리의 생각이나 행동, 선택, 결정이 부정적이거나 긍정적일 수는 있지만 감정 자체가 부정적이거나 긍정적일 수는 없다. 그러나 이렇듯 감정은 우리로 하여금 부정적이거나 긍정적으로 반응하게 하기 때문에, 특정 감정을 무조건 억눌러서는 안 되며 잘 느낄 필요가 있다.

'잘 느낀다'는 말은 감정이 우리에게 주는 메시지를 읽어내는 것을 말한다. 그런데 우리 주변에는 '슬퍼하지 마라', '화내지 마라', '죄책감을 느끼지 마라' 등 감정을 부정적인 것으로 인식하여 '느끼지 말라'거나 무작정 억누르라고 하는 경우가 많다. 이는 결코 건강한 방법이 아니다. 그렇다고 느껴지는 대로 마구 화를 내거나 마냥 슬퍼하라는 말은 아니다. '잘 느끼라는 것'은 그런 감정들이 우리에게 주는 메시지에 귀를 기울이라는 의미다. '슬픈 감정이 현재 나의 상태에 대해 무엇을 말해주는가? 분노의 감정이 나에게 어떤 정보를 주는가? 지금의 이 분노는 무엇과 관련이 있나?' 이렇게 우리가 느끼는 감정을 자신과 조금 분리해서 거리를 두고 바라보라는 것이다. 자신이 느끼는 감정과 거리를 두고 그것이 말해주는 메시지를 읽어냄으로써 우리는 보다 건강한 행동과 선택을 할 수 있게 된다.

생각도 마찬가지다. 자기 자신이나 세상, 혹은 미래에 대한 부정적인 생각은 우리로 하여금 왜곡된 감정을 느끼게 하고, 이는 다시 우리가 건강하지 못한 반응을 하도록 만든다. 따라서 종종 부정적인 생각이 든다면 그런 생각과 거리를 두는 연습이 필요하다. 일례로, '나는 정말 바보 같아'라는 생각이 들 경우, 자신의 존재 자체가 '바보'인 것이 아니라 그렇게 '생각'하고 있음을 인지할 필요가 있다. 그리고 '나는 정말 바보 같아'라는 문장을 '나는 내가 바보 같다고 생각하는구나'로 바꾸어야 한다. 존재 자체가 바보인 것과 바보 같다고 생각하는 것에는 큰 차이가 있다. 그렇게 문장을 바꾸기만 해도 우리는 자신이 가지고 있는 어떤 생각으로부터 우리 자신을 떨어뜨릴 수 있게 된다.

이처럼 존재와 생각을 분리시키고 나면 비로소 우리는 그 생각과 거리를 두고 그것이 어디서 비롯되었는지 보다 객관적으로 자신을 바라볼 수 있게 된다. 그것이 내 생각인지, 아니면 누군가에게서 반복적으로 들은 것인지, 그런 생각을 증명할 만한 근거나 증거 혹은 사건이 있었는지 분석해볼 수 있게 된다. 나아가 우리는 이런 짧은 사고 실험을 통해 우리가 가지고 있는 왜곡된 자아상이나 생각으로부터 보다 자유로워질 수 있다.

객관적으로 자신을 바라보는 것이 결코 쉬운 일은 아니다. 자기중심적인 주관적 시각과 거기에서 비롯되는 자신의 감정이나 생각은 사실 온전히 '내가 누구인지'로부터 오지 않는 경우도 많기 때문이다. 즉 감정이나 생각은 우리의 '마음'에서 비롯되고, 마음은 우리가 처해 있는 환경에 영향을 받는다. 이로 인해 우리의 마음은 몸처럼 상처받고 아플 수 있다. 이렇게 상처받고 아픈 마음에서 느끼는 감정이나 생각은 진짜가 아니라 왜곡될 수 있음을 인식하는 것이 무엇보다 중요하다.

"유머는 인간 영의 가장 강력한 무기다"

머릿속에 괴물을 만든다는 말이 있다. 어떤 문제에 계속 집중하다 보면 우리는 '만약 …하다면' 식으로 계속 상상의 나래를 펼치게 된다. 그러면 결국 아주 작게 시작된 문제들이 어느새 머릿속에 괴물이 되어 자리를 잡게 된다. 이때는 머릿속에 '가지고 있는 생각'을 밖으로 끄집어내는 것이 중요하다. 밖으로 꺼내서 객관적으로 바라봐야 한다. 머릿속에 괴물이 들어서면 그것이 바로 나 자신이 되기 때문에 우리는 더 이상 자신이 만든 괴물과 맞서 싸울 수 없게 된다.

인간이 가지고 있는 영적 차원의 유머는 머릿속에 우리가 만들고 있는 괴물을 밖으로 *끄집어내는* 데 가장 효과적인 무기다.

목사와 천국

캐나다 밴쿠버에 있을 때 교통사고 관련 상담을 받기 위해 나를 찾아온 60대 중반의 남성이 있었다. 다행히 교통사고로 몸을 다치지는 않았지만, 사고 후유증으로 트라우마가 생겨 운전을 못하게 되었고 이로 인해 일상생활에 큰 지장을 받고 있다고 했다. 그는 작은 노래방을 운영하고 있었는데, 사고로 운전을 못하게 된 뒤로는 출퇴근을 가족들에게 의존하다 보니 불편이 이만저만이 아니었다.

그런데 막상 상담이 본격적으로 시작되자 내담자는 운전을 못하는 것에 따른 불편함보다 자신이 다니는 교회에 대한 불만을 털어놓기 시작했다. 이후 매번 상담시간에 교회를 담당하는 목사에 대한 험담을 늘어놓았다. 그렇게 한 시간 동안 쉬지 않고 목사에 대한 욕과 험담을 하고 나서는 후련하다는 듯 상담실을 나서곤 했다. 그런데 희한하게도, 그렇게 목사의 험담을 하면서도 주일마다 한 번도 빠짐없이 교회에 나가고 십일조도 매달 꼬박꼬박한다는 것이었다.

그렇게 몇 주가 흘렀다. 누구에게도 할 수 없는 담임목사에 대한 험담이 계속 이어졌고, 그는 그나마 나에게라도 와서 속이 후련하게 험담을 하고 가니 마음은 정말 편해지는 것 같다고 했다. 하지만 내담자의 일상생활에는 건강한 변화가 전혀 없는 것 같았다.

"선생님, 혹시 목사님과 천국 이야기 아세요?" 나는 예전에 누군가에게서 들은 이야기를 목사 관련 이야기로 각색해 들려주기로 했다. '목사님과 천국'이라는 말에 내담자는 곧바로 "모르는데요. 무슨 이야기인가요?" 하며 무척 흥미로워했다.

"어느 날 한 교회 성도가 세상을 떠나 하늘나라로 갔다고 해요. 한평생 열심히 살았던 그분은 당연히 천국으로 가게 되었죠. 천국문 앞에 가보니 예수님께서 앉아 계셨는데, 그 성도를 보더니 무심하게 '왔냐!'라고 말씀하시면서 저쪽으로 들어가라고 하시더랍니다. 그는 좀 당황스러웠지만 아무튼 천국문 안으로 들어갔대요. 그런데 다음날 그분이 다니던 교회 담임목사님께서 하늘나라로 오셨다는 거예요. '목사님도 오셨네' 하며 반가워서 나가려는데 천국문 앞에 앉아 계시던 예수님께서 목사님을 보고는 갑자기 벌떡 일어나서 목사님께 막 달려가시더래요. 그러더니 목사님을 얼싸안고 펑펑 우시더라는 거예요."

내가 여기까지 이야기하자 내담자의 얼굴이 일그러지기 시작했다. 급기야 얼굴이 시뻘개지더니 막 화를 내면서 이렇게 말했다. "아니, 어쩜 그럴 수가 있대요? 아무리 이야기라지만 예수님 너무

하시는 거 아니에요? 그렇게 차별을 하다니요! 일반 성도가 갔을 때는 왔냐 하고 무심하시더니 목사님이 가니까 눈물까지 흘려가면서요! 예수님 정말 너무하시네요."

"선생님, 끝까지 들어보세요. 그래서 너무 화가 난 성도가 예수님께 가서 따지기 시작했다고 해요. '예수님, 너무하시는 거 아닌가요? 제가 왔을 때는 그리도 무심하시더니 어떻게 목사님이 오니까 눈물까지 흘려가며 얼싸안고 그러시나요? 사람 차별하세요?' 이렇게 항의를 했대요. 그랬더니 예수님께서 한숨을 푹 내쉬며 이렇게 말씀하시더랍니다. "얘야, 내 말을 들어보렴. 그 목사는 백 년 만에 천국에 온 목사란다! 백 년 동안 목사가 단 한 명도 천국에 온 적이 없었거든. 그러니 너무 감격해서 눈물이 났던 거지.""

이 말이 끝나기가 무섭게 내담자는 배꼽을 쥐고 웃기 시작했다. 한참을 그렇게 웃고는 그날 이후 상담시간에 더는 목사에 대한 험담을 하지 않았다. 이 유머가 내담자에게 무엇을 보게 한 것일까? 그 이야기에 깊이 공감한 것일까? 물론 그랬을 수도 있지만, 무엇보다 빵 터져 웃으면서 자연스레 자신과 거리두기가 되었고 자기 자신을 객관적으로 보기 시작한 것이다. 즉 목사에 대해 험담을 하고 있는 자신의 불합리한 모습과 진정한 자기 자신의 모습을 떨어뜨려 볼 수 있게 된 것이다. 그러고는 더 이상 목사의 험담을 할 이유를 찾지 못하게 된 것이다. 이후 험담하는 '증상'은 사라졌다. 머릿속에 있던 괴물이 밖으로 튀어나온 것이다. 그 뒤로 내담자는 자신의 진짜 어려움, 즉 운전에 대한 두려움에 집중해 치료에 몰두할 수 있었다.

빅터 프랭클은 유머를 인간 영의 '가장 강력한' 무기라고 정의한다. 특히 자기와 거리두기에 있어 유머는 없어서는 안 될 필수적인 요소다. 유머를 통해 인간은 자기 자신과 행동 그리고 증상과 공포로부터 떨어져 자신을 객관적으로 바라볼 수 있게 되기 때문이다.

물론 유머의 대상은 '사람 자체'가 아니라 비이성적으로 불합리하게 과장된 공포와 감정이다. 우리가 가지고 있는 증상에 대해 웃을 수 있게 되면, 우리는 그 증상과 거리를 두게 되고, 그럼으로써 총체적이고 객관적으로 우리 자신을 바라볼 수 있게 된다. 그러면 우리의 행동과 증상 그리고 자신이 가지고 있는 공포감이나 고통이 얼마나 불합리한 것인지 알 수 있게 된다. 그래서 의미 있는 삶을 실현하는 데 있어 유머는 없어서는 안 될 강력한 힘을 가지고 있다는 것이다. 무엇보다 유머는 우리가 가지고 있는 문제와 증상, 고통과 우리 존재 자체를 떨어뜨려 우리가 가진 모든 것을 객관적으로 바라볼 수 있게 해주기 때문이다.

중요한 것은,
삶에 질문하는 것이 아니라
삶에 답하는 것이다.

"우리를 미소 짓게 하는 것, 웃게 하는 것이
우리를 공포스럽게 하지 않는다(역설적 의도)"

────────

무언가에 공포감을 느끼면 우리는 둘 중 하나의 행동을 취한다. 하나는 그 대상과 맞서 싸우는 것이고 다른 하나는 도망가는 것이다. 맞서 싸우기와 도망가기(fight or flight)는 공포에 반응하는 인간의 가장 기본적인 생존전략이다. 맞서 싸우기로 대응할 때 우리는 무의식적으로라도 그 대상에 대항할 힘이 있다고 느낀다. 그러나 맞서 싸워서 도저히 이길 자신이 없다고 느끼면 우리는 공포스러운 대상으로부터 전력을 다해 도망간다.

그러나 도망가기를 통해서는 공포스러운 대상을 근본적으로 극복할 수 없다. 잠시 동안은 공포스러운 대상이나 상황으로부터 도피할 수 있겠지만 비슷한 상황에 직면하게 되면 또다시 공포의 상황을 상상하게 되고, 그럴수록 공포감이 더욱 증폭되기 때문에 도망가기라는 반응이 더욱 강력해진다.

빅터 프랭클은 이 점을 간파하고, 만일 어떤 것이 우리를 공포스럽게 한다면 그 대상으로부터 도망치지 말고 오히려 적극적으로 초대하고 소망하라고 주문한다.

"강아지가 무서워"

어릴 때 강아지에게 여러 번 물린 경험이 있는 나는 이후 강아지 공포증이 생겨버렸다. 크든 작든 강아지만 보면 몸이 굳어버리고 마치 강아지가 나를 공격할 것만 같았다. 산책을 하다가도 저 멀리서 주인과 함께 산책하는 강아지를 보면 몸이 자동적으로 굳어 얼음이 되기 일쑤였다. 그러곤 그대로 서서 주인과 강아지가 무사히 지나가기만을 기다리거나 가던 길을 되돌려 걷곤 했다. 하물며 태어난 지 얼마 안 된 조그만 강아지 앞에서도 그렇게 주눅이 들고 두려워하는 내 모습은 내가 생각해도 정말 이해가 되지 않았지만, 어릴 때 강아지한테 물렸던 기억은 어른이 되어서까지 사라지지 않았다.

캐나다에서 살아보니 그곳은 정말 '개판'이었다. 집집마다 강아지 한두 마리 없는 집이 없었다. 한번은 친한 캐나다 친구가 자신의 집으로 저녁식사 초대를 한 적이 있었다. 캐나다 사람들이 집으로 식사초대를 하는 것은 그만큼 각별하게 생각한다는 뜻이기 때문에 기꺼이 즐거운 마음으로 친구집을 방문했다. 그런데 그 집에도 역시나 강아지 두 마리가 있었다. 한 마리는 심지어 이름이 베어(곰)였다. 시커먼 털에 덩치도 엄청 큰 베어가 문앞에 버티고 있었다. 강아지를 보자마자 나의 몸은 얼어버렸고, 그런 내 모습을 감지한 탓인지 베어가 나를 향해 미친듯이 짖어대기 시작했다. 다행히 친구가 얼른 나와서 베어를 다른 곳으로 데리고 갔지만, 아직도 나는 그 친구가 흘리듯 한 말을 기억하고 있다. "베어가 이렇게 짖는 걸 여태 한 번도 본 적이 없는데 웬일일까?" 마치 나에게 뭔가 문제가 있는 것처럼 느껴지기까지 했다.

그 이후로 강아지가 있는 집에는 더욱 가지 않게 되었다. 강아지라는 공포의 대상에게서 점점 더 도망가버린 것이다. 사실 어릴 적 강아지에게 몇 번 물린 이후에 수많은 강아지를 만났지만 실제로 물려본 적은 한 번도 없었다. 그러나 강아지 공포증은 회복될 기미를 보이지 않았다. 그러던 어느 날 곰곰이 생각해보니 내가 진짜 두려워하는 것은 정작 강아지가 아니었다. 강아지 앞에서 얼어붙고 무서워하는 '나의 두려움'을 나는 두려워하고 있었던 것이다. '강아지 앞에서 또 얼어붙어버리면 어떡하지? 그러면 나를 초대한 사람들이 얼마나 민망해할까?' 내가 정작 두려워했던 것은 바로 내가 느끼는 공포와 두려움이었다. 나는 '불안해하고 있는 나'를 불안해하고 있었던 것이다.

빅터 프랭클은 공포에 대한 공포, 두려움에 대한 두려움, 불안에 대한 불안을 '예기불안(anticipatory anxiety)'이라고 정의한다. 공포스럽거나 두렵거나 불안한 경험을 하고 나면, 비슷한 상황에 직면하게 될 때 다시 그런 경험을 하게 될 것이라고 미리 예상하고 공포스러워하고 두려워하고 불안해한다는 것이다. 이러한 예기불안은 실제로 정확히 자신이 기대하고 예측했던 그 불안을 거의 어김없이 경험하게 만든다. 그러면 불안이라는 증상이 다시 심화된다. 그리고 다시 불안으로부터 도망가려고 한다. 그러나 이렇게 도망가려는 반응이 오히려 예기불안을 더욱 심화시키게 된다. 이것이 바로 공포증이라는 병리로 발전하게 되는 악순환의 고리다.

그렇다면 어떻게 예기불안을 끊어버릴 수 있을까? 빅터 프랭클에 의하면 그 유일한 방법은 불안으로부터 도망가는 것이 아니라 오히려 '역설적으로' 우리를 불안하게 만드는 것을 초대하는 것이다. 불안을 회피하는 것이 아니라 오히려 소망하라는 것이다. '우리를 미소 짓게 하는 것, 즉 웃게 하는 것이 우리를 공포스럽게 하지 못한다'는 말이 있다. 이 말을 역설적으로 이용해, 나를 공포스럽게 하는 것이 있다면 그것에 대해 미소 짓고 웃어보라는 것이다. 이렇게 우리를 불안하게 만들고 공포스럽게 하는 것을 초대하고 이에 웃을 수 있을 때 예기불안은 자연스럽게 사라지게 된다. 이것이 바로 로고테라피의 가장 중요한 두 가지 기법 중 하나인 '역설적 의도'의 핵심이다.

내가 정작 두려워하는 것은 강아지가 아니라 강아지를 보면서 공포스러워하는 나의 불안에 대한 불안이라는 깨달음 이후 나는 강아지를 키우는 친구집에 갈 때마다 마음속으로 이렇게 다짐하곤 했다. "오늘은 아주 기절해버리지 뭐. 세상에 이렇게 강아지를 보고 기겁을 하는 사람이 있다는 걸 한번 보여주는 거야. 사람이 얼마나 강아지를 무서워할 수 있는지 말이야. 오늘은 무서워 떨다가 확 그냥 기절해버릴 거야."

손바닥만 한 새끼 강아지를 보고 벌벌 떨다가 확 쓰러지는 내 모습을 상상하니 나도 모르게 웃음이 나왔다. 생각할수록 너무 우스운 장면이었다. 이날 나는 태어난 지 일주일도 안 된 강아지 앞에서 물릴까 봐 무서워 벌벌 떨고 있는 나의 우스운 모습을 객관적으로 볼 수 있게 되었다. 어릴 적 강아지에게 물려본 이후 실제로 물린 적이 한 번도 없음에도 불구하고 강아지가 무서워서 얼어버린 나의 말도 안 되는 모습을 보게 된 것이다. 겨우 걷기 시작한 비틀거리는 새끼 강아지 앞에서 무서워 한 발짝도 움직이지 못하는 나의 모습이 얼마나 우습게 느껴지던지.

그날 이후 나는 더 이상 강아지 앞에서 덜덜 떨지 않게 되었다. 강아지를 예쁘다며 안아주기까지는 못하더라도 최소한 '쫄지 않고' 그 앞을 지나갈 수 있게 되었다. 두려운 마음이 들 때마다 새끼 강아지 앞에서 벌벌 떨고 있는 우스꽝스러운 내 모습을 떠올리곤 했다. 그리고 당당하게 지나가도 강아지가 물지 않는다는 것을 거듭 경험하게 되면서 나는 강아지 공포증으로부터 자유로워질 수 있었다.

자기와 거리두기. 나의 행동 조롱하기. 동물은 자신의 모습을 보면서 웃거나 조롱하지 못한다. 인간만이 자기 자신과 거리를 둘 수 있으며, 자신의 모습을 조롱하며 웃을 수 있다. 유머는 오직 인간만의 고유한 능력이며, 우리로 하여금 자기 자신을 떨어뜨려 객관적으로 볼 수 있게 해주는 '자신과 거리두기'의 가장 큰 자원이다.

맨 나중에 발표하기

2011년 로고테라피 마지막 교육을 받기 위해 미국 댈러스에서 열리는 국제 로고테라피 학회에 참석했을 때의 일이다. 당시만 해도 로고테라피의 마지막 과정인 고급 교육과정은 반드시 2년에 한 번 열리는 국제 로고테라피 학회에 참석해야 과정을 끝마칠 수 있었다. 이에 따라 세계 각국에서 많은 사람들이 교육과정을 마치기 위해 학회기간에 맞춰 댈러스로 모여들었다. 나도 그중 하나였다. 다양한 국가와 문화에 속한 사람들로 강의실이 꽉 채워졌고, 주변을 둘러보니 한국, 아니 아시아 사람은 내가 유일했다. 그렇게 3일 동안 아침 8시부터 저녁 8시까지 강행군의 교육이 진행되었다. 마지막 3일째 되는 날에는 과제 발표가 있어서, 로고테라피의 개념들을 적용한 사례를 발표해야 했다.

둘째 날 저녁 8시에 교육을 마치고 호텔방으로 돌아와 다음날 발표할 사례를 열심히 준비했다. 그런데 사례준비를 다 마치고 나자 갑자기 불안한 마음이 들기 시작했다. 많은 사람들 앞에서 영어로 발표를 해야 한다는 것이 갑자기 두렵게 다가온 것이다. 한 번 불안한 마음이 들자 좀처럼 불안이 사라지지 않았다. '이렇게 불안해서 내일 발표는 어떻게 하지? 발표는커녕 사람들이 발표하는 주옥 같은 사례들을 하나도 들을 수 없을 것 같아. 세계 각국에서 로고테라피를 공부하는 사람들이 준비한 사례를 한자리에서 들을 수 있는 소중한 기회인데.' 생각해보니, 나의 불안은 영어

로 발표하는 것 때문이라기보다는 불안해서 다른 사람들의 사례
가 귀에 들어오지 않을 것에 대한 불안이라는 것을 알 수 있었다.
'어차피 발표할 거면 내일 아예 첫 번째로 발표를 해버리자. 그러
면 그 다음부터는 다른 사람들의 사례 발표를 편안한 마음으로
들을 수 있지 않을까?' 그날 밤 나는 다음날 첫 번째로 발표하기
로 마음을 먹고 잠자리에 들었다.

드디어 발표시간이 되었다. 교육을 담당했던 교수의 말이 떨어
지자마자 나는 용기를 내어 손을 번쩍 들었다. 그러나 아뿔싸. 나
만 손을 든 것이 아니었다. 많은 사람이 손을 들었고, 나는 첫 번
째로 발표할 기회를 놓쳐버렸다. 당연하게도 그 발표 내용은 내
귀에 전혀 들어오지 않았고 긴장감만 더해질 뿐이었다. 나는 다
음 번 발표 기회를 꼭 잡으리라 다짐하고 또 다짐했다. 얼마나 긴
장하고 불안했던지 첫 발표가 이어지는 동안 계속 화장실에 가고
싶었고 몇 번을 들락거렸다. 온몸에서 그렇게 일시적으로 많은 물
이 나올 수 있다니. 그렇게 나는 두세 번째를 건너뛰며 계속 발표
기회를 놓치고 말았다.

그때 불현듯 이런 생각이 들었다. '아! 나만 불안해하는 게 아
니구나!' 연이어 많은 사람들이 계속 손을 드는 것을 보니 발표하
는 것 자체가 긴장되고 불안해 모두들 빨리 해치우고 싶어하는
듯했다. 나 혼자만 불안한 게 아니라는 생각에 조금 위로가 되기
는 했다.

그런데 순간 이런 생각이 들었다. '모두가 불안하고 긴장하고 있다면 마지막에 발표할 사람은 우리 중에서 제일 큰 불안과 긴장을 경험하겠구나. 그래, 그렇다면 내가 제일 마지막으로 발표를 하자. 그런다면 누가 될지 모르겠지만 제일 나중에 발표할 사람이 느낄 긴장감과 불안감을 내가 대신해줄 수 있지 않을까?' 이렇게 마음을 먹자 의외로 긴장되고 불안했던 마음이 편안해지기 시작했다. 그리고 화장실에 가고 싶은 느낌도 완전히 사라졌다. 얼른 발표를 끝내고 싶다는 마음을 내려놓고 맨 마지막에 발표하기로 하는 '역설적인 결정'을 내리는 순간 오히려 불안이 사라지고 마음이 편안해지면서 몸에서 더 이상 물이 나오지 않았다.

맨 마지막에 발표하기로 한 이 결정은 사실 로고테라피의 주요한 두 가지 기법인 역설적 의도와 탈숙고 기법이 모두 포함된 결정이었다. 즉 다른 참가자들의 사례 발표를 못 들을까 봐 걱정이 되어 빨리 발표하고자 했으나, 그러지 못해 점점 가중되고 있던 나의 불안과 긴장을 초대하는 '역설적 의도의 결정'이었다. 또한 한편으로는 그 당시 나는 얼른 발표를 끝내야겠다는 지나친 숙고로 인해 불안이 더욱 가중된 상태였는데, 오히려 마지막에 발표하기로 결정을 하면서 마지막에 발표하게 될 누군가의 불안과 긴장을 기꺼이 내가 감당하고자 했던 것이다. 이때 나는 자기초월적인 탈숙고적 결정을 통해 누군가의 불안과 긴장을 기꺼이 짊어지겠다는 의미 있는 목표로 향할 수 있었다. 이렇게 나중에 발표하겠다는 역설적이면서도 자기초월적인 결정을 하고 나자 마음과 몸이 편안해졌고, 앞에서 발표하는 사람들의 사례도 귀에 쏙쏙 들어왔다.

그날 나는 정말 마지막으로 발표를 하게 되었다. 전날 준비한 사례가 아니라 그날 현장에서 경험한 역설적 의도의 힘과 자기초월적이며 의미 있는 결정의 힘을 주제로 즉흥적으로 사례 발표를 했다. 그 내용을 들으며 강의실은 한바탕 웃음바다가 되었다. 내가 장벽으로 생각했던 영어는 아무런 문제가 되지 않았다. 더는 내가 이방인처럼 느껴지지도 않았다. 게다가 마지막 발표자가 될 수도 있었던 누군가의 긴장과 불안을 내 것으로 짊어지면서 자기초월적인 의미 있는 결정을 한 나 자신이 대견하기까지 했다.

"열흘 동안 한숨도 못 잤어요!"

20대 초반 대학생 내담자의 이야기다. 어느날 샤워를 하는데 갑자기 아무것도 할 수 없을 것 같은 공포감이 밀려왔다고 한다. 딱히 무슨 문제가 있는 것도 아닌데 그냥 느닷없이 그랬다는 것이다. 외아들인 그는 자신에 대한 부모님의 기대에 최대한 부응하고 싶었다. 그래서 대학 과정 내내 장학금을 받아가며 열심히 공부했고 드디어 바라던 대로 의과전문대학원에 진학할 수 있었다. 그런데 갑자기 아무것도 할 수 없을 것 같은 공포감과 두려움이 밀려든 것이다.

그날 이후 내담자는 잠을 이룰 수가 없었다. 잠을 자야 다음 날 학교도 가고 일상생활을 할 텐데 도무지 밤에 잠이 오지 않았다. 불면의 밤이 지속되다 보니 그렇게 계속 잠을 못 자면 어쩌나 하는 두려움이 몰려왔다. 그 상태로 거의 열흘이 지나갔다. 옆에서 안타깝게 아들을 지켜보던 부모의 권유로 내담자는 그날 나를 만나러 온 것이었다.

우선 가장 시급한 일은 내담자가 어떤 이유에서든 열흘 정도 잠을 못 잤으니 일단 잘 수 있게 돕는 것이었다. 수면제도 먹어봤지만 정신만 몽롱할 뿐 도저히 잠이 오지 않는다고 했다. 저녁만 되면 또 잠을 못 자면 어쩌나 하는 생각에 마냥 두렵다고 했다. 불면에 대한 예기불안이 이미 가지고 있던 불면 증상을 더욱 악화시키는 것 같았다.

"선생님, 오늘도 잠을 못 잘까 봐 너무 두렵습니다. 그동안 공부도 열심히 해왔고 나름대로 목표를 향해 열심히 달려왔는데 갑자기 왜 이러는지 모르겠어요. 이렇게 잠을 못 자다가는 정말 아무것도 못하게 될 것 같아요. 며칠 뒤면 기말시험이에요. 정말 중요한 시험이거든요. 이러다가는 시험을 모두 망쳐버릴 것 같아요. 어떻게 하죠?"

내담자에게 나는 이렇게 말해주었다. "오늘밤에도 잠이 안 와서 내일 공부도 제대로 못하고 하루 일과를 망칠까 봐 너무 두려우신 거지요? 저랑 하나만 약속하실래요? 오늘 집에 가서 1분도 주무시지 마시고요, 내일 아침 오전 8시 55분에 제게 전화를 주세요. 제가 내일 9시에 수업이 있어서 그 이후에 전화하시면 받을 수가 없거든요. 꼭 내일 오전 8시 55분까지 전화를 주세요. 오늘 저녁부터 내일 아침 그 시간까지는 1분도 주무시면 안 됩니다. 하실 수 있으시죠?"

내 말에 내담자는 어이가 없다는 표정으로 '웃으며' 이렇게 대꾸했다.

"선생님, 제가 잠을 못 자서 여기 온 건데 오늘밤에 잠을 자지 말라니요? 잠을 안 자는 건 얼마든지 할 수 있어요. 거의 열흘 정도 못 잤으니까요. 그런데 잠을 1분도 자지 말라는 선생님 말씀은 잘 이해가 되지 않네요."

"그래요, 지금은 이해 안 되실 텐데요, 일단 내일 전화를 주세요. 그러면 제가 나중에 설명해드릴게요. 대신 내일 아침까지 1분도 자지 않겠다고 약속해주세요. 그리고 내일 아침에 꼭 전화해주세요."

내담자는 영문을 모르겠다는 표정으로 아무튼 그렇게 하겠노라고 답하고는 집으로 돌아갔다. 다음날이 되었다. 예상한 대로 아침 8시 55분이 되어도 내담자에게서 전화가 걸려 오지 않았다. 그러다 오전 10시가 넘어서야 전화가 왔다.

"선생님, 죄송해요. 어제 제가 그만 잠이 들어버려서요. 지금 일어났어요."

198

약속을 지키지 못해서인지 내담자는 작은 목소리로 연신 미안하다는 말을 되풀이했다.

"아니에요. 잘했어요. 다음주에 오면 어제 잠을 잘 수 있었던 이유를 구체적으로 설명해드릴게요."

한 주 뒤 내담자가 다시 상담소에 찾아왔다. 내담자는 그날 이후 일주일 동안 줄곧 아무런 문제 없이 잠을 잤다며 도대체 자신에게 무슨 일이 벌어진 것인지 궁금해했다. 자지 않으려고 하니 오히려 왜 잠이 온 건지 무척 궁금했던 것이다. 나는 '역설적 의도'라는 로고테라피 기법에 대해 설명해주었다. 그리고 무엇보다 이제는 내담자가 더 이상 불면에 의해 통제되거나 끌려다니지 않게 되었다는 점을 강조했다. 전에는 아무리 잠을 자려 해도 잘 수 없었고 그래서 잠을 못 잘까 봐 계속 불안해하다 보니 '불면의 희생자'가 될 수밖에 없었던 반면, 이제는 잠을 자지 않기로 '스스로 결정'했다는 것, 그렇게 스스로가 불면을 소망하고 초대함으로써 불면을 통제하게 되었다는 것을 설명해주었다. 불면을 소망하고 초대함으로써 내담자는 자신을 괴롭히던 것을 피하지 않고 과감히 직면할 수 있는 영의 힘을 경험했던 것이다.

내담자가 잠은 잘 수 있게 됐지만, 어느 날 갑자기 찾아든 공포감, 즉 아무것도 할 수 없을 것 같다는 두려움이 해소된 것은 아니었다. 이후 내담자와 나는 내담자가 힘들어했던 문제들, 더 정확히 말하자면 부모님의 기대 때문이 아니라 자신이 정말 기꺼이

하고 싶은 일이 무엇인지를 찾아 나서는 여정을 본격적으로 시작했다. 다행히, 불면에서 벗어나는 과정에서 자신의 내면에 있는 선택할 수 있는 존재로서의 영적 자원을 경험한 내담자는 자신을 보다 객관적으로 바라볼 수 있는 힘도 얻은 듯했다. 덕분에 이후의 상담 여정도 순조롭게 진행되었다.

자기와 거리두기를 통해 이루어지는 역설적 의도라는 기법은 탈숙고 기법과 마찬가지로 우리가 원하지 않는 건강하지 않은 행동을 없애는 데 탁월한 효과가 있다. 그러나 사실 그런 문제나 증상의 해소는 부산물이다. 진정 중요한 것은 자신이 불안해하고 공포스럽게 여겼던 것으로부터 도피함으로써 더 이상 희생자가 되지 않는 것, 오히려 그것을 초대하고 소망함으로써 자기 안에 있는 자유로운 영을 체험하게 되는 것이다. 이것이 바로 역설적 의도의 핵심이다. 어떤 것에 대해 '불안해하는 존재'가 아니라 불안까지도 '스스로 선택하는 존재'라는 진정한 영적 존재로서의 나를 만나게 되는 것. 이것이 바로 로고테라피의 핵심적인 목적 중 하나다.

제7장

인간의 유일성

(고유성)

"모든 인간은 각자 그 누구와도 대체할 수 없는
고유하고 유일한 존재다"

———————

"엄마는 나에게"

얼마전 평균 연령 80세인 어르신들을 대상으로 로고테라피 강의를 한 적이 있다. 자신보다 연세가 더 있는 분들을 만나 이야기 벗을 해주는 '굿리스너(Good Listener)'라는 구청의 프로그램에 참여하고 있는 어르신들이었다. 심리학에 대해 사전 지식이 전혀 없음에도 불구하고 어르신들께서 정말 진지하게 교육에 참여해주어 감사한 시간이었다. 교육은 이틀에 걸쳐 하루 1시간 30분씩 진행되었다. 첫날 교육을 마치면서 어르신들께 숙제를 내드렸다. 그날 집에 가서 가족에게 "내가 당신에게 어떤 사람인가?"라는 질문을 해보라는 숙제였다.

다음날 숙제 검사를 깜빡 잊은 채 교육을 마치고 말았다. 그러고는 강의실을 막 나서려는데 80세의 어르신 한 분이 강의실 밖에서 나를 기다리고 있었다. 송구하게도 90도로 인사를 하시더니 이렇게 말씀하셨다.

"선생님, 정말 감사합니다. 어제 선생님께서 내주신 숙제를 했어요. 숙제를 내주셔서 정말 감사드립니다. 어제 저녁 아들이 퇴근해 집에 왔길래 선생님께서 내주신 숙제를 아들에게 물어보았습니다. '아들아, 너에게 엄마는 어떤 사람이니?'라고 말이지요. 그랬더니 아들이 웃으면서 이렇게 말하는 겁니다. '음, 나는 직장에서 아무리 스트레스를 받아도 엄마 얼굴만 보면 모든 스트레스가 다 사라져. 엄마는 내게 그런 사람이야. 내 스트레스를 모두 날려주고 나를 웃게 만드는 사람.' 그 말을 듣는 순간 눈물이 핑 돌았어요. 여태껏 한 번도 아들에게 제가 어떤 엄마인지 물어본 적이 없었고 알지도 못했거든요. 그런데 제가 아들에게 그런 존재였다니. 지금까지 살아온 삶이 헛되지 않은 것 같아요. 선생님, 어제 그 숙제 너무 감사했습니다. 제가 아들에게 그렇게 소중한 존재라는 걸 깨닫게 해주어 정말 감사합니다."

이야기를 전해주는 어르신 눈가에도, 듣고 있던 내 눈가에도 눈물이 고였다. 아들에게 엄마는 대체할 수 없는 유일하고 고유한 존재다. 우리는 누군가에게 대체 불가한 유일하고 고유한 존재다.

이것을 가슴 깊이 체험할 수 있다면 그 힘만으로도 우리는 오늘 하루를 힘껏 살아낼 힘을 얻을 수 있을 것이다.

로고테라피의 과제 중 하나는 우리 각자가 '그 누군가(Someone)', 즉 어떤 누구와도 대체할 수 없는 가장 소중한 '유일한 존재(a Unique Someone)'라는 것을 인식하는 것이다. 모든 인간은 각자 몸과 마음 그리고 영의 유일한 존재다. 우리 모두 각각 유일한 역사를 가지고 있으며 삶의 기대와 나름의 특정한 상황에 응답하며 매 순간 자유롭게 유일한 의미를 추구하는 존재다.

유일하다는 말 속에는 누구도 나를 대신하거나 대체할 수 없는 '고유한' 존재라는 뜻이 내포되어 있다. 나 자신이 누구와도 대체 불가하고 비교 불가한 유일한 존재라는 인식은 삶의 의미에 대한 확신을 강화시킨다. 또한 누구도 나를 대신할 수 없고 나란 존재는 유일하기 때문에 우리는 자신을 다른 누군가와 비교할 필요가 없다. 자신이 다른 사람보다 뭔가를 잘한다고 해서 그것을 내세울 필요도 없고, 또한 뭔가 부족하다고 해서 기가 죽고 절망할 필요도 없는 것이다. 내가 가지고 있는 장점, 단점, 그리고 한계 모두가 세상 속에서 나의 유일성을 구성하고 있기 때문이다.

나는 유일한가?-조카 손자를 보면서

몇 년 전 나는 할머니가 되었다. 언니의 딸인 조카가 아들을 낳

왔으니 이모할머니가 된 것이다. 오랫동안 집안에 없던 아기가 생기자 나뿐만 아니라 온 가족이 아기의 일상과 일거수일투족에 지극한 관심을 가졌고, 이런 가족들의 관심과 사랑에 부응해 미국에 있는 조카는 아기의 사진과 동영상을 수시로 가족들에게 보내주었다. 미국에 살고 있으니 한 번도 직접 본 적은 없지만 사진과 영상으로 본 조카손자의 모습은 정말 너무 귀엽고 사랑스러웠다. 하루가 다르게 어쩌면 그렇게 무럭무럭 잘 크는지!

어느 날 조카손자의 사진을 보다가 갑자기 이런 생각이 들었다. 이 아기는 어디에서 온 것일까. 한 번도 생각해보지 않은 질문이었다. 이 질문은 자연스럽게 '그러면 나는 어떻게 이 세상에 오게 된 걸까' 하는 질문으로 이어졌다. 그러다 상담심리대학원에서 가족치료 과목을 들으며 과제로 그려보았던 가족 족보 생각이 났다. 나는 조카손자의 이름을 가장 아래에 놓고 가족 족보를 그리기 시작했다. 조카손자 위에 나의 조카들, 그리고 그 위에 나의 형제들, 그 위에 부모님, 부모님 위에 조부모님… 이렇게 그려가다 보니 역피라미드 모양의 가족 족보가 만들어졌다. 위로 또 그 위로 얼마나 올라가야 할까. 계속 거슬러 올라가면 수없이 많은 조상들과 연결되리라.

이렇게 가족 족보를 그려보니 또한 이런 생각이 들었다. 아, 나의 생명은 수많은 분들이 기꺼이 살아준 덕분에 이어진 것이었구나. 내 위의 세대세대를 거쳐서 조상들이 삶을 온전히 살아준 덕분에 내 삶이 이어진 것이었구나. 만일 중간에 누군가 삶이 너무 고단하다며 스스로 목숨을 끊었거나 모진 삶의 세파 속에서 자신의 목숨을 지켜내지 못했다면 나에게까지 이어지지 못했을 삶이었던 것이다. 너무도 당연한 사실이지만, 조카손자를 계기로 만들어본 가족 족보를 보면서 새삼 족보 속의 모든 생명과 삶에 감사한 마음이 들었고 나에게까지 이어진 삶에 감격스러웠다. 수십, 아니 수백의 세대를 거쳐 그 안에 살아있는 분들이 마치 눈에 선하게 보이는 듯했다. 굳건히 살아낸 그분들의 삶이 너무도 귀하고 감사하게 느껴져 가슴이 뭉클했다.

그렇다면 내가 태어날 확률은 얼마나 되었을까? 어떤 분은 나 같은 사람이 다시 태어나려면 천조분의 1의 확률이라고까지 말한다. 천조분의 1의 확률이라고까지 말하지 않아도 가족 족보를 그리면서 생각해보니, 내가 태어날 확률이 얼마나 희박했는지 깨닫게 되었다. 거의 80억 인구가 살고 있는 지구, 그중에서도 대한민국이라고 하는 곳에서, 2,600만분의 1의 확률로 만나 결혼한 부모님에게서 내가 태어난 것이다. 그런 나는 존재 자체만으로 소중할 수밖에 없으며, 그 누구와도 대체할 수 없는 고유하고 유일한 존재다.

세상의 모든 사람은 홍채, 지문, 글씨체 등이 모두 다르다. 세상에 나와 같은 사람은 한 명도 없다. 인류 역사를 통틀어 내 앞에 나와 같은 사람은 없었고 내 뒤로도 나와 같은 사람은 다시 없을 것이다. 나는 그렇게 유일한 존재다. 세대를 거쳐 이어진 나의 삶은 또한 나를 통해 다음 세대로 이어질 것이다. 나를 넘어 다음 세대, 또 그 다음 세대로 이어진 유일한 누군가의 유일한 삶으로 말이다. 그러므로 이렇게 이어질 삶의 연결고리인 나의 삶을 나는 더욱 충실하고 의미 있게 살아내야 하는 것 아닐까. 유일하고 고유하며 대체 불가능한 존재로서 말이다.

"오직 사랑만이 인간 내면의 가장 깊은 곳에 있는 그 사람만의 고유함을 볼 수 있게 해준다"

유일성은 관계와 일을 통해 드러난다. 관계를 통한 유일성이란 한마디로 '참만남'을 의미한다. 빅터 프랭클은 인생이란 자신만의 유일한 삶을 살고 사랑을 통해 자기를 초월하는 여정이며, 각자 세상에서 유일하고 고유한 존재로서 자신만의 삶의 소명을 이루어가는 여정이라고 말한다. 그리고 무엇보다 사랑을 통해 우리는 내면 가장 깊은 곳에 있는 인간의 고귀함을 바라볼 수 있게 된다.

빅터 프랭클은 인간관계 속에서의 유일성과 사랑을 직접적으로 연관 지어 설명한다. 그는 "사랑이란 다른 사람이 가지고 있는 그 사람만의 유일성, 즉 고유성을 볼 수 있는 능력"이라고 정의하면서, 진정한 사랑의 관계는 상대방이 가지고 있는 그 사람만의 유일성에 기초한다는 점을 강조한다. 즉 사랑이란 상대방이 인식하지 못할 수도 있는 잠재력을 알아보고 그것을 실현할 수 있도록 도울 수 있는 능력이라고 정의한다.

빅터 프랭클의 말대로 진정한 사랑은 누구와도 대체할 수 없는 존재에 대해 인식하는 것이며, 그 사람이 타고난 모습대로 살 수 있도록 동기부여하는 것이다. 오직 사랑만이 다른 사람의 유일성과 고유성을 볼 수 있게 해준다. 만약 어떤 이유가 있어서 누군가를 사랑한다면, 그 이유가 사라지면 어떻게 될까? 어떤 이유가 있어서 사랑하는 것이 아니라, 그저 '오직 그 사람이기 때문에', 누구도 대체할 수 없는 유일하고 고유한 그 사람이기 때문에 우리는 누군가를 사랑하는 것이다. 그러므로 고유한 그 사람이 고유한 자기 자신이 될 수 있도록 기다리며 소망하는 것, 자신만의 타고난 모습으로 살아갈 수 있도록 동기부여를 하는 것이 진정한 사랑이다. 이렇게 자신만의 고유한 이유를 발견하고 살아갈 수 있을 때 진정한 삶의 의미를 실현할 수 있으며, 그것이 그 사람에게 최고의 기쁨이 될 것이다.

내가 떠나온 동네의 이웃들 중에서 아직까지 나를 그리워하는 사람들이 있다면 왜 그런 걸까? 어린 시절 친구나 학교 친구, 전에 일하던 곳의 직장 동료, 혹은 현재 함께 일하는 동료 중에서 지금까지 계속 연락을 하고 있는 사람이 있다면 왜 그런 걸까? 응급 상황에서 나에게 전화를 했던 사람이 있었다면 그 사람은 누구이며 왜 다급한 상황에서 나에게 연락을 한 것일까? 나를 위해 희생을 감수한 사람이 있었다면 그 사람은 왜 그런 일을 했을까? 내가 부모나 배우자, 형제자매, 친구, 자녀를 위해 다른 어떤 누구도 할 수 없었던 일을 한 적이 있었나? 있었다면 어떤 일이었나? 나의 배우자가 나를 선택한 이유는 무엇이었을까? 이런 질문들에 답을 해보자. 자신의 관계 속에서 미처 깨닫지 못했던 자신의 유일성을 발견할 수 있을 것이다.

한편 내가 알고 있는 사람들, 지금 내가 만나고 있는 사람들이 나에게 대체 가능한 사람들인지 진지하게 생각해볼 필요도 있다. 관계를 다시 돌아볼 필요가 있다. 왜냐하면 진정한 인간관계란 바로 상호 간의 대체 불가능한 존재라는 인식으로부터 시작되는 것이기 때문이다.

사랑과 성(sex)

사랑과 성(sex)은 어떤 관계일까? 빅터 프랭클은 성(sex)은 어떤 사람에 대한 고유한 사랑이 세상에 표현된 것이라고 말한다. 즉 성이란 성을 초월한 사랑의 표현일 때에만 진정으로 인간의 고유한 것이라는 뜻이다. 인간의 성이란 단지 성적인 행위가 아니며, 사랑이 몸으로 표현된 것이라는 말이다. 따라서 인간의 성은 그 자체만으로는 인간적인 고유한 사랑의 표현이 될 수 없고, 오직 인간적인 사랑의 표현으로서 자기초월성, 즉 진정한 사랑이 내재되었을 때 인간만의 고유한 사랑의 표현이 될 수 있다. 진정한 사랑이 빠져 있다면 성은 어떤 것이 될 것인가? 성에서 진정한 사랑이 빠져버리면 성은 대체 가능한 것이 되어버린다. 아무나여도 상관이 없어지는 것이다. 대체 불가능한 존재로서의 깊은 유일성에 대한 인식인 진정한 사랑이 빠져버린다면 상대방은 그저 긴장 해소의 대상으로 전락해버릴 것이다. 상대방은 그저 성행위의 대상일 뿐, 여기에는 두 사람만의 유일한 어떤 친밀한 관계도 존재하지 않게 된다.

가족의 삶이란 구성원들에 대한 사랑에서 시작되며 이때 사랑은 대체 불가능한 존재로서의 인식이다. 만약 가족의 삶이 상호간의 성적인 매력에 의해 형성된다면 가족의 삶에 사랑이라는 이름을 붙일 수 없을 것이다. 오직 사랑만이 우리가 다른 사람의 고유성을 알아차리게 해주고, 사랑하는 사람을 누구와도 비교할 수 없고 누구와도 대체 불가능한 존재로 인식할 수 있게 해준다. 빅터 프랭클은 이렇게 사랑과 성의 관계를 분명히 제시하면서, 유일성을 인식할 수 있게 하는 사랑만이 관계를 지속할 수 있도록 보장해주는 가장 강력한 힘이라고 말한다. 사랑을 통해 유일성에 대한 인식을 통해 우리는 우리만의 고유한 삶의 의미를 실현할 수 있기 때문이다.

"인간의 모든 행동은 각각 그것만의 유일한 자취를 남긴다"

한편 유일성은 나만의 유일한 방식으로 임하는 일을 통해서 그 모습을 드러낸다. 우리는 일을 통해 유일성을 느끼는 순간 일에 만족할 수 있게 되고 그 일에서 진정한 의미를 찾을 수 있게 된다. 어떤 일을 하든 우리는 자신만의 방식으로 창조성을 발휘할 수 있다. 일 자체는 누군가가 대체할 수도 있겠지만, 그 일을 어떤 식으로 하느냐는 누구도 대체할 수 없는 나만의 유일한 방식이라 할 수 있다.

더 이상 일을 할 수 없다는 것

다음은 빅터 프랭클이 만난 말기암 간호사의 이야기다.

빅터 프랭클이 근무하던 병동에 간호사 한 명이 말기암으로 고통을 겪고 있었다. 의사들조차 손을 놓았을 정도로 상태는 매우 심각했다. 수술도 불가능한 절망적인 상황에 놓인 간호사의 요청으로 빅터 프랭클은 그녀를 만나게 되었다. 대화 중 빅터 프랭클은 간호사가 고통 자체만큼이나 자신이 더 이상 일할 수 없게 되었다는 것에 절망하고 있음을 알아차릴 수 있었다. 그녀는 무엇보다도 자기 직업을 사랑했고, 이제는 더 이상 그 일을 할 수 없다는 것에 큰 절망감을 느끼고 있었다. 이에 빅터 프랭클은 그녀에게 이렇게 말해주었다.

"하루에 꼬박 8시간, 10시간씩 많은 시간을 일하는 것이 그 자체로 대단하다고 생각하지는 않아요. 사실 다른 사람들도 그렇게 할 수 있고요. 그렇지만 당신이 그랬던 것처럼 일에 대해 열정적인 것, 그리고 지금은 일할 수 없어도 절망하지 않는 것, 그건 아무나 할 수 있는 일이 아니에요. 그런데 만일 당신이 예전처럼 일을 하지 못한다는 이유로 이렇게 절망감을 느끼신다면 그건 당신이 삶을 바쳤던 수천 명의 환자들에게 너무 미안한 일 아닐까요? 혹시 불치병으로 고통을 겪는 환자의 삶이 전혀 의미가 없다고 생각하는 건 아니겠지요? 일을 못하게 되었다는 이유만으로요. 만약 우리 삶의 의미가 하루에 얼마나 많은 시간을 일할 수 있느냐로 결정된다면, 아픈 모든 환자들에겐 살 권리와 존재 이유가 없어지겠죠. 그런데 잘 알다시피 그렇지 않잖아요."

"디자이너는 하느님"

캐나다의 유명 슈퍼모델 위니 할로우(Winnie Harlow)에 대한 기사를 접한 적이 있다(《서울데일리뉴스》 2019년 5월 1일). 그녀의 어릴 적 꿈은 세계적인 모델이 되는 것이었다. 그러나 그녀는 멜라닌 세포 결핍으로 인해 피부의 색이 손실되어 백색 반점들이 나타나는 백반증을 앓고 있었다. 네 살 때부터 몸에 백색 반점이 생기기 시작했고, 성장하면서 반점이 전신으로 퍼져나갔다. 얼굴도 예외는 아니었다. 학교를 다니면서는 친구들로부터 얼룩말, 젖소 등으로 불리며 놀림과 따돌림을 당했다. 이로 인해 학교를 여러 번 옮겨 다니다 결국 고등학교를 중퇴하고 말았다. 그녀는 너무 힘들어서 몇 번이나 극단적인 선택을 하기도 했지만, 어릴 적 꿈인 세계적인 모델이 되는 것을 포기할 수 없었다.

그러던 중 용기를 내어 2015년 미국의 인기 리얼리티 프로그램 〈도전! 슈퍼모델(American's Next Top Model)〉에 참여하게 되었고, 예상하지 못할 만큼의 폭발적인 반향을 불러일으켰다. 백반증으로 인해 평범치 않았던 그녀의 피부가 오히려 그녀만의 유일한 상징이며 패션이 되었던 것이다. 그녀는 사람들의 이목을 끌기 시작하면서 본격적으로 모델로 활발한 활동을 이어갔다. 2016년에는 BBC가 선정한 '100명의 여성'에도 올랐다. 백반증을 병으로 생각하지 않고 자신만의 개성으로 삼아 세계적인 모델로 우뚝선 것이다. 그러나 여전히 그녀에 대해 비아냥거리는 사람들도 있었다. 그녀의 피부를 보며 "그 셔츠는 누가 디자인한 거냐?"고 조롱하듯 묻는 사람들도 있었다고 한다. 이런 조롱에 그녀는 의기소침해하기는커녕 오히려 당당하게 "하느님!"이라고 답했다고 한다.

그녀의 피부를 보며 디자이너가 누구냐고 비아냥거리는 소리에 "하느님!"이라고 답했다는 대목에서 왜 그리도 통쾌하던지. 그녀는 백반증에도 불구하고가 아니라 오히려 백반증을 '통해서' 자신만의 유일한 개성을 세상에 드러냈다. 그녀의 유일한 피부는 그녀만의 것이다. 누구도 그녀를 대신할 수 없다. 우리가 가지고 있는 모든 것은 심지어 장애라고 생각되는 것, 어려움조차도 내가 누구인가 하는 나만의 유일성을 구성한다. 다른 사람과 비교할 필요가 없다. 나는 세상의 누구와도 대체할 수 없는 유일하고 고유한 존재이기 때문이다. 그녀는 말한다. "모든 사람은 하얀 피부와 검은 피부로 나뉜다. 고맙게도 내게는 그 두 가지 색이 다 있다."

　어떤 모임에서 나와 똑같은 옷을 입은 사람을 만난 적이 있다. 그때 얼마나 민망하던지! 얼른 그 자리를 피하고 싶었다. 나랑 같은 옷을 입은 사람을 만난 것이 왜 나로 하여금 민망함을 느끼게 했을까? 나는 왜 그 자리를 얼른 피하고 싶었을까? 인간에게는 기본적으로 고유하고 유일한 존재가 되고 싶은 열망이 깔려 있다. 관계 속에서 혹은 일을 통해서 자신의 유일성을 인식함으로써 우리는 다른 사람을 기쁘게 하거나 혹은 상처받을까 봐 두려워서 쓰고 있는 가면을 벗어버리고 진정한 자기 자신을 발견하며 진정한 자아와 만날 수 있다. 유일하며 고유한 진정한 나와의 만남은 유일하고 고유한 진정한 삶의 의미를 인식하는 것으로 이어질 수 있다. 누구도 대신할 수 없는 유일하고 고유한 존재인 나를 인식하는 것, 그리고 나만의 유일한 삶의 의미를 실현하는 삶! 유일성은 우리가 삶의 의미를 더욱 확신하게 해준다.

제8장

양심

"
모든 인간은
각자 고유하고 유일한,
무엇과도 대체 불가능한 존재다.
"

"양심은 직관적이다"

"시속 50킬로미터 이상으로 달리면…"

캐나다 밴쿠버의 작은 도시 랭리라는 곳에서 나는 상담심리학 대학원 과정을 공부했다. 그곳에서 졸업하고 대학에 자리를 잡게 되었으니 랭리라는 곳에서만 거의 20년을 산 것이다. 나는 매일 글로버 로드(Glover Road)라는 도로를 운전해 학교에 다녔다. 제한속도 시속 70킬로미터인 그 도로를 달리다 보면 중간에 샛길이 하나 나온다. 좌회전을 해 샛길로 들어서면 길옆에 말과 양들이 노니는 농장이 있어 볼거리가 많았다. 그 길이 지름길이기도 하고 예쁘기도 해서 나는 대체로 글로버 로드를 운전해 가다가 그 샛길로 들어서곤 했다.

그런데 문제는 그 길의 제한속도였다. 한가하고 차도 별로 다니지 않는데 제한속도가 시속 50킬로미터였다. 글로버 로드에서 시속 70킬로미터로 달리다가 그 길로 진입하고 나면 내 안에서 늘 갈등이 일어났다. '보는 사람도 없는데 그냥 속도를 올려!' 하는 소리와 '괜히 속도위반했다가 경찰에 걸리면 벌금을 물 수 있으니 50킬로미터 이하로 유지해'라는 마음의 소리가 동시에 들려왔다. 이런 갈등 속에서 발은 브레이크와 가속기를 왔다 갔다 하고 눈은 혹시나 경찰차가 있지는 않은지 늘 경계태세를 유지했다. 그러다 보니 아기자기하고 아름다운 바깥 풍경은 전혀 눈에 들어오지 않았다. 지름길이고 예뻐서 택한 길인데 마음은 늘 긴장하고 불편했던 것이다. 그래서 하루는 학교 직원에게 물어보았다.

"그 길은 제한속도가 왜 그렇게 낮아요? 진짜 한가하고 자동차와 사람도 거의 다니지 않는데 그냥 일반 준고속도로처럼 시속 70킬로미터로 달려도 되지 않나요?"

그날 직원의 답변을 듣고 나는 내 운전 습관과 쓸데없는 갈등으로 인한 불편한 마음을 모두 날려버릴 수 있었다.

"그 길옆에 농장이 있지 않나요? 매일 농장에서 말과 양이 나와 풀을 뜯고 있는데 차가 그 옆을 시속 50킬로미터 이상으로 달리면 말과 양이 스트레스를 받는다고 하네요. 그래서 제한속도가 그런 거예요."

이 말을 듣는 순간 모든 것이 이해가 되었다. 나는 그날부터 즉시 시속 50킬로미터 이하로 달리기 시작했다. 말과 양이 받을 스트레스를 생각하니 남 일같이 느껴지지 않았던 것이다. 그날 이후 나는 아주 평화롭게 그 길을 운전해 다녔고 아름다운 바깥 경치도 한껏 즐길 수 있게 되었다.

인간을 몸과 마음의 2차원적 존재로 바라보는 관점과 여기에 영적 존재를 더해 3차원의 존재로 바라보는 관점에 있어 구별해야 하는 것 중 매우 중요한 것이 바로 '양심'과 '초자아'다. 인간을 몸과 마음의 2차원적 존재로 바라보는 경우 초자아와 양심은 구분할 수 없다. 그러나 양심과 초자아는 본질적으로 다른 차원에 있으며 다른 원리에 따라 움직인다.

빅터 프랭클은 양심에 대해, 총체적인 인간으로서의 안녕을 현재 처해 있는 상황에서 가장 합당하게 찾도록 도와주는 삶의 나침반이라고 정의 내린다. 즉 양심은 무엇이 선한 것인지 무엇이 그렇지 않은지 우리에게 알려주는 것이다. 그리고 그는 양심은 '직관적'이라고 말한다. 직관적이란 태어나서 후천적으로 학습한 것이 아니라 본성적으로 타고난 것으로서, 학습을 하지 않고도 이미 무엇이 옳은지 그른지 알고 있다는 뜻을 담고 있다. 그러나 직관적 양심을 심리적 차원으로 투사하면 초자아처럼 보인다. 하지만 양심과 초자아는 본질적으로 다른 차원에 존재한다.

초자아란 부모를 통한 가정교육이나 사회적인 규범, 법규 등

개인이 태어나서 '후천적으로' 학습한 것이다. 그래서 초자아는 처벌에 대한 두려움과 보상에 대한 기대에 따라 움직이며, 빅터 프랭클은 이를 '가면 윤리'라고 정의했다. 가면 윤리 혹은 가면 도덕이란 인간의 마음을 구성하는 본능, 자아, 초자아 중에서 본능과 늘 갈등 상태에 있는 초자아와 평화롭게 지내고 싶은 소망에 의해 윤리적으로 행동하는 것을 말한다. 한마디로 가짜 윤리다. 그러나 이처럼 인간이 처벌에 대한 공포나 보상에 대한 기대 혹은 초자아에 따르고자 하는 소망에 의해 움직인다는 관점으로 인간의 행동을 이해한다면 진정한 양심의 소리를 들을 수 없게 된다. 직관적인 양심은 처벌과 보상으로 인간을 통제하려고 하는 초자아가 아니며, 진정한 윤리 도덕, 즉 나 자신만을 위해서가 아니라 다른 어떤 사람을 위해, 의미 있는 무언가를 위해 행동하고자 자유롭게 반응하고 선택할 수 있도록 하는 삶의 나침반인 것이다.

프로이트는 인간의 마음(psychi)이 본능(ID), 자아(Ego), 초자아(Super-ego)로 구성되어 있으며, 이 세 가지 요소들이 의식과 무의식의 세계를 넘나들며 인간의 마음에 작용한다고 보았다. 이에 대해서는 로고테라피를 포함해 거의 모든 심리치료에서 이견이 없다. 또한 프로이트는 이 세 가지 구성 요소들을 움직이는 원칙이 각각 존재한다고 보았다. 즉 본능은 쾌락의 원칙(pleasure principle)에 따라 움직인다고 보았고, 자아는 현실의 원칙(reality principle) 그리고 초자아는 도덕의 원칙(morality principle)에 따라 움직인다고 보았다. 쾌락의 원칙을 따르는 본능은 자신에게 쾌락적인 것을 추구하며 결핍된 어떤 것을 기어코 채우고자 하는 쪽으로 움직인다. 그러나 초자아는 사회, 가정, 학교로부터 배운 '…을 해서는 안 된다' 혹은 '…해야 한다'라는 후천적으로 학습한 (가면적) 도덕의 원칙에 따라 움직인다. 따라서 본능과 초자아는 늘 갈등 상태에 있게 된다. 본능은 한마디로 자기 멋대로 자신의 결핍된 욕망을 채우고자 하는 반면, 초자아는 그러한 본능에게 지속적으로 가정, 학교, 사회로부터 학습한 도덕적 잣대를 들이대고 본능을 통제하려 하기 때문이다.

이러한 본능과 초자아의 갈등 사이에서 중재 역할을 하는 것이 바로 자아다. 자아는 현실의 원칙에 따라 움직인다. 현실 상황을 파악하고 현실을 충분히 숙지한 상태에서 어떤 경우에는 본능의 손을 들어주고 또 어떤 상황에서는 초자아의 편을 들어주는 역할을 한다. 자아의 중재를 통해 본능과 초자아로 인해 만들어진 마음속 갈등과 혼란이 줄어들거나 해소되는 것이다. 그러나 경우에 따라서는 자아가 그런 중재를 하지 못하게 되고, 이 경우 본능과 초자아 간 갈등이 심해져 결국 마음이 아픈 상태가 된다. 이것이 한마디로 정신분석 심리치료에서 말하는 '심리적 질병'의 시작이라 할 수 있다.

정신분석 심리치료에서 이야기하는 마음의 구조와 각각의 구성 요소들은 최대 시속 50킬로미터로 달리면서 내 마음속에서 생겼던 갈등을 잘 설명해준다. 제한속도 50킬로미터의 길에서 '아무도 보지 않으니 그냥 달리라'고 나를 충동질했던 것은 마음의 구성 요소 중 하나인 본능이었다. 반면 '경찰한테 걸릴지도 모르니 절대 제한속도 이상으로 달리지 말라'고 나를 압박한 것은 초자아였다. 그 길을 운전할 때마다 내 본능과 초자아의 갈등으로 인해 마음이 평화롭지 못했던 것이다. 그러나 시속 50킬로미터 이상으로 달리면 길옆의 말과 양들이 심리적으로 스트레스를 받는다는 말을 듣고는 그날부터 시속 50킬로미터 이하로 달리는 결정을 하게 되었다. 이 결정은 내 마음에 평화를 가져왔다. 더 이상 나의 본능과 초자아가 갈등하지 않았다.

만약 나 자신을 몸과 마음의 2차원적 존재로 바라본다면, 어떤 압력이나 충동 없이 시속 50킬로미터 이하로 천천히 운전하겠다고 결정한 내 행동을 어떻게 이해할 수 있을까? 길옆의 말과 양이 스트레스 받을 것이 안타까워 제한속도 이하로 달리기로 한 나의 결정은 몸과 마음의 2차원적 존재로는 도저히 설명할 수 없다. 양심이 배제된 마음의 구조로는 설명이 불가능한 다른 차원의 그 무엇이 내 안에 존재하고 있는 것이다.

그것이 바로 내 안의 영에 자리하고 있는 '직관적인 양심의 소리'다. 그것이 바로 영이며, 사랑이고, 초자아를 넘어서는 나의 양심인 것이다. 배우지 않았지만 이미 내가 알고 있는 것이다. 초자아가 후천적으로 가정이나 사회 혹은 학교나 교회로부터 학습한 도덕과 윤리의 원칙으로 움직이는 것이라면, 양심이란 직관적으로 움직이며, 선천적으로 영의 차원에서 이미 무엇이 옳고 그른지 알고 있는 영의 자원인 것이다. 처벌을 받을까 봐 혹은 어떤 보상을 받기 위해서가 아니라 그저 남이 남같지 않아서 저절로 그렇게 하는 것은 내 안의 양심의 작용이다. 양심은 자기초월적이기 때문이다. 우리는 몸과 마음의 2차원적인 존재가 아니다. 우리는 몸과 마음을 가지고 있는 동시에, 영의 존재다. 빅터 프랭클이 인용한 말처럼 "나는 그날 진정으로 마음의 주인이 되고 양심의 종"이 되었던 것이다.

"양심은 의미 발견을 위한 나침반이다"

성탄제와 하얀색 맨투맨 티셔츠

몇 년 전 크리스마스가 다가오면서 성당에서 성탄제 준비를 할 때 있었던 일이다. 성탄제의 일환으로 구역별 장기자랑 순서가 있었고 내가 속해 있는 구역에서도 노래와 율동을 준비하고 있었다. 우리는 매일 밤마다 모여 함께 노래하고 율동을 맞추며 즐거운 시간을 보냈다. 그러다 누군가 옷을 맞춰 입자고 제안했다. 상의는 하얀색, 하의는 검은색 바지로 통일하자고 했다. 그런데 평소 하얀색 옷을 별로 좋아하지 않는 내게는 겨울용 하얀색 상의가 하나도 없었다. 성탄제 장기자랑을 위해 옷을 맞춰 입으려면 하얀색 상의를 하나 장만해야 했다. 하지만 그날 하루 입자고 하얀색 옷을 구매하려니 고민이 되었다.

나는 망설이다 친구에게 전화를 걸었다. 하루 입으려고 옷을 사느니 친구에게 빌려보려고 한 것이다. 하지만 친구에게도 겨울용 하얀색 상의가 없었다. 별수 없이 사야 하는 상황이었다. 가격은 별로 비싸지 않지만, 한 번 입고 말 건데 낭비인 것 같고 아까운 생각이 들었다. 그런데 친구가 전화를 끊기 전에 기가 막힌(?) 제안을 했다.

"일단 하얀색 옷을 하나 사. 그리고 상표 떼지 말고 그날 하루만 살짝 입고 환불을 하든지 아니면 마음에 드는 색으로 교환을 하면 되지 않을까? 하루만 입고 안 입으면 아깝잖아."

망설이던 나에게는 아주 그럴듯한 아이디어였다. 어차피 하루만 입을 옷인데 아예 사는 건 아무리 생각해도 낭비라는 생각이 들었다. 그날 나는 쇼핑센터에 가서 2만 원 정도 하는 하얀색 맨투맨 상의를 하나 구입하고 친구의 제안대로 상표를 떼지 않았다. 그 옷을 입고 성탄제 행사를 무사히 마쳤고 모두 즐거운 시간을 보냈다. 다음날 나는 상표가 그대로 붙어 있는 하얀색 맨투맨 티셔츠를 곱게 접어 쇼핑백에 다시 담았다. 그러고는 막 집을 나서려는데 이상하게 발이 떨어지지 않았다. 딱 한 번 입은 옷은 보기에는 정말 완벽한 새 옷 같았다. 그러나 그대로 나가려니 마음이 영 편치 않았다. 나는 쇼핑백을 든 채 다시 방으로 들어가 옷을 꺼내 한참을 쳐다보았다. '그냥 가져가서 환불을 받든 바꾸든지 해. 아무도 모르잖아. 딱 한 번 입었을 뿐이고 누가 봐도 새 옷인데 뭐' 하는 마음의 소리와 '그래도 입었던 옷인데, 그렇게 하는 건 옳지 않아' 하는 양심의 소리가 마구 교차했다. 마음이 도무지 편안해지지 않았다. 겨우 2만 원에 내 양심을 팔아먹을 수는 없었다. 그렇게 한참 옷을 바라보던 나는 상표를 확 떼어버렸다. 그리고 그해 겨울 동안 그 옷을 더 자주 입기로 결정했다.

그 순간 그토록 불편했던 마음에 평화가 찾아왔다. 마음이 아주 편안해진 것이다. 지금 생각해도 너무 잘한 결정이었다. 만일 그대로 옷을 가지고 나가 다른 색으로 바꾸거나 환불했다면 내내 불편한 마음으로 지닐 수밖에 없었을 것이다. 내 안의 양심이 나침반처럼 그 순간 어떤 결정을 해야 할지 알려준 것이다. 그때 느꼈던 불편함을 통해서 말이다. 평화로운 마음은 내가 양심에 따른 올바른 결정을 했다는 가장 명확한 증거였다. 이렇듯 양심은 매 순간 우리에게 무엇이 옳은지 알려준다. 그 소리에 귀를 기울이고 그에 따라 행동할지는 결국 우리에게 달려 있다.

빅터 프랭클은 "의미란 무작위적으로 주어지는 것이 아니라 자유로운 반응을 통해서 찾아야 하는 것이다"라고 말한다. 이 말 속에는 의미 발견을 위한 노력이 매우 적극적인 인간의 결정이며 행동이라는 뜻이 담겨 있다. 또한 양심이란 "특정한 상황에 숨겨져 있는 그 상황의 유일한 의미를 발견하고 유일한 의미의 냄새를 맡을 수 있는 인간의 직관적 능력"이라고 정의한다. 즉 양심은 의미의 방향을 우리에게 알려주는 내적 나침반이다. 실제로 우리 각각의 유일한 삶 속에서 경험하게 되는 다양한 상황이나 사건에 대해 하나의 일반화된 의미란 있을 수 없다. 이때 양심이라는 직관적 능력은 매 순간의 의미를 감지할 수 있도록 해주는 강력한 도구가 된다. 양심을 통해 우리는 선택을 요구하는 다양한 실존적 상황에서 그 상황만의 유일한 의미와 진정한 도덕적, 윤리적 가치를 발견하게 되기 때문이다.

인간은 삶의 매 순간 독립적으로 진정성 있는 의사결정을 할 수 있어야 한다. 삶을 구성하는 수많은 유일한 상황 속에서 직관적 양심을 통해 진정으로 의미 있는 선택을 하는 것이 삶을 진정 자유롭게 그리고 책임 있게 살아가는 방법이다. 즉 직관적 양심은 삶의 수많은 경험 속에서 매 순간 우리가 주관적인 동시에 객관적인 의미, 즉 누가 봐도 의미 있는 선택을 할 수 있도록 안내한다.

앞서 설명한 것처럼 의미는 발견하는 것이며, 우리는 수많은 가능한 대안들 중에서 그 상황에 유일한 의미를 찾아내야 한다. 이때 진정한 의미란 삶의 궁극적 의미에 부합되는 것이며, 지금 의미 있다고 선택한 대안이 삶의 궁극적 의미에 부합하는가를 알려주는 것이 바로 우리의 직관적 양심이다. 직관적 양심은 지금 의미가 있다고 선택한 일이 삶의 궁극적 의미에 부합하는지 그렇지 않은

지 '기쁨' 혹은 '평화로움'을 통해 우리에게 알려준다. 만약 어떤 일을 했는데 진정으로 기쁘거나 평화롭지 않다면 그 일은 삶의 궁극적인 의미에 부합되지 않을 가능성이 높다. 양심은 인간 영의 중요한 자원으로서 우리 내면의 초월적 목소리다. 그리고 나도 기쁘고 다른 사람에게도 도움이 되는 '좋은 의미'를 분별하는 일은 오직 내면에 있는 양심을 통해서만 가능하다. 따라서 우리 내면에서 울리는 양심의 소리에 귀를 기울여야 한다.

양심은 본성적이다

앞서 설명한 바와 같이 양심은 직관적이다. 즉 배워서 후천적으로 학습한 것이 아니라 태어나면서부터 본성적으로 이미 무엇이 옳은지 그른지 알고 있다는 말이다.

몇 년 전 EBS에서 〈아이의 도덕성〉이라는 방송을 방영한 적이 있다. 그 프로그램에서 아이의 도덕성과 관련해 '착한 세모 인지 실험'이라는 흥미로운 실험을 진행했다. 생후 10개월 된 아기들에게 두 개의 화면을 보여주었는데, 첫 번째 화면은 동그라미가 산을 힘겹게 올라가고 있을 때 착한 세모가 나타나 동그라미를 위로 밀어주는 장면이었다. 그리고 두 번째는 산을 힘겹게 올라가는 동그라미를 산 위에서 나쁜 네모가 아래로 밀어버리는 장면이었다. 이 두 개의 화면을 보여준 뒤 생후 10개월 된 여러 명의 아기들에게 세모와 네모를 제시하고 그중 어떤 것을 선택하는지 살펴보았다. 그랬더니 아기들은 예외 없이 모두 세모를 선택했다. 힘겹게 산에 오르고 있던 동그라미가 잘 올라갈 수 있도록 도와주었던 착한 세모를 선택한 것이다. 그 이후에 도형의 색깔과 모양을 달리해서 보여주어도 여전히 아기들은 힘겹게 산을 오르는 도형을 도와준 착한 모양의 도형을 선택했다고 한다.

무엇이 착한 것이고 무엇이 나쁜 것인지 배운 적 없는 아기들이었지만, 태어날 때부터 이미 무엇이 선하고 착한 것인지 무엇이 악하고 나쁜 것인지 잘 알고 있었던 것이다. 이것이 바로 양심이다. 양심은 직관적이며 본성적인 것이다.

하지만 여기서 중요한 것이 바로 교육이다. 교육을 받는 것은 바로 우리의 마음이다. 양심의 소리를 듣고 상황에 따라 의사결정을 하면서 세상과 소통하는 것은 바로 우리의 마음이다. 따라서 교육은 마음의 영 안에 있는 양심의 소리를 잘 따를 수 있도록, 양심의 소리에 귀를 기울일 수 있도록 이뤄져야 한다. 그러한 교육이 가장 근본적으로 이뤄지는 곳이 바로 가정이다. 가정 내에서 부모님을 통해 아이들은 옳은 것과 그른 것이 무엇인지 배우게 된다. 여기서 가치관이 형성된다. 엄밀히 말해 부모의 행동을 보고 아이들의 양심의 소리는 세상에 반영되기도 하고 막혀버리기도 한다. 양심에서 어떤 것이 옳고 그른지, 어떤 것이 선하고 악한지 이미 알고 있다 하더라도 어린 자녀에게 절대적인 영향력을 미치는 부모가 양심에 따른 행동을 보여주지 않는다면, 자녀는 온전히 자신 안에 있는 양심의 소리를 들을 수 없게 된다.

양심에 따른 부모의 모습을 보고 어린 자녀들의 영 안에 자리하고 있는 양심도 또한 자극을 받을 것이다. 그것이 바로 자녀도 양심에 따른 선한 의사결정을 할 수 있도록 하는 마음에 대한 교육이다. 학교에서도 마찬가지다. 양심에 따른 교사의 행동은 학생들에게 자신도 양심에 따른 의사결정을 할 수 있도록 하는 모범이 된다. 그러나 양심에 따르지 않는 교사의 행동은 결국 아이들의 양심의 소리를 막아버리는 교육이 되고 말 것이다. 진정한 교육이란 무엇일까? 빅터 프랭클의 말처럼 양심의 소리에 귀기울이고 이에 따라 올바른 의사결정을 하고 용기 있게 행동으로 옮길 수 있도록 하는 것 아닐까.

빅터 프랭클은 양심과 마음을 말과 마부에 비유했다. 말을 마음에 비유하고, 양심을 마부에 비유한 것이다. 말이 마부의 말을 잘 들어야 원래 목적했던 곳에 무사히 도착할 수 있다. 그러나 말도 자신의 의지가 있기 때문에 마부의 말을 들을 수도 듣지 않을 수도 있다. 만약 말이 마부의 말을 듣지 않고 제멋대로 자신이 가고 싶은 길을 가려고 한다면 마부는 원래 목적했던 곳에 도착할 수 없을 것이다.

양심과 마음도 마찬가지다. 마음도 선택의 자유가 있기 때문에 말처럼 양심의 소리를 들을지 듣지 않을지 선택할 수 있다. 말이 마부의 말을 듣지 않고 자신이 가고 싶은 곳으로 가게 되면 원래 목적했던 곳에 도착할 수 없듯이, 마음 역시 양심의 소리를 듣지 않고 자신이 가고 싶은 길로 간다면 원래 목적했던 곳에 도착할 수 없게 된다. 양심의 종이 되고 마음의 주인이 되어야 하는데, 반대로 마음의 종이 되고 양심의 주인이 되고자 할 때 문제는 심각해질 수밖에 없다.

기본적으로 양심은 자기초월적이고, 마음은 자기중심적이다. 또한 양심은 매 순간 모든 상황에서 우리가 궁극적인 의미로 향하는 선하고 좋은 의사결정을 할 수 있도록 해주는 나침반 역할을 한다. 그러나 마음이 양심의 주인이 되고 양심이 마음의 종이 되어버리는 순간, 우리는 진정으로 선하고 객관적인 의미 있는 의사결정을 할 수 없게 될 것이다.

양심은 창의적이다

한국에서 가장 잘못 사용되고 있는 단어가 있다면 개인적으로 '양심'과 '교육'인 것 같다. 언론매체에서 때때로 '양심 선언'이라는 단어를 보게 되는데, 그럴 때마다 나는 '양심'이 무슨 뜻으로 이해되고 있는가 의아해지곤 한다.

주변을 보면 양심과 초자아를 구분하지 못하는 경우가 많은 듯하다. 앞에서도 설명했듯, 양심과 초자아는 근본적으로 자리하고 있는 장소가 다르다. 양심은 영 안에 있으며, 초자아는 마음의 구성 요소 중 하나다. 영 안에 자리하고 있는 양심은 직관적이며 인간의 본성인 반면, 초자아는 후천적으로 학습된 것이다. 우리는 삶을 살면서 직관적이고 본성적인 양심과 후천적으로 학습된 초자아가 충돌하는 경우를 자주 경험하게 된다. 예를 들면 양심에서 말하는 옳고 선한 것과 사회에서 보편적이라고 여겨지는 가치가 충돌할 때다.

극단적인 예로는 남북전쟁이 있기 전 미국의 노예제도를 들 수 있을 것이다. 양심에서는 인간은 모두 고귀한 존재이며 그 가치의 고하를 판단할 수 없다고 말한다. 즉 모든 인간은 존엄하다. 그러나 노예제도라는 사회적인 관습과 가치는 인간을 사고파는 것을 아무렇지도 않은 일로 여긴 것이다. 모든 인간은 존엄하다는 양심의 소리와 인간을 사고파는 그 시대의 노예제도라는 사회적인 관습 간의 충돌이 결국 남북전쟁의 단초가 된 것이다.

그 시대의 관습과 가치로는 옳을지 모르지만 양심적으로 옳지 않은 일은 언제든 양심에 각성한 사람들에 의해 도전을 받게 되고, 양심적인 투쟁을 통해 결국 바뀌게 된다. 이미 사회적 가치로 수용되고 질문없이 받아들여진 것이라 해도 그것이 진정으로 '양심에 따른 것'이 아니라면 분명히 바뀌게 되어 있다. 이런 측면에서 양심은 창의적이다. 양심은 잘못된 사회적 관점이나 기준, 가치에 늘 도전한다. 이렇게 양심을 바탕으로 용기를 내서 도전하는 사람들을 우리는 영웅이라고 부른다. 우리 모두는 일상생활 속 사소한 일에도 양심의 소리에 따른 '좋은 결정'을 함으로써 역시 영웅이 될 수 있다.

양심 교육의 역할

한편 초자아를 양심이라고 착각하는 경우도 있다. 양심의 소리를 듣지 않고 제멋대로 의사결정을 하는 것도 위험하지만, 사실 더 위험한 것은 초자아를 양심이라고 착각하는 경우다. 아주 먼 옛날 십자군 전쟁이 그러했다. 십자군 전쟁은 하느님의 뜻이라 가장하고 많은 사람들을 희생시켰다. 진정한 하느님의 뜻이었다면 어떻게 해서라도 피 흘리는 일은 피했을 것이다. 하느님의 뜻이라는 미명하에, 초자아의 조종에 의해 오히려 진정한 양심의 소리를 무시하고 많은 사람들을 죽이고 짓밟은 것이다. 성경의 바오로 사도의 경우도 마찬가지다. 진정으로 예수님을 만나기 전 하느님의 일이라는 명목하에 얼마나 많은 사람들을 핍박했던가?

이는 비단 역사 속 인물들만의 이야기는 아니다. 우리 주변에서도 초자아를 양심으로 착각하거나 합리화하면서 어떤 일이든 서슴지 않는 사람들을 어렵지 않게 만날 수 있다. 자신의 초자아적인 신념을 양심이라고 착각하는 것이다. 이럴 경우 자신의 모든 행동을 합리화시킬 수 있기에 무슨 짓이든 할 수 있게 된다. 여기에 머리까지 좋으면 문제는 더 심각해진다. 초자아적인 행동은 결국 이기적이며 자기중심적인 행동이기 때문이다. 또한 본능의 욕구를 양심이라고 착각하는 경우도 있다. 자신의 욕망을 양심으로 둔갑시키는 것이다.

교육이란 이미 우리 내면에서 알고 있는 옳고 그름과 선함과 악함을 삶 속에서 실천할 수 있도록 이끌어주는 것이다. 그런데 지금의 교육은 어쩌면 지나친 경쟁적 시스템 하에서 마음속에 있는 욕심과 욕구를 자극해 자기중심적이고 이기적인 의사결정을 하도록 몰고 가는 측면이 있는 듯하다. 대학입시라는 하나의 목표를 향해 달리게 하면서 말이다. 우리에게 진정 필요한 교육은 자기초월적인 양심의 소리에 귀기울이고 그 소리에 따라 살아가도록 이끄는 교육이다.

또한 교육은 양심에 따르지 못했을 때 온전히 수치심을 느끼고 죄책감을 느끼도록 하는 것이어야 한다. 이때의 죄책감이란 정상적인 죄책감이다(죄책감에 대해서는 제10장에서 자세히 소개한다). 살면서 우리는 양심에 따르지 못하는 실수나 잘못을 저지를 수 있다. 그러나 중요한 것은 그럴 때 진정으로 수치심을 느끼고 제대로 죄책감을 느낄 수 있어야 한다는 점이다. 그리고 이를 통해 양심의 소리에 다시 귀기울일 수 있는 기회를 갖도록 돕는 것이 참교육의 목적일 것이다.

빅터 프랭클은 누군가로 하여금 죄책감에 대해 변명하게 만든다면 그 사람에게서 존엄을 빼앗는 것이라고 말한다. 이는 곧 양심을 통한 영적 성숙을 가리키는 말이다. 잘못이나 실수에 대해 변명하도록 하는 것이 아니라 진정으로 되돌아보고 철저히 반성할 수 있는 기회를 마련해줌으로써 인간은 더욱 성장할 수 있을 것이며, 진정으로 의미 있는 삶을 실현해나갈 수 있을 것이다.

제9장

고통

삶에 한계와 장벽이 없다면
인간은 자신의 진정한 잠재력을
인식할 수 없다.

삶의 3대 비극과 비극적 낙관주의

빅터 프랭클은 삶의 3대 비극인 고통, 죄책감, 죽음에 대해 어떤 태도를 취할 것인가를 통해 의미를 발견할 수 있다고 말한다. 즉 인간은 부정적인 상황을 긍정적으로 바꿀 수 있는 능력을 가지고 있으며 따라서 삶의 피할 수 없는 비극 속에서도 의미를 발견할 수 있다는 것이다.

이를 비극적 낙관주의(Tragic optimism)라고 한다. 구체적으로 말하자면, 인간은 고통을 인간 승리로 승화시킬 수 있으며, 죄책감을 통해 더욱 성숙할 수 있는 길을 찾을 수 있고, 죽음을 통해 삶의 유한성과 일시성을 인식함으로써 지금 해야 할 일을 행동으로 옮길 수 있는 용기를 가질 수 있게 된다. 그렇다면 우선 고통이란 구체적으로 무엇이며 우리에게 어떤 의미를 전해주는 것일까? 우리는 고통을 어떻게 직면해야 하고 그것에서 어떻게 의미를 발견할 수 있을까?

인간을 완전히 파괴하는 비법

영성학자인 루이스(C.S. LEWIS) 박사가 저술한 저서 중 《스크루테이프의 편지》라는 책이 있다. 경험이 많은 삼촌 악마 스크루테이프가 인간을 유혹하는 방법에 대해 조카 악마에게 쓴 31통의 편지로 구성된 책이다. 하루는 조카 악마가 삼촌 악마에게 이렇게 질문한다.

"삼촌, 어떻게 하면 인간을 완전히 파괴할 수 있을까요? 어떻게 하면 인간을 신으로부터 완전히 떨어져 나가게 할 수 있을까요? 비법 하나만 알려주세요."

삼촌은 이렇게 답한다.

"굉장한 비법이 하나 있지! 우리가 역사 이래로 오랫동안 연구한 결과, 인간을 완전히 파괴할 수 있는 비법은 하나만 안 하면 돼. 만약 네가 어떤 사람을 완전히 파괴하고 싶다면 절대 하지 말아야 할 게 있단다. 어떤 경우에도 혹은 아주 조금이라도 그 사람에게 '고통을 주어서는 안 된다'는 것이지. 고통을 주지 않으면 그 사람은 스스로 파괴되고 신에게서 완전히 멀어지게 되어 있어. 어설프게 고통을 조금이라도 주면 안 된다. 그러면 잠시 무너지는 것 같고 신으로부터 멀어지는 것 같다가도 금방 다시 일어나 신에게 더 가까이 가게 되니까 말이다. 어떤 사람을 완전히 파괴하고 싶다면 절대로 조금도 고통을 주지 말아라. 그러면 스스로 무너져버릴 거니까."

책은 인간을 파괴하고 신에게서 멀어지는 방법에 대해 이야기하면서 고통이 지닌 의미에 대해 역설적으로 말해준다. 고통은 사람을 영적으로 더 강하게 만들며 어떤 사람에게는 신과 더욱 가까워질 수 있는 기회를 제공한다는 것이다. "나를 죽이지 못하는 것은 나를 더욱 강하게 한다"는 니체의 말처럼, 고통은 우리를 더 강하게 만든다.

비행기가 하늘을 나는 원리

캐나다에 가기 전 항공사에서 6년 정도 연구원으로 근무했다. 항공사에 입사해 신입사원 연수를 받을 때 두꺼운 책이 한 권씩 제공되었다. 그 책에는 항공산업의 역사를 비롯해 항공 관련 용어들이 총망라되어 있었다. 뒷부분에는 항공기에 대한 기계적 설명이 나오는데, 기계에 문외한인 내게는 그 부분이 가장 딱딱하고 지루했다. 그러나 아직까지 잊히지 않는 내용이 있다. '비행기가 나는 원리'라는 제목 하에 엄청나게 무거운 비행기가 어떻게 하늘을 날 수 있는지 설명하는 부분이었다.

기억을 되살리자면, 비행기는 '중력' 때문에 하늘을 날 수 있다고 한다. 모든 물체를 끌어당기는 중력의 힘으로 비행기가 날 수 있다니, 정말 이해가 되지 않았다. 중력 때문에 오히려 비행기가 뜨지 못할 것 같은데 말이다. 기억에 의하면 비행기에는 엔진이 총 너댓 개 있다. 그리고 비행기의 연료가 가장 많이 소진되는 때는 이착륙 때라고 한다. 하늘을 날고 있을 때는 이착륙 때보다 상대적으로 연료가 적게 들어간다. 엔진은 항공기가 비행하는 힘, 즉 추력을 발생시키고 하늘을 날 때 동력을 생산하는 발전기 역할을 한다. 그럼 어떻게 중력의 힘으로 비행기가 하늘을 날 수 있는 걸까?

바로 엔진에서 일으키는 추력이 중력을 양력으로 바꾸기 때문이다. 양력이란 중력과 반대로 작용하는 힘이다. 중력이 모든 걸 아래로 끌어당기는 힘이라면, 양력은 모든 걸 위로 들어 올리는 힘이다. 비행기의 엔진을 가동시키는 순간 강력한 바람이 발생하고 그 바람이 중력을 양력으로 바꿔준다는 것이다. 그러므로 아이러니하게도 중력 없이는 절대로 비행기가 뜰 수 없다. 비행기는 전적으로 중력의 힘을 이용해서 뜨는 셈이다. 비행기를 하늘로 띄우는 양력의 힘은 정확히 중력의 힘에 비례한다. 이렇게 중력의 힘만큼 양력의 힘을 만들어주는 것이 바로 엔진의 역할이다.

이 구절을 읽으면서 나는 비행기가 하늘을 나는 원리가 삶의 고통에도 적용되는 것은 아닐까 하는 생각을 했다. 중력이 모든 걸 바닥으로 끌어당기듯 삶의 고통도 우리 자신을 절망이라는 바닥으로 끌어내린다. 그러나 비행기가 엔진을 통해 중력의 힘만큼 양력의 힘을 발생시키듯, 우리 삶에도 고통이라는 중력을 희망의 양력으로 바꾸는 것이 있지 않을까 하는 생각이 들었다. 삶의 엔진은 사람마다 각자 다를 수 있다. 누군가의 끊임없는 지지와 격려일 수도 있고, 늘 곁에서 함께해주는 가족이나 친구일 수도 있다. 혹은 누군가와의 깊은 사랑과 추억이 삶의 엔진일 수도 있다. 중요한 것은 중력의 힘 없이는 양력의 힘도 발생될 수 없다는 사실이다. 중력 없이는 비행기가 하늘로 떠오르지 못하듯, 인생의 중력이라 할 수 있는 삶의 고통이 없다면 우리는 희망이라는 삶의 양력을 얻을 수 없을 것이다.

중력이 있기에 비행기가 하늘을 날 수 있는 것처럼 우리도 고통을 통해 더욱 성장하고 미처 깨닫지 못한 삶의 의미를 찾을 수 있지 않을까. 고통으로 인해 삶이 바닥을 칠 때 우리가 잊지 말아야 할 것은 바로 그 순간이 우리가 하늘을 날 수 있는 충분한 중력을 확보한 시기라는 점이다. 강력한 엔진의 힘으로 하늘을 날 수 있는 시점이 바로 그때라는 것을 잊지 말았으면 좋겠다.

물론 모든 고통이 무조건 양력으로 바뀌진 않는다. 모든 고통이 우리에게 축복이고 우리를 더욱 강하게 만드는 것은 아니다. 피할 수 없는 고통도 있지만, 우리가 만들어낸 피할 수 있는 고통, 불필요한 고통도 있기 때문이다.

"개인의 욕심과 기대가 불필요한 고통을 야기한다. 이때 불필요한 고통은 자학이다(피할 수 있는 고통)"

삶의 의미를 발견할 수 있는 세 가지 길 중 빅터 프랭클은 태도적 가치가 가장 힘들다고 말했다. 태도적 가치란 삶의 3대 비극인 고통, 죄책감, 죽음에 대해 어떤 태도를 취할 것인가를 통해 의미를 발견하는 것이다. 우선 모든 고통은 한마디로 '상실'이라고 말할 수 있다. 뭔가를 잃어버린 느낌, 이것이 바로 고통이라할 수 있다. 따라서 고통은 우리가 삶을 살면서 피할 수 없다. 누구나 나이가 들어가면서 건강을 잃어가고, 또 관계 속에서 종종 상실을 경험하기도 한다.

상실, 즉 고통은 우리 삶의 다양한 곳곳에서 우리를 힘들게 한다. 이러한 고통은 크게 두 가지로 나누어볼 수 있다. 불필요한 고통과 피할 수 없는 고통이다. 불필요한 고통은 우리가 피할 수 있었던 고통을 말한다. 피할 수 있으며 따라서 군이 경험하지 않아도 되는 불필요한 고통은 우리의 욕심과 기대로 인해 생겨난 고통을 말한다. 빅터 프랭클은 개인의 욕심이나 기대가 불필요한 고통을 야기하며 이런 불필요한 고통을 자학이라고 말한다. 예를 들어 아들이 원하던 대학에 들어가지 못해서 엄마가 고통스러워한다면 이때 엄마가 경험하고 있는 고통은 엄마의 욕심과 기대로 인해 생겨난 불필요한 고통이다.

때때로 우리는 스스로 다른 사람보다 열등하다고 자책하면서 고통스러워하기도 한다. 이 또한 내가 만들어낸 불필요한 고통, 즉 피할 수 있는 고통이다. 내 안에 있는 나의 욕구와 욕심으로 인해 생겨난 고통이다. 스스로를 괴롭히는 자학적인 고통이라고 할 수 있다. 이 경우 고통의 원인을 제거하는 것을 통해 의미를 발견할 수 있다. 아들에 대해 가지고 있었던 엄마의 기대, 나와 다른 사람들을 끊임없이 비교하면서 스스로를 비하했던 자신의 왜곡된 자아상을 스스로 점검함으로써 고통의 원인을 없애려는 노력이 필요하다. 다시 말하면 불필요한 고통, 피할 수 있는 고통은 어쩌면 자신이 선택할 수 있는 여러 대안 중에서 잘못된 선택을 함으로써 비롯되는 고통이다.

아들의 결혼

밴쿠버에서 했던 상담 사례다. 비가 많이 내리던 10월 말 어느 날, 1970년대에 캐나다로 1세대 이민을 온 노부부가 상담센터를 찾아왔다. 부부 사이에 무슨 문제가 있나 했는데, 알고 보니 부부의 문제가 아니라 하나밖에 없는 아들을 설득해 결혼을 말릴 방법을 찾고자 나를 찾아온 것이었다. 미국이나 캐나다로 이민 온 사람들이 대체로 자녀에게 바라는 소망이 하나 있다면 자녀가 한국인과 결혼을 하는 것이다. 그날 상담센터를 찾은 노부부도 아들이 한국인이 아닌 사람과 결혼을 하겠다는 것을 용납하지 못했다. 그 전에도 한국인이 아닌 여자친구와 결혼을 하겠다는 것을 노부부가 반대했다고 한다. 부모의 끈질긴 반대를 이기지 못한 아들은 결국 할 수 없이 여자친구와 헤어졌지만 그 뒤로 부모와의 관계가 악화일로를 걸었다. 그 일 이후로 5년이 넘도록 노부부는 아들을 단 한 번도 만날 수 없었다고 한다. 그런데 이번에 또다시 아들이 한국인이 아닌 여자친구와 결혼을 하겠다고 통보를해온 것이다. 이제야 겨우 아들이 결혼을 계기로 연락을 해왔는데, 이번에도 반대를 한다면 하나밖에 없는 아들과 평생 연이 끊기게될 것 같다며 곤혹스러워했다. 그렇다고 말도 안 통하는 며느리를 맞이할 수도 없다고 했다.

일단 나는 노부부가 아들의 결혼에 대해 선택할 수 있는 대안이 뭐가 있는지 칠판에 적어보도록 했다. 아들의 결혼에 대한 노부부의 답은 당연히 허락 아니면 반대였다. 노부부가 아들의 결혼을 허락할 경우 아들의 선택지는 무엇일까? 아들은 자신의 뜻대로 결혼을 할 수도 있고, 혹은 가능성이 희박할 수는 있지만, 결혼을 안 하는 결정을 할 수도 있다. 그렇다면 반대로 노부부가 아들의 결혼을 반대한다면? 아들은 부모의 반대에도 무릅쓰고 자기 뜻대로 결혼을 할 수도 있고, 아니면 부모의 뜻에 따라 결혼을 안 할 수도 있다.

그런데 여기서 한 가지 더 생각해야 할 것이 있다. 노부부의 반대에도 불구하고 아들이 결혼을 강행할 경우 분명 이들의 관계는 더 악화일로로 치달을 가능성이 높다. 또한 노부부가 반대를 해서 아들이 결혼을 안 하게 될 경우, 혹여 그 결정이 부모의 뜻과는 상관없는 자신의 순수한 결정이라 하더라도 아들은 어쨌든 부모를 원망할 가능성이 높기 때문에, 아들이 설사 스스로 결혼을 안 하겠다는 결정을 내린다 해도 부모와의 관계가 악화될 수밖에 없다.

만약 노부부가 아들의 결혼을 찬성할 경우, 아들이 그대로 결혼을 하겠다는 결정을 내린다면 노부부의 마음에 아쉬움은 남겠지만 그래도 아들과의 관계는 회복될 가능성이 높다. 더욱이 중요한 것은, 노부부가 아들의 결혼을 찬성했는데 아들이 스스로 결혼을 안 하는 결정을 할 수도 있다는 것이다. 이 경우 아들은 최소한 부모에 대한 원망은 하지 않을 것이다.

결국, 노부부가 결혼에 반대할 경우에는 아들이 결혼을 하든 안 하든 관계가 악화될 가능성이 높고, 결혼에 찬성할 경우 아들의 결혼이 어떻게 되든 아들과의 관계가 악화될 가능성은 없으며 심지어 아들이 스스로 결혼을 안 하는 결정을 할 가능성까지 생긴다.

그렇다면 노부부에게는 선택안이 하나밖에 없는 셈이다. 아들의 결혼에 찬성하는 것이다. 그렇지만 그들은 애초에 아들의 결혼에 반대하는 선택안도 있다고 착각하고 있었다. 내가 이렇게 칠판에 그림을 그려가며 설명을 하자 노부부는 허탈한 웃음을 지었다. 자신들에게는 아들의 결혼을 반대할 아무런 권한이 없다는 것을 깨달은 것이다. 자신에게 어떤 선택안이 있는지를 명확히 아는 것은 정말 중요하다. 반대할 선택안이 없는데도 반대를 할 수 있다고 믿는 것이 우리에게 불필요한 고통을 야기하기 때문이다. 이런 고통이 바로 욕심과 기대가 만들어낸 피할 수 있는 고통이다.

피할 수 없는 고통

우리가 도저히 어떻게 할 수 없는 불가항력적인 고통, 즉 피할 수 없는 고통을 우리는 살면서 많은 순간 직면하게 된다. 이는 선택할 수 있는 것이 아무것도 없는 상황에서 느끼는, 인간이라면 누구도 피할 수 없는 고통이다. 어떻게 해도 상황을 바꿀 선택의 여지가 없는 상황에 직면하면 우리는 절망하게 된다. 절망만큼 커다란 고통이 또 어디 있을까.

그러나 빅터 프랭클의 말처럼 이때 우리가 느끼는 절망감은 피할 수 없는 고통 때문이라기보다 왜 우리가 그렇게 아무것도 할 수 없는 고통을 겪어야 하는가 하는, 즉 고통의 의미를 발견하지 못하기 때문이다. 따라서 이때는 고통의 원인을 찾으려고 애쓰기보다 피할 수 없는 고통 속에 숨겨 있는 의미를 발견하고자 하는 노력이 중요하다. 고통의 원인이 무엇인가가 아니라 고통에 대해 어떻게 반응할 것인가 하는 것이 무엇보다 중요하다.

역설적이기는 하지만, 어떤 처참한 상황에서도 삶의 의미가 있다고 믿을 수 있다면, 그런데 우리가 지금 스스로 어찌할 수 없는 고통을 경험하고 있다면, 그것이 피할 수도 바꿀 수도 없는 고통이기에 오히려 그 고통에 분명한 이유가 있다고 믿을 수 있지 않을까. 우리도 모르는 저 앞의 미래에 지금 경험하고 있는 피할 수 없는 고통의 의미가 분명히 있을 거라고 믿는 것이다. 이것이 고통에 대한 태도적 가치의 핵심이다. 이런 믿음은 당장의 고통을 잘 이겨내는 데 큰 힘이 될 뿐 아니라 우리가 미처 알지 못했던 자신을 더욱 알게 되고 영적으로 성숙하고 성장할 수 있는 더 없는 자극이 될 것이다.

내가 사는 이유

빅터 프랭클이 동료 의사와 나눈 이야기다. 그 동료 의사는 2년 전 아내를 잃고 그 슬픔을 이기지 못해 빅터 프랭클을 찾아왔다. 그는 정말 행복한 결혼생활을 했고 아내를 잃고 나서는 매우 우울한 상태였다. 힘들어하는 동료 의사에게 빅터 프랭클은 이렇게 물었다.

"만일 선생님이 먼저 돌아가시고 아내가 살아계시다면 어땠을까요?"

그러자 동료 의사가 이렇게 대답했다.

"정말 끔찍했겠죠. 상상도 못할 정도로 정말 힘들어할 거예요."

이에 빅터 프랭클은 이렇게 말해주었다.

"그래요. 그러니 지금 선생님의 아내는 그 고통을 받지 않아도 되는 거네요. 아내를 그런 고통에서 구한 사람이 바로 선생님입니다. 물론 지금 선생님께서는 그 대가를 치르고 계시죠. 아내를 그리워하면서요."

아내에 대한 동료 의사의 그리움은 그 순간 의미를 찾았다. 피할 수 없는 고통에서 아내가 직면할 수도 있었을 고통을 대신 감당하는 희생의 의미를 발견한 것이다.

아내를 먼저 떠나보내야 했던 남편의 슬픔, 그것은 피할 수 없는 고통이다. 아내를 다시 살아 돌아오게 할 수도, 시간을 과거로 돌릴 수도 없다. 그러나 그 동료 의사는 자신이 먼저 세상을 떠났을 때 아내가 겪었을지도 모르는 고통을 지금 자신이 대신 겪어내고 있다는 깨달음을 얻었다. 아내의 죽음이라는 피할 수 없는 고통에서 의미를 발견할 수 있었던 것이다. 이제 그 동료 의사는 아내를 대신해 그 고통을 기꺼이 감당해낼 수 있을 것이다.

몇 년 전 〈국제시장〉이라는 영화를 본 적이 있다. 6·25전쟁을 겪고 또 생계를 위해 독일에 광부로 가서 엄청난 고생을 한 주인공 덕수의 삶 자체가 우리네 부모의 삶이었기에 영화를 보는 내내 눈물이 흘렀다. 그중에서도 특히 주인공 덕수의 감동적인 대사가 아직도 생생히 떠오른다.

"내는 그래 생각한다. 힘든 세월에 태어나가 이 힘든 세상 풍파를 우리 자식이 아니라 우리가 겪은 게 참 다행이라꼬."

덕수는 그 시대에 전쟁이라는 힘든 상황을 겪어내야 했고, 그 시간은 피할 수 없는 고통의 시간이었다. 그러나 시대를 잘못 타고났다고 원망하지 않았다. 오히려 귀한 자식들이 피할 수 없는 전쟁이라는 고통의 시간을 겪지 않고 부모인 자기 세대가 겪은 것이 얼마나 다행이냐고 말했다. 피할 수 없는 고통의 의미를 발견한 것이다.

장기를 잘 두는 방법

빅터 프랭클의 수제자인 엘리자베스 루카스 박사(Dr. Elisabeth Lukas)는 우리 삶을 장기판에 비유해 설명한다. 그녀는 장기판이라는 삶에서 상대방 선수가 두는 수를 우리가 인생에서 직면하는 피할 수 없는 고통에 비유한다. 장기라는 게임을 지속할 수 있는 것은 바로 상대방 선수가 있기 때문이다. 내가 수를 두면 상대방이 그에 따라 수를 두게 되는데, 상대방이 두는 수는 장기라는 게임을 망치기 위한 것이 아니라 그 게임이 계속 진행되도록 하기 위한 것이라는 얘기다. 이처럼 삶에서 피할 수 없는 고통은 마치 상대가 두는 수처럼 우리의 삶을 끝내고 망치는 것이 아니라 오히려 계속되도록 한다.

따라서 장기를 잘 두는 방법은, 상대방이 수를 두었을 때 왜 그런 수를 뒀는지 지나치게 집착할 게 아니라 상대방이 둔 수에 대해 나는 어떤 수를 두어야 하는지, 즉 어떻게 반응해야 할지를 결정하는 것이다. 상대방이 두는 수는 내가 전혀 통제할 수 없는, 장기판의 '피할 수 없는 고통'이기 때문이다.

인생에서도 마찬가지로 고통에 대해 왜 이런 고통을 겪어야 하나 하며 원망하고 괴로워하기보다 그에 대해 어떻게 반응할지, 어떤 태도를 취할지 결정해야 한다. 그런다면 고통으로 인해 절망하고 무너지는 것이 아니라, 오히려 고통으로 인해 더욱 앞으로 나아갈 수 있는 힘을 얻게 될 것이다.

피할 수 없는 고통은
인간을 성숙하게 하는
가장 강력한
경험이다.

"통제할 수 없는 상황(운명의 영역)과 통제할 수 있는 상황(자유의 영역)을 구분하는 것이 정신건강의 핵심이다"

상담을 하다 보면 내담자들이 겪고 있는 어려움이나 고통이 자신이 바꿀 수 있는 상황, 즉 선택안이 있는 상황과 선택안이 없는 상황을 구분하지 못하는 데서 기인하는 경우가 많다.

우리에게 정말 중요한 것은 어떤 상황이 벌어졌을 때 그 상황을 내가 바꿀 수 있는지 없는지를 구분하는 일이다. 바꿀 수 있는 선택이 있는데 아무것도 안 하는 것도 무책임한 일이지만, 벌어진 상황을 바꿀 수 없는데 자꾸만 바꾸려고 하면 문제가 더 커질 수 있다. 어떤 상황에 대해 바꿀 수 있는 선택안이 있는지 없는지를 구분할 수만 있어도 우리가 고민하는 문제의 절반 이상이 한결 가벼워진다.

만일 어떤 상황이 불가항력적이라서 바꿀 수 없는 것이라면, 그럼에도 여전히 우리에게 그 상황에 대한 태도를 바꿀 수 있는 자유가 있다는 것을 인식할 필요가 있다.

운명적인 영역과 자유의 영역 구분하기

빅터 프랭클은 과체중으로 고생하던 내담자의 예를 들어 운명적인 영역과 자유의 영역 간의 차이를 설명한다. 그 내담자는 뚱

뚱하다는 이유로 집 밖에 나가지도 못하고 우울증에 시달리고 있었다. 우울증이 심해지다 못해 내담자는 자살까지 생각하는 지경에 이르렀다. 그의 진료기록을 확인한 빅터 프랭클은 과체중의 원인이 다름 아닌 치료 불가의 호르몬 문제라는 사실을 알게 되었다. 내담자를 만났을 때 빅터 프랭클은 과체중에 대해 일체 언급하지 않았다. 대신 내담자의 평소 취미생활, 즉 음악감상이나 위인전 읽기, 친구와 대화하기 등 그가 평소 즐겨 하는 활동에 대해 이야기를 나누었다. 그리고 내담자에게 이렇게 말해주었다.

"과체중에 대한 책임은 당신에게 있지 않아요. 호르몬 때문이죠. 호르몬 때문에 어쩔 수 없이 과체중일 수밖에 없는 거예요. 그런데 이런 상황에서 어떻게 살 것인가 하는 것은 분명 당신 손에 달려 있습니다. 지금 상태에서 암벽타기나 발레를 하는 것은 당신 능력 밖의 활동입니다. 이런 사실을 받아들여야 합니다. 그런데 체중이 아무리 많이 나간다 해도 당신이 말했던 것처럼 본인이 원한다면 하고 싶은 건 뭐든 할 수 있어요."

상담이 끝나고 내담자는 빅터 프랭클이 자신에게 해준 말이 수년 동안 받아왔던 그 어떤 심리치료보다 큰 도움이 되었다고 말했다고 한다.

인과론적 세계관과 목적론적 세계관

우리는 누구나 자신에게 일어난 모든 일을 이해하고 해석하고 싶어한다. 그런데 그것을 해석하는 관점은 두 가지로 나뉜다. 하나는 인과론적 세계관이다. 이는 자신에게 일어난 모든 일을 원인과 결과로 해석하는 것이다. 예를 들어 B라는 사건이 발생했다면, 그 사건은 결과가 되고 거기에는 반드시 원인이 있으며 그 원인을 A라고 보는 것이다. 만약 C사건이 발생했다면 이때 C라는 결과를 B라는 원인에 근거하는 것으로 해석하는 것이다. 즉 어떤 사건이 발생하면 그것을 해석하고 이해하는 데 있어 사건의 앞(과거)에 있는 원인이 무엇이었는지를 찾아봄으로써 자신이 현재 경험하는 일을 이해하려는 세계관이 바로 인과론적 세계관이다. 이런 관점은 과학적인 문제를 이해하고 연구하는 데 매우 유용하다.

두 번째는 목적론적 세계관으로, 어떤 일이 일어난 데는 반드시 이유와 목적이 있다고 믿는 것이다. 만약 지금 C라는 일이 벌어졌다면, 향후 언젠가 있을 G라는 이유 때문에 지금 C라는 일이 일어났다고 보는 세계관이다. 당장은 G가 구체적으로 무엇인지는 모르지만 분명 미래의 어느 시점에 G라고 하는 C의 이유가 있을 거라고 믿는 것이다. 따라서 목적론적 세계관은 인과론적 세계관과 달리 과거가 아니라 '이유'라는 미래를 향해 있다.

우리 일상에 일어난 모든 일을 과학으로 설명할 수는 없다. 앞서 설명한 것처럼 고통은 크게 피할 수 있는 불필요한 고통과 도저히 피할 수 없는 불가항력적인 고통으로 나눌 수 있다. 우리가 만들어낸 피할 수 있었던 고통에 대해서는 원인이 무엇인지 철저히 규명해 다시는 그런 일이 벌어지지 않도록 예방할 수 있다는 점에서 인과론적 세계관이 유용하다. 하지만 어떤 일이 피할 수 없는 고통과 관련된 것이라면, 원인을 알아내고자 하는 노력은 당장 삶을 살아가고 고통을 딛고 일어서는 데 도움이 되지 못한다.

인과론적 세계관 하에서는 결과가 현재 시점에 발생한 일이라면 원인은 언제나 과거에 존재한다. 따라서 피할 수 없는 고통에 대해 인과론적 세계관으로 접근하게 되면 현재 발생한 일에 대해 자꾸 뒤를 돌아보며 과거에 집착하게 될 가능성이 높다. 하지만 아무것도 바꿀 수 없고 이미 발생해버린 일이라면, 과거에 집착해 그 원인을 찾고자 하는 노력은 오히려 현재를 살아가는 데 방해가 될 수 있다.

만약 어떤 일이 피할 수 없는 불가항력적인 일이라면, 과거에 집착해 원인을 규명하려고 하기보다 지금 겪고 있는 고통이 미래 어느 시점에 있을 어떤 일이 그 이유일지도 모른다는 목적론적 세계관이 더 유용하다. 이런 목적론적 세계관을 통해 지금은 잘 인식할 수 없더라도 분명히 미래에 그 의미와 이유가 있다고 믿을 수 있을 때 우리는 현재 겪고 있는 고통을 이겨내고 극복할 힘을 얻을 수 있을 것이다.

따라서 우리가 어떤 세계관으로 자신에게 일어난 일들을 바라보고 있는가를 살피는 것이 중요하다. 자신에게 벌어진 일을 어떻게 해석하고 있는지 돌아볼 필요가 있다. 어떤 일에 대해 반드시 원인을 규명하려는 노력을 더 많이 기울이는지 아니면 지금 당장은 뭔지 모르지만 반드시 저 앞에 그 목적과 이유가 있을 것이라 믿는 세계관을 가지고 있는지 말이다. 피할 수 없는 일이었다면 반드시 그 이유가 있지 않을까? 우리 존재 자체에는 이유와 의미가 있으니 말이다.

원인과 이유

빅터 프랭클은 '원인(cause)'과 '이유(reason)'는 다르다고 말한다. 원인과 이유는 여러 가지 면에서 차이가 있다. 원인이 과거를 돌아보는 것이라면, 이유는 미래지향적으로 앞을 바라보는 것이라 할 수 있다. 또한 빅터 프랭클은 일례로 양파를 깔 때 눈물이 나는 것은 양파가 원인이지만 그 이유는 될 수 없다고 말한다. 반면 사랑하는 사람이 세상을 떠나서 눈물이 나는 것은 눈물의 원인이 아니라 이유인 것이다. 원인과 이유는 이처럼 그 시점이 다르고 그 대상이 다르다. 우리가 어쩔 수 없고 피할 수 없는 일이라면, 과거를 돌아보고 원인이 될 만한 누군가를 찾아 원망하기보다는 그 일에 분명 이유가 있을 거라고 믿는 것이다. 그럴 수 있다면 자신을 더욱 성장시킬 수 있을 것이다.

미국 워싱턴 대학의 가트만 박사는 부부치료로 아주 유명하다. 그는 40년 넘게 5,000쌍 이상의 부부를 상담하고 연구했다. 연구결과, 부부들이 겪는 갈등과 문제 중 약 70퍼센트 정도는 두 사람이 해결할 수 없는 막다른 골목과 같은 문제였다고 한다. 남편이나 아내가 해결할 수 없는 문제를 가지고 해결을 시도하며 그 문제의 원인을 자꾸 찾으려다 보니 당연히 부부 간에 원망만 더 커지고 과거지사를 들추고 갈등이 심해진다는 것이다. 부부를 가장 극단으로 이끄는 문제는 바로 상대방 가족에 대한 비난이라고 한다. 이는 부부가 해결할 수 있는 문제가 아니다. 이미 주어진 것이다. 이렇게 바꿀 수 없고 피할 수 없는 원인을 자꾸만 언급하는 것이 부부관계를 더욱 망치는 것이다. 그것을 받아들이고 직면한 문제에 대해 부부가 어떻게 건강한 선택을 할 것인지, 그리고 그러한 한계에 분명한 이유가 있을 거라고 믿을 때 해결책을 찾을 수 있을 것이다.

지금 어떤 문제에 대해 원인에만 집착하고 있진 않은가? 저만치에 분명히 있을 이유를 믿을 수 있다면 우리는 피할 수 없는 고통에 직면하더라도 지금 희망할 수 있을 것이다. 세상에서 유일한 내가 세상에 존재하는 이유가 분명히 있듯이, 내게 벌어진 모든 일들에도 반드시 그것만의 유일한 이유가 있을 것이다.

이렇게 믿을 수 있을 때 우리는 피할 수 없는 고통의 의미를 찾을 수 있을 것이다. 그러나 여기서 한 가지 명심해야 할 것이 있다. 피할 수 없는 고통에 반드시 그 이유와 의미가 있음이 분명하다 하더라도, 현재 극심한 고통 중에 있는 사람에게 다가가 지금 겪고 있는 고통에 반드시 의미가 있다고 말하는 것은 고통을 감당하고 있는 사람에게 하나도 도움이 되지 않는다는 사실이다. 이는 당사자가 아닌 누군가가 옆에서 위로한답시고 해줄 말은 아니다. 우리가 할 수 있는 일은 피할 수 없는 고통에 반드시 의미가 있다는 믿음으로 고통 중에 있는 이의 곁을 묵묵히 지켜주는 일일 것이다.

제10장

죄책감

"제 자신을 용서할 수 없어요"

"선생님, 저는 제 자신을 도저히 용서할 수 없어요. 그날 강제적인 성폭행을 당하면서 처음으로 성관계를 하게 되었어요. 그런데 제 몸이 반응을 하는 거예요. 성폭행을 당하는 와중에도 어떤 성적인 느낌이 들더란 말입니다. 어떻게 그 순간 제 몸이 반응하고 그런 느낌이 들 수 있죠? 제 자신이 너무 혐오스러웠습니다. 그게 제 실체가 아닌가요? 그런 저를 도무지 용서할 수 없었습니다."

20년 전쯤 캐나다에서 상담 인턴을 하면서 만난 60대 중반 캐나다 남성의 이야기다. 그는 십대 시절 집에서 열린 크리스마스 파티 도중 자신에게 벌어진 일로 인해 무려 50년간 스스로를 버리고 살았다고 했다. 구체적인 사연은 이러하다. 50년 전 자신의 형이 친구들을 불러 집에서 크리스마스 파티를 열었다. 부모님은 모두

친척집에 간 상태였고, 형들이 파티를 한창 즐기는 사이 자신은 2층 자기 방에서 잠이 들었다. 그런데 형의 친구 중 한 명이 술에 취해 방으로 들어와서는 자신을 침대에 묶어놓고 성폭행을 했다고 한다. 그는 그날로 즉시 가출을 했는데, 성폭행으로 인한 트라우마는 50년이 넘도록 그를 괴롭혔다.

그런데 내담자는 자신을 성폭행한 형의 친구가 아니라 자기 자신을 용서할 수 없다는 말을 되풀이했다. 나는 너무 의아했다. 자기 인생을 망쳐버린 성폭행 가해자를 용서하지 못한다면 충분히 이해할 만한 일이다. 하지만 왜 피해자인 자신을 용서하지 못한다고 말하는 것일까? 도대체 자신이 무슨 죄를 지었다고 절대 용서할 수 없다는 것일까? 자신은 그저 피해자일 뿐인데.

"만약 당신이 누군가에게서 죄책감을 빼앗는다면, 그 사람으로부터 인간의 존엄성을 빼앗는 것이다(정상적인 죄책감)"

인간이라면 누구도 죄로부터 자유로울 수 없다. 그래서 빅터 프랭클은 죄책감을 고통과 죽음과 더불어 삶의 3대 비극이라고 정의한다. 죄를 지었을 때 우리에게 따라오는 감정이 바로 죄책감이다. 로고테라피에서는 정상적인 죄책감이 우리가 영적으로 성숙하게 도와준다고 말한다. 언뜻 이해하기 힘든 말이다. 죄책감이 어떻게 우리를 영적으로 성숙하게 도와줄 수 있을까?

여기에서 '정상적인'이라는 말에 주목할 필요가 있다. 정상적인 죄책감이 있다는 것은 이와 반대인 죄책감, 즉 비정상적인 죄책감이 있다는 것을 암시한다. 로고테라피를 직접 가르쳐준 스승인 폴 엉거 교수님은 전 세계에서 특히 자신의 조국인 헝가리와 한국의 국민이 가장 죄책감을 많이 느끼는 것 같다고 말한 적이 있다. 이때 말하는 죄책감이란 영적 성숙으로 이끄는 정상적인 죄책감이 아니라 빅터 프랭클이 말한 우리를 신경증으로 이끌 수 있는 비정상적인 죄책감이다. 비정상적인 죄책감은 많은 감정들 중 인간을 가장 고통스럽게 하는 신경증적 죄책감이다.

우선 정상적인 죄책감이 무엇인지부터 살펴볼 필요가 있겠다. 빅터 프랭클은 정상적인 죄책감을 실질적으로 죄가 존재하고 그 것을 인식하는 상태에서 느끼는 죄책감이라고 정의한다. 여기서 실질적으로 죄가 있다는 말을 이해하기 위해서는 먼저 '죄'란 무엇인가에 대해 알아야 한다.

빅터 프랭클은 '죄'를 한마디로 이렇게 정의한다. "죄란 내가 반응할 수 있었는데 반응하지 않은 것이다." 좀더 쉽게 설명하자면, 자신이 책임을 져야 하는 상황에서 혹은 어떤 올바른 선택을 할 수 있는 상황에서 그렇게 하지 않은 것을 말한다. 양심의 소리를 듣고 그에 반응하여 책임 있는 결정을 해야 함에도 불구하고 하지 않았을 때 이를 죄라고 하고, 이때 느끼는 죄책감을 정상적인 죄책감이라 한다. 따라서 죄와 양심은 당연히 연결되어 있다. 어떤 일을 잘못하고 죄책감을 느끼는 것은 바로 우리 안에 양심이 있다는 증거이며, 직관적인 양심의 작용은 우리로 하여금 죄책감이라는 감정을 느끼게 한다. 이때 느끼는 죄책감은 실질적으로 죄가 있는 정상적인 죄책감이며, 우리가 죄를 깊이 반성하고 성장할 수 있게 하는 아주 중요한 감정이다. 이는 삶의 의미를 발견할 수 있도록 돕고 우리가 더욱 성숙할 수 있는 계기가 되어준다.

오히려 정말 문제는 죄를 짓고도 죄책감을 느끼지 못하는 것이다. 그래서 빅터 프랭클은 "만약 정상적인 죄책감을 누군가로부터 빼앗는다면 그 사람에게서 인간의 존엄성을 빼앗는 것"이라 말한다. 우리는 종종 죄책감에 빠져 힘들어하는 사람들에게, "남들도 다 그래!" 혹은 "얼른 잊어버려! 상황이 그럴 수밖에 없었잖아" 하면서 변명거리를 제공해주곤 한다. 그러나 만약 그 사람이 느끼는 죄책감이 실제 죄가 존재하는 정상적인 죄책감이라면 이렇게 변명거리를 제공하는 것이 오히려 그 사람이 성장할 수 있는 기회를 빼앗는 것일 수 있다는 점을 잊지 말아야 한다. 우리가 반응할 수 있었는데도 불구하고 하지 않았다면, 이때 필요한 것은 환경을 탓하거나 상황에서 변명거리를 찾는 식으로 죄책감으로부터 도피하는 것이 아니라 자신이 무엇을 잘못했는지 철저하게 되돌아보는 자기 성찰의 시간일 것이다. 자기 성찰과 반성을 통해 다시는 그런 일을 저지르지 않도록 해야 한다. 더 나아가 양심의 소리에 더욱 민감하게 귀를 기울일 수 있는 진정한 성숙의 길로 나아가야 한다.

양심에 대해 강의를 할 때 어떤 분이 이런 질문을 한 적이 있다. "잘못하는 줄 알면서 죄를 짓는 사람과 잘못인 줄 모르고 죄를 짓는 사람, 둘 중 누가 장기적으로 더 위험할까요?" 얼핏 죄인 줄 알면서도 죄를 범하는 사람이 더 위험하다고 생각할 수 있다. 그러나 알면서도 죄를 짓는 사람이 모르고 죄를 범한 사람보다 더 얄미울 수는 있지만, 사실 장기적으로 더 '위험한' 사람은 후자다. 그나마 자기 행위가 죄인 줄 아는 사람은 언젠가 다시 회복할 기회는 가질 수 있다. 자신이 잘못하고 있음을 알고는 있으니까 말이다. 하지만 자신이 하는 일이 잘못된 일인지도 모르는 사람은 개선의 여지가 없어 장기적으로는 더 위험하다. 죄를 짓거나 잘못을 했는데도 알지 못하고 죄책감을 느끼지 못한다면 같은 잘못을 반복해서 저지를 가능성이 높다. 그래서 더 위험할 수 있다.

빅터 프랭클은 죄책감에 대한 태도를 수정함으로써 삶의 의미를 발견할 수 있다고 말한다. 자신이 한 잘못된 행동이나 생각, 결정, 선택 혹은 어떤 감정 등에 대해 죄책감이 든다면, 그것을 느끼지 않으려 애쓰고 막아버리기보다 '죄책감'이라는 감정이 우리로 하여금 뭔가 잘못했다는 메시지를 전달하고 있다는 것을 알아차릴 수 있어야 한다. 양심은 우리에게 늘 올바른 방향을 제시하고 있으며, 그 길로 가지 않으면 뭔가 잘못되었다는 메시지를 준다. 그것이 바로 정상적인 죄책감이다. 이 죄책감이라는 메시지는 우리로 하여금 영적으로 더욱 성숙할 수 있는 아주 중요한 계기를 마련해주며 의미를 발견할 수 있는 기회를 제공해준다.

비정상적인 죄책감 - 신경증적인 죄책감

정상적인 죄책감이 실질적으로 죄가 존재하고 그것을 인식함으로써 느끼는 것인 반면, 비정상적인 죄책감은 실제로는 죄가 없는데 마치 죄가 있는 것처럼 느끼는 것을 말한다. 이러한 비정상적인 죄책감은 신경증으로까지 이어질 수 있기 때문에 '신경증적 죄책감'이라고 한다.

죄가 없는데 어떻게 죄책감을 느끼게 되는 걸까? 비정상적인 신경증적 죄책감은 마음을 구성하는 본능, 자아, 초자아 중에서 초자아와 관련이 있다. 앞에서 언급했듯 많은 이들이 초자아와 양심을 혼동하곤 한다. 다시 구분해보자면, 양심은 영의 차원에 있고 초자아는 마음의 차원에 있다. 양심이란 배우지 않고도 본성적으로 무엇이 옳은지 그른지 이미 알고 있는 것인 반면, 초자아는 태어나서 후천적으로 부모나 사회, 학교로부터 학습된 것이다. 따라서 양심은 사회나 문화, 교육수준이나 환경의 영향을 받지 않는 진리를 향한다. 그러나 초자아는 자신이 속한 사회, 문화, 국가, 가정에 따라 다른 기준을 가지고 있다.

대체로 초자아의 소리는 '…해서는 안 된다' 혹은 '…을 해야 한다'라는 말로 들린다. 초자아는 처벌을 피하거나 어떤 보상을 위해 작동하는 반면, 양심은 진정으로 다른 사람을 향한다. 양심에는 처벌을 피하거나 보상을 받으려는 목적이 없다. 양심에서 느끼는 것이 실질적으로 죄가 있는 정상적인 죄책감이라면, 초자아에서 느끼는 것은 실질적으로 죄는 없는데 느끼게 되는 비정상적인 죄책감, 즉 신경증적 죄책감이다.

살다 보면 너 나 할 것 없이 불가항력적인 일을 겪게 된다. 어떤 반응이나 선택을 전혀 할 수 없는 상황에 직면하는 경우다. 일례로 생존자의 죄책감이 그렇다. 이것은 어떤 사고에서 살아남은 사람들이 느끼는 죄책감을 말한다. 사고 상황에 따라 조금씩 다를 수 있지만, 자신이 다른 사람을 돕거나 살릴 수 있는 선택을 할 수 있는 상황이 아니었음에도 막상 그런 사고에서 생존하고 나면 죽어가는 다른 사람을 살리지 못했다는 죄책감에 시달리게 된다. 우리의 초자아가 우리를 야단치는 것이다. "너만 살려고 이기적으로 도망쳤지?"라고 말이다.

이런 불가항력적인 상황에서뿐 아니라 우리는 통제 불가의 상황이나 아무런 선택을 할 수 없었던 상황에 대해 책임을 지려고 할 때 신경증적인 죄책감을 느끼게 된다. 한마디로 신경증적인 죄책감은 피할 수 없는 고통을 죄라고 착각해서 느끼는 죄책감이다.

성폭력 피해자들 중에 가해자를 비난하기보다 오히려 자책감에 더 시달리고 스스로를 용서하지 못하는 경우가 많다. 도입부에 사례로 든 내담자의 경우, 자신을 용서할 수 없다고 말한 이유는 바로 그가 느낀 죄책감이 실제로는 죄가 없는 신경증적 죄책감이었기 때문이다. 우리 몸은 자극에 반응하게 되어 있다. 이는 우리가 통제하거나 선택할 수 있는 것이 아니다. 성폭행이라는 고통 하에서 몸이 반응하고 성적인 느낌이 든 것은 피할 수 없는 고통이지 죄는 아니다. 그런데 초자아는 이렇게 말한다. "너도 느끼고 싶었지? 너도 은근히 느끼고 싶었던 거야. 네가 협력한 거야." 그러면서 신경증으로까지 발전할 수 있는 비정상적인 죄책감을 불러일으킨다. 피할 수 없는 고통을 죄로 혼동한 것이다.

이렇게 피할 수 없는 고통을 죄로 인식하는 순간 우리는 스스로를 용서할 수 없게 된다. 이런 마음이 우리를 신경증이라는 마음의 병으로 이끌 수 있다. 따라서 죄책감이 느껴질 때는 그것이 실질적으로 죄가 있어서 드는 정상적인 죄책감인지, 아니면 피할 수 없는 고통을 죄로 잘못 인식해서 느끼는 비정상적이고 신경증적인 죄책감인지 구분할 필요가 있다. 죄가 있는 상태의 정상적인 죄책감이라면 양심의 소리를 듣고 깊은 자기 반성을 통해 영적 성숙의 계기로 삼아야 할 것이다. 그러나 비정상적인 죄책감이라면,

우선 그것이 죄가 아닌 피할 수 없는 고통이었음을 인식하고, 다음으로 그 고통에 대해 무엇을 할 것인지 선택하고 결정하는 태도적 수정이 필요하다.

교통사고가 났어도 병원에 가지 못하는 이유

캐나다에서 상담했던 사례다. 새롭게 교회를 개척하고 목회를 시작한 지 얼마 안 된 목사 부부가 교통사고로 인한 트라우마를 치료하고자 나를 찾아왔다. 새벽예배를 마치고 집으로 가는 길에 사고가 발생했고, 큰 사고는 아니었지만 차가 많이 망가졌으며, 사고 이후 불안해서 운전을 할 수 없게 되었다고 했다. 사고후유증으로 밤마다 불면증에도 시달린다고 했다. 그런데 실제로는 심리적 트라우마 치료보다는 교통사고로 인한 신체적 치료가 더 시급해 보였다. 얼핏 보아도 당장 병원에 가서 치료를 받아야 할 상태인데도 웬일인지 목사 내외는 병원에 가려 하지 않았다.

"목사님, 지금 심리치료가 문제가 아니라 얼른 병원에 가서 엑스레이도 찍어보고 몸 상태를 점검해보시는 게 좋겠어요. 심리치료는 나중에 하시고요."

"알아요. 그런데 차마 병원에 갈 수가 없어요."

"아니, 왜요? 몸 치료가 더 시급하신데요!"

그러자 잠시 머뭇거리던 목사가 이렇게 대답했다.

"교회 성도들에게 말을 할 수가 없어서요. 병원에 가면 입원해야 할 텐데, 그러려면 교통사고에 대해 말해야 하잖아요. 사실 새벽예배를 마치고 집으로 돌아가다 교통사고가 났거든요. 만약 그걸 알면 성도들이 '목사가 어떻게 새벽예배를 마치고 가다가 교통사고가 날 수 있어? 축복을 받아도 모자랄 판에 사고라니, 분명 목사님 내외에게 뭔가 문제가 있을 거야'라고 수근거릴 게 뻔하지 않겠어요? 이제 막 목회를 시작했는데 성도들에게 그런 인상을 줄 수는 없어요."

목사의 말을 듣고는 어이가 없었다. 새벽예배를 마치고 집에 가다 교통사고가 난 것은 죄도 아니거니와 어떤 죄로 인한 벌도 아닌 목사 내외도 어쩔 수 없었던 '피할 수 없는 고통'이었다. 그러나 이런 식으로 우리는 스스로에게 혹은 타인에게 일어난 일에 대해 엉뚱하게 죄를 묻고 벌을 받는 것이라고 인식하기도 한다. 이때 느끼는 죄책감이 바로 '신경증적 죄책감'이다. 사실 가만히 생각해 보면 우리 사회가 이러한 신경증적 죄책감을 조장하는 경우도 있는 듯하다. 피할 수 없는 고통을 죄로 인식하게 함으로써 이른바 죄에 대해 어떠한 자비도 없는 '무서운 절대자의 상'을 만들어놓고 신경증적인 죄책감으로 사람들을 꼼짝 못하게 하는 경우도 있는 것 같다.

신경증적인 죄책감에 한 번 빠져들면 좀처럼 벗어나기 힘들다. 왜냐하면 일말의 어떤 용서도 전제되어 있지 않기 때문이다. 간혹 도무지 이해가 안 되는 사이비 종교에 빠져 전 재산을 다 갖다 바치고도 빠져나오지 못하는 사람들에 대한 기사를 접하게 된다. 이 성적으로 도저히 이해가 되지 않는다. 그런데 왜 그런 말도 안 되는 사이비 종교에서 빠져나오지 못하는지 조금 자세히 들여다보면 신경증적 죄책감의 올가미에 씌여 있는 경우가 많다. 신경증적 죄책감으로 인해 그 종교나 기관에서 나오거나 배신을 하게 되면 엄청난 벌을 받게 될 거라는 두려움을 느끼는 것이다. 만일 없는 죄를 죄라고 인식하게 하거나 피할 수 없는 고통을 죄로 인식하게 해서 나로 하여금 신경증적인 죄책감을 느끼게 하는 어떤 사람이나 조직이 주변에 있다면 그것에 맞서 싸우려고 해서는 안 된다. 신경증적인 죄책감을 느끼고 그것에 빠지는 순간 우리는 그 사람을, 조직을, 단체를 이겨내기 힘들다. 안타깝지만 당분간은 그런 사람들과 거리를 두는 것이 현명할 것이다. 그만큼 신경증적 죄책감이 갖는 영향력은 막강하다.

한편, 치매로 힘들어하는 부모님을 집에서 모실지 요양원에 모실지 고민하는 중년 세대를 요즘 종종 접하게 된다. 집에서 모시려면 누군가 직장을 그만두어야 하니 생계가 걱정이고, 요양원에 모시려니 자식으로서 주변 시선이 두렵고 또 부모님께 죄송한 것이다. 어쩔 수 없이 부모님을 요양원에 모시고 나서도 죄책감에 시달리는 경우를 보았다. 부모님도 집에서 모시고 생계도 유지할 수 있다면 얼마나 좋을까. 그런데 그러지 못하는 현실, 즉 어쩔 수 없이 부모님을 요양원에 모셔야 하는 것은 그래서 죄가 아니라 현실적으로 '피할 수 없는 고통'이다. 이런 상황에서 자녀가 할 수 있는 최선은 부모님을 잘 돌볼 수 있는 요양원을 최대한 알아보고 시간이 날 때마다 부모님을 자주 찾아뵙는 일일 것이다. 그러나 이를 죄로 인식하게 되면, 결국 그 죄책감이 우울증과 같은 신경증으로 발전할 수 있다.

따라서 우리가 느끼는 죄책감이 실제로 죄가 있는 정상적인 죄책감인지, 피할 수 없는 고통을 죄로 인식해서 느끼는 신경증적 죄책감인지 반드시 구분해야 한다. 만약 누군가 혹은 나 자신이 "도저히 용서할 수 없어"라고 말한다면, 이는 신경증적인 죄책감일 가능성이 높다.

"내 삶의 대의에 온전히 반응하고 살아가지 못할 때 우리는 실존적으로 죄책감을 느낀다(실존적 죄책감)"

한편 우리가 느끼는 죄책감에는 '실존적인 죄책감'이 있다. 이것 역시 잘 인식할 수 있다면 성숙할 수 있는 계기를 마련해주는 것으로서, 우리 자신에 대해, 관계 속에서, 세상 속에서 우리가 뭔가 더 할 것이 있는데 그걸 하지 못했을 때 오는 죄책감이다. 항공사 연구원으로 일할 때 내가 느꼈던 죄책감이 바로 실존적 죄책감이었다. 즉 하고 싶지 않고 기쁨이 없는 일을 하면서 받는 월급에 비해 적게 일하는 데서 비롯된 죄책감이자, 내 삶의 의미를 실현하지 못한 데서 오는 실존적 죄책감이었다.

실존적 죄책감은 우리가 태어난 이유대로 살지 못했을 때 느끼는 것이며, 우리는 이를 잘 인식할 수 있어야 하고 이런 인식을 통해 우리는 자기만의 고유한 이유를 찾아 나설 수 있게 된다. 실존적 죄책감이 주는 메시지를 제대로 읽지 못하고 무시할 경우, 실존적 공허나 좌절감에 빠져들어 결국 신경증이라는 결과를 맞이하게 될 수도 있다.

"지렁이를 구해야 해"

캐나다 밴쿠버는 늦가을부터 겨울까지 우기다. 최근에 들어 기후가 좀 바뀌기는 했지만, 여간해서는 겨울에 영하로 떨어지는 일이 매우 드물고 겨울 내내 한국의 장마 때처럼 비가 많이 내린다. 어떤 때는 밤새 비가 내리다가 아침에 나가보면 언제 비가 왔나 싶을 정도로 날씨가 금방 좋아져 있다. 아무튼 비를 좋아하는 나는 20년 가까이 밴쿠버에 살면서 겨울에 그렇게 비가 많이 와도 마냥 좋기만 했다. 그런데 한 가지 좀 힘든 것이 있었는데, 바로 비온 뒤 길거리에 즐비하게 나와 있는 지렁이들이었다. 한두 마리가 아니라 한꺼번에 많이 있다 보니 가끔은 소름이 돋을 정도로 징그럽기도 했다.

밤새 비가 내린 어느 날 아침 잠에서 깨보니 언제 비가 왔나 싶을 정도로 날이 맑게 개어 있었다. 그날도 아침 일찍 일어나 산책을 하면서 지렁이를 단체로 만났고, 학교에 출근해 캠퍼스 안 아스팔트에 깔려 있는 지렁이들을 가능한 한 피해가며 조심조심 걸어 사무실로 가고 있었다. 그런데 한 여학생이 내 앞을 지나가면서 뭔가를 아스팔트 바닥에서 집어 들어 풀이 있는 땅으로 던지고 있었다. 분명 쓰레기는 아니었다. 뭔지 너무 궁금해서 그 여학생 뒤로 바짝 다가갔다. 어깨너머로 보니 여학생이 아스팔트에 나와 있는 지렁이들을 하나씩 맨손으로 집어 흙이 있는 땅에 던져주고 있었다. 나는 지렁이가 징그럽기도 해서 발을 들어가며 피해 가고 있었다. 그런데 그 여학생은 아무렇지도 않게 지렁이를 맨손으로 집어 땅 위로 던져주고 있었던 것이다. 비가 오면 땅 속에서 숨을 쉴 수 없는 지렁이들이 땅 밖인 아스팔트 길로 나와 있는다고 한다. 그런데 갑자기 비가 그치고 해가 비치면 미처 땅으로 다시 돌아가지 못한 지렁이들은 햇빛에 말라 죽고 만다.

말하자면 그 여학생은 지렁이의 생명을 구해주고 있었던 것이다. 만일 아스팔트 위에서 말라 죽어가는 지렁이를 구하지 않고 그냥 수업에 들어갔다면 아마도 그녀는 죄책감에 시달렸을 것이다. 지렁이를 피해 조심스레 걸어갔던 내가 잘못된 것은 아니다. 그러나 사람마다 느끼는 실존적 의미는 다르다. 그 여학생에게는 어떤 생명도 심지어 지렁이라 해도 그냥 죽게 내버려둘 수 없다는 대의가 있었던 듯하다. 그것을 외면하거나 실천하지 못할 때 느끼는 죄책감이 바로 실존적 죄책감이다.

그날 내 앞에서 지렁이를 맨손으로 집어 땅으로 던져주던 여학생의 모습이 아직도 눈에 선하다. 그 순간 그 학생은 자신의 실존적 의미를 몸으로 실천하고 있었던 것이다. 그러나 나는 아스팔트에서 말라 죽어가고 있는 지렁이를 보아도 맨손으로 집어 땅으로 던져줄 용기가 나지 않았다. 그리고 그 여학생처럼 지렁이를 구해주지 않아도 별다른 죄책감을 느끼지 못했다. 사람마다 실존적 의미의 내용과 범위가 다르기 때문이다. 그러나 만일 나 자신에 대해 혹은 세상의 어떤 대상에 대해 실존적 죄책감이 느껴진다면 우리는 이에 귀를 기울여야 하며 그 안에 숨겨져 있는 나의 실존적 의미를 실현할 수 있어야 한다. 그것이 우리 삶의 의미의 소중한 일부일 것이기 때문이다.

"새 옷은 입을 수 없어"

캐나다에서 교육심리학 박사과정을 할 때 수업을 지도한 한 교수님 이야기다. 교육학으로 저명한 그 교수님은 특히 환경과 생명에도 큰 관심을 가지고 있었다. 그래서 그런지 따뜻한 성품으로 학생들을 감싸 안아주었던 분으로 기억하고 있다. 그런데 그 교수님은 수십 년 동안 한 번도 새 옷을 사 입지 않았다고 했다. 옷뿐만 아니라 필요한 것들을 모두 중고가게에서 구입한다고 했다. 경제적 형편이 어려운 것도 아닌데 말이다. 교수님이 새 옷을 사 입지 않는 데는 분명한 이유가 있었다. 한 벌의 옷을 만드는 데 무척 많은 자원과 인력이 쓰인다는 것이었다. 어차피 만들어진 것을 구입한다면 새롭게 들어갈 자원과 인력을 조금이라도 절약할 수 있지 않을까 생각한 것이다. 그것이 새 옷을 사 입지 않는 이유였다.

물론 교수님 한 사람이 그렇게 한다고 해서 지구에 큰 변화는 없을 것이다. 하지만 교수님은 그런 식으로 환경과 생명에 대한 자신의 대의를 실천하고 있었다. 그것이 바로 그분의 자신이 누구인가의 일부이며, 실존적 의미이고, 그런 실천을 통해 자신의 삶의 의미의 일부를 실현하고 있었던 셈이다. 만일 이러한 실존적 의미를 삶 속에서 실현하지 못했다면 그는 분명 실존적 죄책감을 느끼게 되었을 것이다.

"이유가 없어요, 왜 우울한지"

한 여성 내담자가 빅터 프랭클의 제자인 루카스 박사의 상담실을 찾았다. 그녀는 너무 우울하고 어떤 일에도 열정을 느낄 수 없으며 늘 불안하고 삶이 만족스럽지 않다고 토로했다. 그 전까지는 결혼생활도 너무 행복했고 아이들도 잘 자라주었으며 가정주부이자 엄마와 아내로 정말 잘 살아왔다고 했다. 그런데 언제부터인가 전혀 행복하지 않고 마치 삶이 텅 비어 의미가 없는 것처럼 느껴진다면서 그 이유를 알고 싶다고 했다. 내담자와 루카스 박사는 당시 내담자가 겪고 있는 공허감에 대해 이야기를 나누었고, 그것이 실존적 죄책감에서 비롯된 것임을 알게 되었다.

내담자는 자신이 가지고 있는 잠재력을 충분히 발휘하지 못했으며 한 인간으로서 자신이 할 수 있는 것보다 훨씬 못한 삶에 안주해버렸음을 깨달았다. 결혼 전 그녀에게는 대학 졸업 후 장애아동을 가르치는 교사가 되고 싶다는 꿈이 있었다. 그리고 그림에도 소질이 있어 그 재능을 계발하고 싶어했다. 하지만 그 무렵 남편을 만났고, 대학을 중퇴하고 결혼한 뒤 자녀를 낳고 기르며 가정에 안주하게 되면서 자신의 꿈과 소망을 포기했던 것이다.

루카스 박사를 찾아왔을 때 그녀는 엄마와 아내로서의 역할을 완전히 내려놓은 상태였다. 기존의 역할을 완전히 내려놓았다는 것, 그리고 삶이 불행하게 느껴진다는 것에 중요한 어떤 것이 숨겨져 있었다. 상담을 진행하는 동안 내담자는 젊은 시절의 꿈과 소명을 다시 상기하고 인식하기 시작했다. 엄마와 아내로서 현재 자신의 역할을 다시 회복하고 재정비함으로써 제2의 삶도 실현할 수 있다는 것을 깨닫게 되었다. 이후 내담자의 우울하고 불안하며 불만족스러웠던 삶은 의미 있는 삶으로의 새로운 경험으로 바뀌기 시작했다.

실존적 죄책감은 때로 정상적 죄책감이나 신경증적 죄책감과 혼동되는 경우가 있다. 그러나 실존적 죄책감은 신경증적인 죄책감과는 아무런 관련이 없으며, 정상적인 죄책감과 간접적으로 연관되어 있다. 요약하자면, 죄책감은 정상적인 죄책감, 신경증적인 죄책감, 실존적인 죄책감으로 구분된다. 정상적인 죄책감은 실제 죄가 존재하며 그에 따른 죄책감이기 때문에 우리를 영적 성숙의 길로 이끈다. 반면 신경증적인 죄책감은 실질적으로 죄는 없는데 피할 수 없는 고통을 죄로 인식해 느끼는 죄책감으로, 이것이 지속될 경우 자신을 용서할 수 없게 되고 결국은 신경증이라는 결과를 가져올 수 있다. 신경증적인 죄책감은 결코 우리를 영적 성숙으로 이끌 수 없다. 오히려 우리를 죄의식으로 옭아매 꼼짝 못하게 만든다. 따라서 우리가 느끼는 죄책감이 실질적으로 죄가 있는 것인지, 그렇지 않은지를 반드시 구분할 필요가 있다. 또한 지금 느끼는 죄책감이 내가 세상에 온 이유를 제대로 실현하지 못한 데서 비롯된 실존적 죄책감은 아닌지도 깊이 살펴볼 필요가 있겠다.

제11장

죽음

"고통과 죽음 없이 삶은 완성될 수 없다"

———————

고통, 죄책감과 마찬가지로 우리 중 누구도 죽음을 피할 수 없다. 그래서 죽음을 삶의 3대 비극 중 하나라고 말한다. 빅터 프랭클은 죽음에 대한 인식은 인간으로 하여금 '삶의 유한성과 일시성'을 깨닫게 하고 '지금 현재 내가 무엇을 해야 하는지 그리고 삶에서 가장 소중한 것이 무엇인지' 삶의 우선 순위를 보다 명확하게 볼 수 있게 해준다고 말한다. 죽음에 대한 인식은 한마디로 우리의 인식을 소유에서 존재로 바꿔준다고 할 수 있다. 세상에 태어날 때 아무것도 가지고 오지 않았듯이 죽을 때도 우리는 아무것도 소유할 수 없다. '가지고 있는' 소유의 개념이 죽음에 대한 인식을 통해 '있는 그대로의' 존재의 개념으로 바뀌면서 본질적으로 자신에게 가장 소중한 것이 무엇인지 깨닫게 해주는 것이다.

현재 우리를 괴롭히고 있는 것들은 사실 모두 '소유'와 관련된 문제가 아닐까. 내가 무엇을 가지고 있는지, 무엇을 가지지 못했는지, 또 무엇을 할 수 있는지, 무엇을 하지 못하는지, 끊임없이 다른 사람과 비교하면서 스스로를 고통스럽게 한다. 그러나 죽음은 우리를 고통스럽게 했던 모든 '소유'와 '능력'으로부터, 이로 인한 '타인과의 비교'로부터 우리를 자유롭게 하고 삶의 본질로 우리를 이끄는 가장 중요한 장치인 것 같다.

몇 년 전 중환자실에서 호흡기를 단 채 갓 태어난 아기를 안고 있는 남성의 사진을 신문에서 보았다. 사진 속 남자는 신생아의 아빠였고, 아기를 한 번 안아본 그는 아기가 태어난 지 45분 만에 숨을 거두었다고 한다. 생이 한 시간도 남지 않은 아빠가 아기를 바라보던 그 눈빛을 지금도 잊을 수 없다. 그 사진을 보면서 나는 아기 아빠가 아기에게 뭐라고 말했을까 상상해보았다. 부디 좋은 대학에 가서 출세하고 성공하라고 했을까? 아마도 그는, 아니 분명히 그는 아기가 그저 행복하기를, 기쁜 삶을 살기를 바라는 마음으로 축복했을 것이다. 죽음이 임박한 시점에 아빠는 아기를 향해 가장 본질적이고 근원적인 소망을 기원했을 것이다. 무엇을 소유하고 어떤 능력이 있어서가 아니라, 태어난 모습 그대로 그저 존재만으로도 행복하고 기쁘기를 바랐을 것이다. 마지막으로 미소 띤 아빠의 모습이 아기에게도 온전히 전달되었을 거라 믿는다.

죽음에 대한 인식은 우리 삶을 다시 돌아보게 하고 의미 있는 삶에 대한 가장 강력한 자극제가 된다. 누구도 피할 수 없는 죽음은 지금 현재를 보다 의미 있게 살게 하고 삶을 보다 충만하고 풍성하게 완성시킬 수 있는 어쩌면 삶의 가장 중요한 과정일 것이다. 빅터 프랭클은 고통과 죽음 없이 삶은 완성될 수 없다고 말한다. 죽음이 우리의 삶을 중단시키는 것이 아니라 죽음으로 삶이 온전히 완성된다는 말이다. 오늘 하루를 마지막 날인 것처럼 산다면 우리는 오늘 하루 우리에게 주어진 삶을 보다 기쁘고 충만하게 그리고 의미 있게 살 수 있을 것이다.

삶의 유한성(일시성)과 죽음의 역설

죽음은 일시적인 우리 삶을 마감하는 하나의 사건이다. 인간만이 오직 죽는다는 것을 알 수 있다. 삶이 잠시이며 우리의 날들이 하루하루 지나가고 있다는 사실은 오직 인간만이 인식할 수 있다. 이러한 죽음에 대한 인식이 우리를 더욱 행동하게 만들고 더욱 살게 만든다니 바로 죽음의 역설인 것이다.

만약 인간이 죽지 않고 영원히 산다면 어떻게 될까? 과연 삶의 의미에 대해 고민하면서 살 수 있을까? 내 삶이 진정으로 의미 있는가에 대해 질문하며 보다 의미 있는 삶을 살고자 동기부여가 될 수 있을까?

몇 년 전 세계 최고령 할아버지를 인터뷰한 방송을 보았다. 인도네시아 출신으로 공식적으로 태어난 해가 1870년이었다. 워낙 오래 살다 보니 자녀는 물론 증증손자들까지 모두 앞세웠다고 한다. 할아버지에게 소원이 무엇이냐고 물었더니 '죽는 것'이라고 답했다. 모두 알다시피 중요한 건 얼마나 오래 사느냐가 아니라 '어떻게 사느냐'이다. 아무리 오래 살더라도 의미 없는 삶을 산다면 그 삶에 우리가 어떻게 기뻐할 수 있을까? 또한 우리가 영원히 죽지 않는다면 오늘 어떻게 의미를 발견할 수 있을까?

빅터 프랭클의 수제자인 엘리자베스 루카스 박사는 죽음을 정원의 담장에 비유했다. 그에 따르면, 정원의 담장이 정원 안과 밖의 세상을 구분하듯이 죽음은 유한한 삶의 경계를 마련해준다. 정원에 있는 꽃과 나무를 우리는 조심스럽게 기르고 가꾼다. 정원 밖, 담 밖에 있는 것에는 그만큼 신경을 쓰지 않는다. 담 밖에는 심지어 쓰레기를 버리기도 한다. 이처럼 삶에 어떤 경계, 즉 삶에 한계가 있다는 것은 중요하다. 삶이라는 정원에 있는 것들을 우리는 소중하게 기르고 가꾼다. 이러한 삶의 경계와 한계를 만들어주는 것이 바로 죽음이다. 죽음을 통해 한계 지어진 유한한 삶이라 삶은 더욱 소중한 것이다. 정원 안에 있는 꽃과 나무를 더욱 조심스럽게 기르고 가꾸듯이 죽음으로 한정 지어진 삶이라는 정원에 있는 것들을 우리는 보다 정성스럽게 돌볼 수 있게 된다. 죽음은 이렇게 삶에 한계와 경계를 만들어줌으로써 그 한계 안에 있는 '유한한 우리의 삶'을 더욱 의미 있고 소중하게 살아갈 수 있게 해준다.

따라서 삶의 일시성(일회성)과 유한성은 삶을 무의미한 것으로 만드는 것이 아니라 오히려 삶의 의미를 증가시킨다. 그러므로 우리는 삶에 대해서뿐만 아니라 죽음에 대해서도 말할 수 있는 기회를 마련해야 한다. 우리가 언젠가는 반드시 죽는다는 것을 인식해야 하고 그럴 때 우리는 삶의 도전들을 용기 있게 직면하고 삶이 우리에게 제공하는 기회를 찾을 수 있다. 그리고 그 안에 있는 것들을 더욱 소중히 여기며 가꿀 수 있게 될 것이다.

죽음이 두려운 이유는 지금까지 살면서 쌓아온 모든 것들과 관계가 죽음과 동시에 사라져버린다는 두려움 때문일 것이다. 그러나 과거란 그저 지나가는 것이 아니라 오늘 내가 행한 의미 있는 모든 것들을 저장하는 가장 안전한 장소라고 빅터 프랭클은 말한다. 과거는 그 누구도 빼앗을 수 없고 지워버릴 수 없는 우리의 보물창고인 것이다.

빅터 프랭클은 한 가지 비유를 들어 과거에 대해 설명했다. 한 사람은 벽에 걸린 달력이 한 장 한 장 찢겨나가며 달력이 나날이 얇아지는 것을 바라보고 두려움에 떨고 있다. 그러나 다른 한 사람은 하루하루 지나가고 달력을 한 장씩 찢어낼 때마다 그 뒷면에 그날 이룬 것들을 적고 찢은 달력들을 모아둔다. 그 사람은 하루하루 얇아지는 달력이 아니라 자신의 경험이 점점 더 쌓이고 있

우리는 운명에 영향을
미칠 수는 없다.
그러나 운명을 극복할 수는 있다.

는 것에 초점을 맞추고 있는 것이다. 둘 다 똑같이 달력이 한 장씩 찢겨나가는 것을 보고 있지만, 삶을 바라보는 태도는 너무도 상이하다. 달력이 찢겨나가며 얇아지는 것만 보는 사람은 하루하루가 두려움으로 가득 차 있을 것이다. 죽음이 다가오는 것이 공포스러울 것이다. 그러나 달력이 얇아질수록 자신의 경험이 쌓이고 있다는 것에 초점을 맞추는 사람은 매일이 기대와 희망으로 가득할 것이다. 죽음이 결코 두렵지 않을 것이다.

"두 번째 인생을 사는 것처럼 사십시오. 지금 막 하려는 행동이 첫 번째 인생에서 그릇되게 했던 그 행동이라고 생각하십시오."

죽음을 인식한다면, 그래서 당장 죽음을 맞이하지 않더라도 '지금 현재' 가장 중요한 것이 무엇인지 인식할 수 있다면, 우리는 지금 이 순간을 최선을 다해 살 수 있게 될 것이다. 그러면 우리는 죽음에 대한 인식을 통해 어떻게 삶의 의미를 발견할 수 있을까?

빅터 프랭클은 책에서 "두 번째 인생을 사는 것처럼 삽시다. 그리고 지금 막 하려는 행동이 첫 번째 인생에서 그릇되게 했던 바로 그 행동이라고 생각하십시오"라는 말을 인용한다. 이미 한 번 살았던 것처럼, 죽었다가 다시 살아난 것처럼 삶을 살아보라는 말이다. 지금의 삶이 두 번째 삶이라고 생각한다면, 우리는 첫 번째 삶에서 했던 실수를 다시는 반복하지 않게 될 것이다. 우리는 어쩌면 마치 죽지 않고 영원불멸하게 살 것처럼 지금을 살고 있는지도 모른다. 그러나 아마도 100년 후쯤이면 현재 지상에 살고 있는 사람들이 우리 자신을 포함해 한 명도 없을 것이다. 지금의 삶이 죽었다가 다시 살아온 두 번째 기회의 삶이라고 인식할 수 있다면, 죽음에 대한 인식과 더불어 우리는 삶을 보다 의미 있게 살 수 있을 것이다.

또한 다음과 같은 질문을 통해 죽음을 인식해볼 수도 있을 것이다. "지금 나는 죽음에 임박해 있다. 그리고 삶을 돌아본다. 살면서 내게 가장 의미 있었던 일은 무엇인가?" 아직은 멀게 느껴지는 죽음을 현재 느껴보는 것이다. 몇 살이 될지 모르지만, 만약 내가 죽는다면 이제껏 살아온 인생에서 가장 의미 있게 생각한 것은 무엇일까? 이러한 질문을 통해 우리는 죽음을 실감할 수 있을 뿐 아니라 앞으로의 삶을 어떻게 보다 의미 있게 살아갈 수 있을지에 대한 힌트를 얻을 수 있을 것이다.

나 자신에게 이 질문을 해본 적이 있다. 그런데 의외의 답이 나와서 스스로 많이 놀랐다. "죽음에 임박한 시점에 내 삶에서 가장 의미 있었던 일은 무엇일까?"라고 자문했을 때, 내 답은 '부모님과 함께 산 것'이었다. 정말 의외의 답변이었다. 부모님과 함께 사는 것이 때로는 부담스럽고 힘겹게 느껴지곤 했었다. 가끔씩 반갑게 만나는 것과 매일 같이 사는 것은 좀 다른 문제라서 함께 지내다 보니 힘든 부분도 분명히 있었다. 그러나 막상 죽음을 생각하고 그런 답을 스스로 내놓는 순간, 지금 내가 부모님과 함께 살고 있는 것이 얼마나 감사하고 의미 있는 일인지 다시 한 번 깨달을 수 있었다. 그 뒤로는 부모님과 함께 사는 것이 그리 부담스럽거나 힘들게 느껴지지 않았다. 기쁨과 감사, 축복이며 내 삶의 중요한 의미임을 깨닫게 되었다.

"죽음을 통해 우리는 진정한 자신을 완성한다"

죽음에 대한 인식은 우리를 자연스럽게 소유에서 존재로 이끌어준다. 존재 자체에 머무를 때 우리는 우리를 옥죄었던 것으로부터 자유로워지면서 가장 근원적인 것에 이르게 된다. 그런 상태에서 우리는 진정성 있는 진짜의 나를 만나게 된다. 신체적, 심리적, 사회적, 환경적으로 억압되어 드러나지 못했던 나의 '진정한 모습'은 죽음이라는 화두를 통해 명확히 드러나게 된다.

언니의 유언

내담자의 언니는 급작스러운 말기암 진단으로 불과 3개월 만에 세상을 떠났다. 첫돌도 채 지나지 않은 아기를 남겨두고 눈물을 머금은 채 눈을 감은 것이다. 아빠 없이 태어난 아이를 사랑으로 키우며 열심히 살았던 언니였는데, 핏덩이를 놔두고 눈을 감는 심정이 어떠했을까. 내담자는 언니가 자신이 곧 세상을 떠난다는 것을 알고 있었던 것 같다고 했다. 어느날 조용히 내담자인 동생을 부르더니 한 가지 간곡한 부탁을 했다고 한다.

"내가 얼마 못 살 것 같아. 너에게 정말 미안하지만 한 가지 부탁할게. 내 아이를 네가 엄마처럼 키워줄 수 있겠니? 결혼도 안 한 너에게 이런 부탁을 해서 정말 미안해. 하지만 너라면 내가 안심하고 아들을 맡길 수 있을 것 같아. 부탁한다."

내담자는 죽음을 앞둔 언니의 부탁을 거절할 수 없었다. 그리고 조카를 정말 정성스럽게 잘 키울 수 있을 것 같았다. 그렇게 언니를 하늘로 보내고 한동안 너무 힘들었지만 남겨진 조카를 위해 최선을 다해 살리라 다짐했다. 언니의 유언을 꼭 들어주고 싶었다.

그러나 그 다짐은 현실 앞에서 여지없이 무너졌다. 핏덩이 조카를 돌보는 일은 생각만큼 그리 만만한 일이 아니었다. 한창 친구들과 어울려 재미있고 유쾌한 시간을 보내고 싶었던 20대의 내담자에게 조카를 키우는 일은 너무도 큰 짐이었다. 언니를 생각하면 그러면 안 되는 줄 알면서도 조카가 모든 일에 걸림돌로 느껴지기 시작했다. 하고 싶은 일도 많고 바라는 것도 많은데 조카가 사사건건 발목을 잡는 듯했고, 하루하루 조카가 커갈수록 일상이 더욱 엉망이 되어가는 듯했다. 20대의 삶이 송두리째 묶여버린 듯했고 어디에서도 자유를 찾을 수 없을 것만 같았다. 조카를 자기에게 부탁하고 세상을 떠난 언니가 원망스럽기도 했다. 엄마 없이 자라고 있는 조카를 보면 측은한 마음이 들다가도 매사에 조카를 고려하지 않을 수 없다 보니 짜증이 나기 시작했다.

언제까지 이런 삶을 살아야 하나, 어느 날 갑자기 모든 게 막막해졌다. 급기야 매일 밤 잠을 이룰 수 없게 되었고 우울증이 찾아왔다. 미래에 대한 두려움과 불안이 한꺼번에 밀어닥쳤다. 상황이 이렇다 보니 직장생활에도 문제가 생겼다. 그렇게 불면과 불안, 우울로 나를 찾아온 내담자는 삶의 짐이 되어버린 조카, 조카를 짐으로 생각하는 자신에 대한 죄책감, 모든 꿈을 잃어버린 듯한 자신의 힘든 상황을 토로했다.

몇 회기 동안 상담을 진행하면서 이야기를 나눴지만, 내담자에게는 모든 게 피할 수 없는 고통 자체로만 느껴지는 듯했다. 세상을 떠난 언니를 다시 살아오게 할 수도 없고 조카를 다른 곳에 맡길 수도 없었다. 그런 생각을 하면 할수록 죄책감은 더욱 깊어만 갔다. 피할 수 없는 고통으로 아무런 돌파구를 찾지 못하던 내담자에게 하루는 내가 이렇게 물었다.

"지금 죽음이 임박했다고 생각해보세요. 눈을 감고 이제 곧 자신이 죽는다고 한번 상상해보세요."

내담자가 지그시 눈을 감았다.

"그리고 삶을 돌아보면서 '내 생애 가장 의미 있고 잘했다고 생각할 만한 세 가지'를 한번 찾아보세요. 몇 살이 될지 모르지만 죽기 직전에 그동안 살면서 가장 의미 있고 보람되었다고 느낄 만한 세 가지를 떠올려보시는 겁니다."

한참 동안 눈을 감고 있던 내담자의 눈가에 눈물이 고였다.

"선생님, 전혀 생각지 못했던 것이 떠올라요. 제일 먼저 생각나는 게 '언니의 유언대로 조카를 제 자식처럼 키운 것'이에요. 이건 정말 생각지도 못했던 거예요. 늘 남겨진 조카가 짐이라고 느꼈거든요. 그런데 죽음을 생각하니, 조카가 짐이 아니라 제 생애에 가장 큰 선물이라는 걸 이제 알 것 같아요."

그날 이후 바뀐 것은 하나도 없었다. 여전히 내담자의 생활은 힘들었다. 그러나 더는 조카가 짐처럼 느껴지지는 않았다. 조카를 자기 삶의 가장 의미 있는 존재이자 삶의 선물로 바라보기 시작하면서 불안하고 우울했던 마음에 생기가 돌기 시작했다. 무엇보다 조카를 바라보는 눈빛이 달라지기 시작했다. 이와 동시에 그동안 자신을 짓눌러왔던 죄책감도 자연스럽게 사라졌다.

이어지는 상담세션에서는 자신이 바꿀 수 없는 것에 대해 어떻게 그것들을 수용해야 하는지 그리고 바꿀 수 없는 상황에서도 여전히 자신이 선택할 수 있는 것이 무엇인지에 집중하기 시작했다. 그리고 아직 오지 않은 미래이지만, 정말로 삶을 마감하는 그날, 조카는 언니가 자신에게 남기고 간 선물이자, 진정 자신의 아들임을 깨닫게 되리라 인식하게 되었다. 조카의 엄마라는 생애 가장 의미 있는 일을 온전히 해내기 위해 지금 현재 무엇을 어떻게 해야 하는지에 대해 이야기를 나누기 시작했다.

상황적으로 바뀐 것은 정말 아무것도 없었다. 그러나 죽음에 대한 인식이 내담자를 가장 본질적인 '존재' 자체에 머무르게 했고, 너무도 명확하게 소유도 능력도 아닌 존재 자체만을 바라보게 해주었다. 세상을 떠난 언니에 대한 사랑과 조카에 대한 사랑이 내담자의 가슴 깊이 분명 존재하고 있었을 것이다. 그러나 외부적인 많은 것들이 언니와 조카에 대한 진정한 사랑과 언니의 유언을 꼭 지켜내고 싶은 내담자의 소망을 마치 구름이 태양을 가리듯 가리고 있었던 것이다. 존재하고 있었지만, 보지 못하고 느끼지 못했던 것이다. 죽음에 대한 인식은 평소 느끼고 보지 못했던 내담자의 가슴속 '진실'을 볼 수 있게 해주었다. 죽음에 대한 인식을 통해 진정한 자신을 만나게 된 것이다. 죽음이란 숨겨진 삶의 의미를 발견하게 하고 구름 뒤에 숨어 있는 진정한 나 자신과 만나게 하는 가장 강력한 자극임에 틀림없다.

"사느냐 죽느냐 그것이 문제로다"

캐나다에서 지내는 동안 한때 너무도 고통스러운 시간을 보낸 적이 있다. 주말에는 집에 혼자 있을 수가 없어서 10시간 넘게 운전하면서 괴로운 것들을 잊으려 했다. 하지만 그런다고 해서 고통스러운 순간이 자연스럽게 사라지는 것은 아니었다. 정말 죽고 싶을 정도로 고통스럽다는 말이 무슨 뜻인지 제대로 알 것 같았다. 시간이 지나도 고통이 사라질 것 같지 않은 절망감이 들었다.

그러던 어느 날 밤 운전을 하는데 셰익스피어의 《햄릿》에 나오는 명대사 "To be or not to be: that is the question"이라는 문장이 갑자기 떠올랐다. 뜬금없이 왜 그 문장이 생각난 건지 아직도 알지 못한다. 아무튼 한국말로는 "사느냐 죽느냐 그것이 문제로다"라고 흔히 표현하지만, 사실 그 문장은 "존재하느냐 존재하지 않느냐 그것이 문제로다"로 해석할 수 있다.

그런데 영문의 문장을 보면 '그것이 문제이다'에 해당하는 부분이 'that is the question'이라고 되어 있다. 이것은 'that is a question'과는 다르다. 문제 혹은 질문으로 해석되는 'question' 앞에 'the'가 붙는 것과 'a'가 붙는 것은 엄연히 다르다. '하나의 문제 혹은 질문'을 말하는 'a question'은 여러 가지 문제나 질문 중 하나라는 뜻을 내포한다. 그러나 'the question'은 오로지 하나밖에 없는 질문이나 문제를 뜻한다. 즉 《햄릿》의 명대사 '사느냐 죽느냐' 혹은 '존재하느냐 존재하지 않느냐'는 세상에 하나밖에 없는 질문이나 문제라는 뜻으로 해석할 수 있다.

엄청난 고통 속에 있던 그날 밤 나는 내가 세상에 답해야 하는 오직 하나의 질문이 바로 사느냐 죽느냐, 존재하느냐 존재하지 않느냐임을 깨닫게 되었다. 그러고는 이렇게 자문해보았다. '지금 내가 겪고 있는 이 고통과 고민은 사느냐 죽느냐의 문제인가? 혹은 내 존재 여부와 관련이 있는 문제인가? 나를 이토록 고통스럽게 하고 하물며 죽고 싶을 정도로 괴롭히는 지금의 이 문제가 내 존재를 흔드는 그런 질문이고 문제인가?' 생각해보니 그건 아니었다. 내 존재의 여부를 흔들 만한 '바로 그 질문이나 문제'는 아니었다. 생각이 여기까지 미치자 그간 나를 괴롭히던 문제에 지금 답할 필요가 없다는 생각이 들었다. 그 순간 아무것도 해결된 게 없음에도 당장의 문제를 잠시 내려놓을 수 있었다. 그러고 나니 그렇게 자유로울 수가 없었다. 아이러니하게도 그렇게 내려놓고 자유롭게 되자 얼마 지나서 오히려 그 고통에 답할 수 있는 용기가 생겨났다. '아! 그래서 그 문장이 명문이구나' 하는 생각이 절로 들었다. 가장 고통스러운 순간에 나를 가장 많이 위로했던 그 문장의 의미를 그때 진심으로 깨닫게 된 것이다.

그 뒤로 나는 어떤 문제에 직면할 때마다 이렇게 자문하기 시작했다. "지금의 이 문제나 어려움이 사느냐 죽느냐의 문제인가? 혹은 내 존재와 관련이 있는 문제인가?" 사실 죽음에 직면하는 순간을 제외하고 우리 삶에서 우리의 존재를 흔들 만한 고통이나 어려움은 없을 것이다. 그렇다면 당장 답하려 하지 말고 잠시 내려놓고 그 어려움과 고통으로부터 거리를 둘 수 있을 때 우리는 자유와 여유 속에서 진정으로 그 고난의 의미를 발견할 수 있지 않을까? 삶의 그 어떤 것도, 하물며 죽음조차도 우리의 존재를 없애거나 부정하거나 흔들 수는 없으니 말이다.

죄책감과 죽음은 사실 큰 의미에서 모두 고통이다. 삶에서 우리가 직면하는 수많은 크고 작은 고통에서 우리는 자유로울 수 없다. 그러나 그런 고통이 우리의 삶을 막지는 못한다. 오히려 고통은 우리의 삶이 계속 이어지게 하는 힘이 되기도 한다. 고통은 미처 알지 못했던 삶의 의미와 이유를 발견하게 하고 최선을 다해서 내 삶의 소명을 이뤄가게 하는 가장 강력한 자극이다. "가장 처참한 상황에서도 삶의 의미는 존재한다"라는 빅터 프랭클의 말처럼 어떤 상황에도 반드시 의미가 있다는 믿음은 우리 삶을 영적으로 더욱 성숙하고 기쁘게 이끌어줄 것이다. 죽음에서조차 말이다. "내가 죽기 전에 가장 의미 있고 잘했다고 느낄 만한 세 가지가 무엇일까?" 오늘 이 질문에 답해보면 어떨까?

"최악의 결과는 무엇일 것 같아요?"

살면서 전혀 뜻하지 않은 일을 하게 되는 경우가 있다. 캐나다에서 내가 한국 식당을 인수할 때 그랬다. 나는 1997년에 캐나다로 가서 혼자 이민을 하게 되었고 몇 년 후 막내 남동생을 제외하고 부모와 형제 모두 캐나다로 이민을 오게 되었다. 막내아들만 홀로 한국에 남겨놓은 것을 무척 가슴 아파했던 부모님은 동생을 캐나다로 데려오고 싶어했다. 다행히 막냇동생은 요리를 잘했기 때문에 캐나다 식당에 요리사로 취업하고 몇 년 뒤 정식으로 이민을 신청하는 방법이 있었다. 그러나 요리사로 캐나다에서 취업을 하려면 캐나다 현지 식당에서 동생을 정식으로 고용해야 하는데 그게 생각만큼 그리 쉬운 일은 아니었다.

이리저리 궁리를 하던 참에 마침 내가 살고 있는 동네의 한 한국 식당이 가게를 내놓은 것을 알게 되었다. 그 식당을 인수할 수 있다면 동생을 요리사로 고용해 무사히 캐나다로 데리고 올 수 있는 절호의 찬스였다. 하지만 돈이 문제였다. 내게는 식당을 인수할 돈이 없었다. 그래도 막냇동생에 대한 부모님의 간절한 마음을 알기에 어떻게든 식당을 인수할 자금을 마련하고 싶었다. 평생 주변 사람은 물론이고 은행에서조차 돈을 빌려본 적이 없는 내게는 큰 도전이었다. 우선 집 근처 은행을 찾아갔다. 대출이 가능한지 알아보기 위해서였다. 은행 담당자를 만나 의논을 해보니 살고 있는 집을 담보로 하면 돈을 대출해줄 수 있다고 했다. 그런데 대출 액수가 식당 인수 자금의 절반밖에 되지 않았다. 달리 돈을 더 구할 곳이 없어 크게 실망할 수밖에 없었다.

그런데 며칠 뒤 은행에서 전화가 걸려왔다. 원하는 만큼 돈을 대출해주겠다는 연락이었다. 그 순간 식당을 인수할 수 있다는 생각에 뛸 듯이 기뻤다. 그러나 기쁨은 잠시였다. 갑자기 두려움이 밀려든 것이다. '이제 막 작은 집 하나 마련해서 부모님과 살고 있는데 이 집을 담보로 돈을 대출받아 인수한 식당이 잘 안 되면 어떻게 하지?' 게다가 동생은 캐나다에서 생활해본 경험도 전무하고 나 역시 식당 운영 경험이 전혀 없었다. 식당을 인수해 동생을 캐나다로 데리고 온다 해도 식당이 잘 된다는 보장은 없었다. 돈은 마련되었는데 두려움은 점점 커져만 갔다. 잠을 못 잘 정도로 걱정이 이만저만이 아니었다.

며칠을 그렇게 지내다 함께 일하는 대학 동료들과 점심식사를 하며 그 일에 대한 이야기를 나누게 되었다. 동료들에게 내 고민과 두려움에 대해 한참을 털어놓았다. 내 말을 듣고 있던 동료 중 하나가 대뜸 이렇게 물었다.

"하나만 물어볼게요. 계획대로 식당을 인수하고 나서 식당 운영이 제대로 안 돼 망하게 된다면 최악의 결과는 뭐가 될 거라고 생각해요?"

"돈을 잃겠죠! 그리고 집을 담보로 했으니 집마저 날릴 수도 있고요!"

그러자 그 동료가 이렇게 말했다.

"그게 전부예요? 그럼 잘못되는 사람은 없겠네요. 상상할 수 있는 최악의 상황이 돈과 집만 잃어버리는 거잖아요! 사람이 잘못될 일은 없겠군요. 그럼 괜찮은 거 아닌가요? 식당이 망해도 사람이 잘못되는 게 아니라면 정말로 최악은 아니지 않아요? 동생에게 한번 기회를 줘보는 게 어때요? 설사 잘못된다 해도 돈과 집을 잃는 건데, 그건 언제든지 다시 마련할 수 있는 거니까요!"

그 말을 듣는 순간 마음이 평온해졌다. 동료의 질문 덕분에 나는 식당을 인수하는 결정을 평화롭게 내릴 수 있었다. 그렇게 나는 식당을 인수했고, 느닷없이 한국 식당 사장이 되었으며, 동생은 무사히 캐나다로 이민을 올 수 있었다. 지금 나는 한국에 나와 있지만 동생은 내가 살던 동네에서 여전히 식당을 운영하며 열심히 살고 있다. 얼마 전에는 집도 마련했다.

고민이 있다면 한번 스스로에게 질문해보자. "최악의 결과는 무엇일까?" 그 답이 죽음이 아니라면 우리는 삶에 보다 과감히 도전할 수 있지 않을까? 물론 지나치게 무모해서는 안 되겠지만 말이다.

제12장

로고힌트

로고테라피에서 로고는 심리치료 차원에서 '의미'라는 뜻이다. 의미란 존재의 의미(Meaning of Being)이며, 존재의 의미란 존재의 이유(Reason for being)를 말한다. 즉 모든 존재하는 것에는 이유가 있고, 그 이유를 의미라고 한다. 로고테라피의 세계관에서 인간은 모두 영적인 존재이고, 인간의 영은 한 번도 아픈 적도 상처받은 적도 없다. 로고테라피의 목표 중 하나는 바로 이런 영적인 존재인 우리에게 '존재의 이유'가 있다는 것을 인식할 수 있도록 돕는 것이다.

　인간의 행동을 설명하는 1차적인 동기인 의미를 추구하려는 의지는 인간이 가지고 있는 본성적인 것으로, 의도하든 의도하지 않든 우리도 모르는 사이에 우리 각자만의 유일하고 고유한 의미를 세상에 드러낸다. 자신도 모르는 사이에 우리는 이미 이 세상에 태어난 존재의 이유를 발현하고 있는 셈이다. 태양빛이 구름에 가려 있어도 구름을 뚫고 세상을 비추듯이 나만의 유일하고 고유한 존재의 이유도 세상을 비추고 있다. 다만 몸이나 마음이 아프거나 환경적 문제 때문에 삶의 이유와 의미가 있는지조차 제대로 인식하지 못하고 있을 뿐이다. 그러나 그 순간에도 우리의 삶의 의미와 이유는 여전히 세상에 그 빛을 드러내고 있다. 이를 '로고힌트(Logohint)'라고 한다.

구름을 뚫고 나오는 태양의 빛은 '씨앗'에 비유할 수도 있을 것이다. 씨앗은 아주 작지만 사실 엄청난 힘을 가지고 있다. "사용하고 나면 소진돼버리는 에너지와 달리 의미는 결코 소진되지 않는 삶의 강력한 에너지다"라는 빅터 프랭클의 말처럼, 씨앗을 둘러싼 껍질을 뚫고 나오는 씨앗 안의 '로고스의 힘'은 어쩌면 우주의 힘과 맞먹을 정도로 막강할지도 모른다.

싱크대에 떨어진 수박씨

한국로고테라피 연구소에서 여름에 교육을 진행할 때면 쉬는 시간에 교육 참여자들에게 간식으로 시원한 수박을 대접하곤 한다. 몇 년 전 여름에도 수박을 간식으로 내놓은 적이 있었다. 그런데 교육을 마친 바로 다음날 캐나다에 가야 했기 때문에 연구소를 청소하지 못한 채 한 달 정도 한국을 떠나 있었다. 그리고 한국에 돌아와 연구소에 가보니 싱크대에 '콩나물' 같은 것이 눈에 띄었다. 자세히 들여다보니 싱크대 개수대에 떨어졌던 수박씨가 그곳에서 싹을 틔우고 콩나물처럼 자라고 있었다. 햇빛도 잘 들지 않고 흙과 수분도 없는 그 열악한 환경에서 수박씨가 있는 힘을 다해 자신의 모습을 드러낸 것이다. 마치 구름을 뚫고 나온 태양의 빛처럼 그런 환경에서도 결국 싹을 내민 수박씨를 보니 어찌나 기특하고 감동스럽던지!

싱크대에 버려진 수박씨는 당연히 수박이라는 열매를 맺을 순 없다. 그러나 주어진 환경에서 최선을 다해 자신만의 소명을 완수하기 위해 무진 애를 썼을 것이다. 그것은 아주 나약하고 여린 콩나물 같은 모습이었지만, 수박씨 안의 엄청난 힘을 보여주는 듯했다. 수박씨 안에 역동적인 힘이 내재되어 있고, 의도하지 않아도 스스로 세상에 그 모습을 드러내려고 했던 것이다. 그 힘이 바로 수박씨의 '의미에의 의지'가 아니었을까.

그런 열악한 환경에서도 싹을 틔우는 수박씨의 모습은 언젠가 본 커다란 바위에 눌려 있지만 그 틈을 뚫고 세상에 모습을 드러냈던 작은 들꽃을 연상시킨다. 가히 로고스의 그 막강한 에너지와 생명력을 다시 한 번 목격할 수 있었다.

이는 비단 수박씨나 바위 틈을 뚫고 모습을 드러낸 들꽃만의 이야기는 아니다. 우리 안에는 이미 어떤 삶의 의미와 이유라는 우리 각자만의 씨앗이 담겨 있다. 좋은 토양의 흙으로부터 영양분을 충분히 흡수하고 적절하게 수분이 주어지고 햇빛을 받으면 그 씨앗이 서서히 자라기 시작해 열매를 맺게 된다. 씨앗이 세상을 향해 자라나면서 결국 어떤 열매를 맺을 것인가 하는 '그 냄새'를 풍기게 된다. 그것이 바로 앞서 말한 '로고힌트'다. 우리의 영 안에 자신만의 고유한 이유와 의미가 있다는 것을 암시해주는 '로고힌트'들은 우리 삶 곳곳에서 냄새를 풍긴다.

정신분석 심리치료에 마음을 분석하는 '정신분석' 기법이 있다면, 로고테라피에는 우리 영 안에 내재되어 있는 고유한 삶의 의미와 이유라는 로고스가 어떻게 세상에 그 모습을 드러냈는지의 분석을 통해 각자의 고유한 의미를 발견할 수 있게 하는 '로고분석(logoanalysis)'이 있다. 로고분석이란 삶의 저변에 있는 이미 드러난 로고힌트들, 즉 의미의 조각들을 의식 수준에서 재발견하고 이러한 조각들을 맞춤으로써 나만의 고유한 삶의 의미라는 그림의 퍼즐을 맞추는 것이다.

구름만 바라보고 있으면 구름을 뚫고 나오는 빛은 보이지 않는다. 구름 뒤에서 여전히 빛나는 태양처럼, 인간 영을 인식할 수 있을 때 우리는 어떠한 열악한 환경 속에서도 로고힌트의 빛을 느낄 수 있다. 그 빛이 힌트가 되어 우리는 삶에 숨겨져 있는 자신의 고유한 삶의 의미, 즉 로고스를 발견할 수 있게 된다.

나의 석사논문의 주제

캐나다에 가기 전 한국에서 나는 경영학 중에서도 마케팅을 전공했다. 경영학의 여러 과목 중 '소비자행동론'이라는 과목에 유독 끌렸기 때문이다. 그런데 애초에 경영학이라는 전공은 아버지가 정해준 것이었다. 아버지의 뜻을 잘 따르는 좋은 딸이 되고 싶어서 나름 열심히 공부했다. 그런데 박사학위를 받는 날 목표를 달성했으니 마냥 기쁠 거라 생각했는데, 웬일인지 별로 행복하지 않고 오히려 우울했다. 좋은 딸, 착한 딸이 되고 싶다는 마음만으로 별 흥미도 없는 공부를 무려 10년이나 했으니, 지금 생각해보면 그럴 만도 했다. 그런데 한 가지 재미있는 사실은, 별다른 뜻 없이 경영학을 공부하긴 했지만 그 가운데서도 소비자행동론이라는 과목에 끌렸던 이유가 그 바탕에 '심리학'이 있었기 때문이라는 걸 나중에 캐나다에서 상담심리학 공부를 하면서 알게 되었다는 점이다.

아버지에게 좋은 딸이 되고 싶어서 관심도 없던 경영학을 공부했고, 그로 인해 어쩌면 내 안에 있는 의미에의 의지가 억압되고 무시되어 구름에 가려져 있었을지 모른다. 그럼에도 내 로고스는 그 구름을 뚫고 여전히 냄새를 풍기고 있었다. 마케팅 전공 당시 내 석사논문은 '자아이미지'에 관한 것이었다. 그때만 해도 심리학에 대해 잘 알지 못했던 나는 자아이미지가 심리학에서 나온 개념인 줄 정확히 몰랐었다. 그저 소비자행동론 교재에 나오는 자아이미지라는 개념에 끌렸고, 그래서 그걸 주제로 논문을 쓰게 된 것이었다. 나중에 심리학을 공부하면서 인간을 이해하는 데 있어 핵심적인 개념 중 하나가 바로 자아이미지, 즉 자아상이라는 것을 알게 되었고, 사람에 대한 나의 관심이 나의 가장 핵심적인 로고 중 하나라는 것도 깨닫게 되었다.

이는 비단 수박씨나 나에게만 해당되는 이야기가 아니다. 우리 안에 이미 있는 것은 아무리 막아도 안간힘을 쓰며 세상에 그 빛을 드러낸다. 열악한 환경과 조건에서도 수박씨에 싹이 트듯이, 우리 안에 있는 우리만의 고유한 의미라는 씨는 어떻게든 싹을 틔우고 부족하게나마 세상에 그 모습을 드러낸다. 그것이 바로 로고힌트다. 우리 안에 들어 있는 나만의 '로고', 즉 의미를 알려주는 힌트들은 이미 우리에게서 수없이 많이 드러났는데, 우리가 의식하지 못했을 뿐이다.

나는 로고힌트에 대해 알게 되면서 아기의 첫돌을 기념할 때 우리가 '돌잡이'라는 행사를 통해 이미 아기로부터 '로고힌트'를 찾으려고 했다는 사실을 알고 무척 흥미로웠다. 온갖 것들을 아기 앞에 놓고 아기가 무엇을 잡을 것인지 흥미진진하게 모두 바라본다. 연필을 잡으면 장래에 학자가 될 것이고, 돈을 잡으면 부자가 될 것이며, 공을 잡으면 운동선수가 될 것이라며, 아기가 뭔가를 잡는 순간 손뼉을 치며 환호하는 돌잡이 행사는 가히 돌잔치의 하이라이트다. 그러나 이 행사도 이제 그 의미가 많이 희석되는 듯하다. 아기가 마음이 가는 것을 잡도록 하는 것이 아니라 부모가 원하는 것을 잡도록 아기를 얼마나 현혹하고 있는가? 심지어 예

310

행연습까지 시킨다니.

부모교육 프로그램을 진행하면서 결국 부모교육이란 자녀들에게서 비치는 이러한 '로고힌트'를 인식해주는 것이라는 생각을 했다. 자녀가 타고난 씨앗, 즉 그 고유한 의미가 무엇일지는 모르지만, 자녀가 보여주는 일상의 행동들에서 그 힌트가 묻어나오게 마련이므로, 그것을 유심히 관찰하고 격려해서 타고난 씨앗이 세상에서 열매를 맺도록 도와주는 게 부모교육의 전부가 아닐까?

그런데 많은 부모가 사회적으로 잘나간다는 직업을 자녀가 갖기를 원한다. 이렇게 부모가 인위적으로 만든 의미를 자녀에게 부여하면서 아이들이 힘들어하는 경우가 많은 것 같다. 모든 부모가 자녀에게 바라는 소망은 결국 자녀의 행복일 것이다. 그렇다면 세상에서 무엇을 할 때 가장 행복할까? 자신이 타고난 이유와 의미로 세상을 살아갈 때 정말 행복할 수 있지 않을까? 그러므로 부모는 자녀에게서 어떤 빛이 나올 때 그것을 인정해주기만 하면 된다. 그 빛을 억누르거나 무시하지 말고 격려해서 더욱 빛이 발하도록 도우면 된다. 그런다면 아이는 자신만의 유일한 의미와 이유, 다시 말해 삶의 '소명'을 삶 속에서 실현할 수 있을 것이다. 자신도 기쁘고 동시에 다른 사람에게도 도움이 되는 그런 일을 할 수 있을 것이다.

이제 나는 내 안의 로고가 무엇인지 알 것 같다. '직업 자체'가 문제가 아니라는 것도 알게 되었다. 지금 다시 항공사에서 연구원

으로 일한다 해도 그 일을 통해 나만의 고유한 이유인 로고스를
실현할 수 있는 방법을 찾을 수 있을 것 같다. 지금 나에게는 '어
떤 직업'이 아니라 '무엇을(의미) 실현하느냐'라는 '로고스(의미)를 어
떻게'가 더욱 중요해졌기 때문이다.

로고힌트 인식하기

———

봉준호 감독 이야기

영화감독 봉준호는 2020년 대한민국 감독으로서는 최초로 아
카데미를 비롯한 굵직굵직한 세계 영화제에서 〈기생충〉으로 많은
상을 휩쓸었다. 그의 어린 시절 이야기는 열악한 환경 속에서도
그만의 유일한 삶의 의미를 암시해주는 '로고힌트'가 어떻게 삶
속에서 드러났는지 잘 보여준다.

한 인터뷰에서 봉준호 감독은 어린 시절 영화에 관심을 갖게
된 계기에 대해 이야기했다. 그는 어릴 때부터 텔레비전에서 주말
에 방영되는 영화를 빠짐없이 봤다고 한다. 그때 당시에는 TV에
서 방영되는 모든 영화를 정부에서 검열을 했기 때문에 영화를 보
다 보면 이따금 앞뒤가 연결이 안 되는 것 같은 장면들이 있었다
고 한다. 그럴 때마다 어린 봉준호 감독은 속으로 이렇게 생각했
다고 한다. '어? 이 장면과 이 장면이 연결이 안 되네? 중간에 분명

히 뭔가 있는 것 같은데.' 그러면서 어떤 장면이 검열로 삭제되었을지 상상하곤 했다는 것이다. 그런데 그것이 나중에 그가 시나리오를 쓰는 데 큰 도움이 되었다고 한다. 영화에 대한 그의 열정과 의미가 이렇게 냄새를 풍기며 드러난 것이다. 장면과 장면이 매끄럽게 연결되지 않는 것 같다는 섬세한 관찰은 물론, 그렇다면 중간에 어떤 장면이 빠졌을지 상상해보는 일은 미래의 세계적 영화감독이 될 봉준호 어린이로부터 비친 강렬한 '로고힌트'의 빛이었던 것이다.

또 하나의 재미있는 에피소드가 있다. 국악인 남상일이 그 길로 들어서게 된 일화다. 남상일 씨는 어릴 때 하도 많이 울어서 부모님이 애를 많이 먹었다고 한다. 그런데 우는 소리가 어찌나 특이하던지, 하루는 그의 아버지가 아들의 울음소리를 녹음해 국악인에게 보냈다고 한다. 녹음된 아기 울음소리를 들은 국악인은 그 특유의 울음소리를 듣고 아기 아버지에게 향후 아기에게 국악을 가르치라고 권했다고 한다. 그리하여 남상일 씨는 세 살 때부터 국악을 배우기 시작했다고 한다.

"아버지 흉을 보다가…"
고등학교 1학년 남학생이 상담을 위해 나를 찾아왔다. 아버지와의 갈등이 주요 이슈였다. 연년생인 남동생이 그 갈등의 주된 원인이었다. 남동생과 의견충돌이 빚어질 때마다 아버지는 늘 남동생 편만 드는 것 같다고 했다. 형이라는 이유로 항상 양보를 강요하는 아버지를 도저히 이해할 수 없었던 것이다. 이제 고등학교에도 들어갔고 대학입시를 위해 공부에 집중해야 했다. 그런데 공부에 집중도 되지 않을뿐더러 앞으로 무엇을 해야 할지 모르겠고 딱히 하고 싶은 일도 없었다. 이런 상황에서 아버지와의 갈등은 내담자의 자신에 대한 불신과 좌절감을 심화시키고 있는 듯했다. 일주일에 한 번씩 상담을 하러 와서는 한 시간만이라도 마음껏 후련하게 아버지 흉이나 봤으면 좋겠다고 했다. 그러고 나면 가슴이 좀 뚫리는 것 같다는 것이었다.

이후 내담자는 일주일에 한 번씩 빠짐없이 찾아와 일주일간 아버지와 남동생과 있었던 일들을 그야말로 '리얼하게' 재연했다. 때로는 아버지가 되어서, 때로는 남동생이 되어서 내담자가 상황을 재연할 때마다 얼마나 리얼한지, 현장에 없었던 나도 마치 옆에서 갈등상황을 보고 있는 듯한 착각이 들 정도였다. 그렇게 해서라도 내담자가 속에 쌓여 있는 것을 풀어낼 수 있다면 다행이다 싶었다.

여느 때처럼 그날도 역시 내담자가 아버지와 남동생의 역할을 해가면서 일주일 동안 있었던 힘든 상황을 재연하고 있었다. 그런데 갑자기 이런 생각이 들었다. '이거 너무 리얼한데! 마치 내가 현장에 있는 것 같아. 연기를 너무 잘하잖아!' 정말이지 내담자의 역할연기는 탁월했다. 그날 상담을 마치고 내담자에게 조심스럽게 물어보았다. 매주 여기에 와서 일주일간 있었던 일들을 역할극으로 재연하고 있는데, 혹시 연기에 관심이 있지 않느냐고. 내담자는 의아해하며 한 번도 그런 생각은 해본 적 없다고 했다. 어떤 진로를 택해야 할지 갈피를 잡지 못하고 있던 내담자에게 나는 연기를 배워볼 것을 권했고, 얼마 뒤 내담자는 실제로 연극연기학원에 등록하게 되었다. 얼마 후 상담은 종료되었다. 그리고 2년 뒤 기쁜 편지가 한 통 배달되었다. 그 내담자가 대학 연극영화학과에 합격했다는 소식이었다. 그리고 언젠가 자신이 무대에 서게 되면 반드시 초대하겠노라며 감사의 말을 전했다.

우리 안에 있는 자신만의 고유한 의미, 로고스는 우리 삶 속에서 소리없이 그 모습을 드러낸다. 주의 깊게 그것을 인식하는 것이 무엇보다 중요하다. 그것을 보고 들을 수 있는 눈과 귀가 필요하다. 우리말에 '신난다'라는 말이 있다. 여기서 '신'이 바로 '로고스'를 의미하는 것 같다. 자신을 '신'나게 하는 어떤 일, 그 일이 바로 자신만의 고유한 로고스이고, 그 로고스는 로고힌트를 통해 어떤 식으로든 신바람나게 우리에게 그 모습을 드러낸다.

사랑은
상대방이 가지고 있는
그 사람만의 유일성, 고유성을
볼 수 있게 한다.

좋은 질문 vs. 나쁜 질문

"10억을 준다면"

한국에 로고테라피 연구소를 세우기 몇 년 전 잠깐 한국에 방문해 택시를 타고 강의 장소로 가던 중이었다. 그런데 택시기사가 막 라디오에서 어떤 뉴스를 듣고는 혀를 차면서 이렇게 말했다.

"말세야 말세. 세상이 어떻게 되려고 그러는지 모르겠어요, 정말."

"기사님, 무슨 안 좋은 뉴스라도 들으셨어요?"

그러자 택시기사가 한숨을 쉬며 방금 전에 들은 뉴스 내용을 알려주었다.

"아니 글쎄, 어느 기관에서 중학생들에게 '10억을 주면 잘못을 저지르고 1년간 감옥에 갈 수 있겠냐'를 주제로 설문조사를 했다는데요, 30퍼센트가 넘는 학생들이 10억만 준다면 무슨 짓을 하든 기꺼이 감옥에 1년간 가 있겠다고 대답했다는 거예요. 세상이 어떻게 되려고 이러는지. 머리에 피도 마르지 않은 녀석들이 벌써부터 돈돈 하니, 말세가 아니고 뭐겠어요."

동일한 설문조사를 작년에도 고등학생을 대상으로 진행했다는 뉴스를 들었다. 몇 년 전 중학생보다 더 많은 비율의 고등학생이 10억만 주면 기꺼이 1년간 감옥에 가 있겠다고 응답했다는 뉴스였다. 이런 뉴스를 들으면 정말 누구의 잘못인가 생각하게 된다. 나는 응답한 학생들이 아니라 학생에게 그런 질문을 하는 사회가 잘못된 것이라고 생각한다. 인간의 욕망을 건드리는 질문은 정말 나쁜 질문이다. 그런 나쁜 질문에는 당연히 나쁜 응답이 나올 수밖에 없다. 어떻게 어린 학생들에게 그렇게 나쁜, 심지어 그토록 잔인한 질문을 할 수 있단 말인가. 인간의 선한 영의 자원이 밖으로 나오도록 자극하는 좋은 질문이 아니라, 인간 안에 도사리고 있는 욕망을 건드리는 질문에는 자연히 말세를 떠올리게 하는 답이 나올 수밖에 없다.

한편, 초등학교 4학년 학생들에게 이런 과제를 내준 선생님이 있었다고 한다. 북한의 꽃제비(일정한 거주지 없이 먹을 것을 찾아 떠돌아다니는 북한의 어린아이들을 이르는 말) 어린이가 초라한 모습으로 바닥에 앉아 뭔가를 주워먹는 모습이 담긴 사진 한 장을 보여주면서 두 가지 질문을 했다고 한다. 첫 번째는 '사진 속 아이가 무엇을 하고 있는가?'라는 질문이었고, 두 번째는 사진의 아이를 보고 '자신이 얼마나 행복한 사람인지 적어보라'는 것이었다.

한 학생이 이 질문에 이렇게 답했다고 한다. 첫 번째 질문에는 눈에 보이는 대로 '불쌍한 아이가 땅바닥에서 음식을 주워먹고 있다'고 답했고, 두 번째 질문에 대해서는 '누군가 그렇게 굶주리고 있으면 내가 가지고 있는 것을 함께 나누어야 해요'라고 답변했다는 것이다. 정말 나쁜 질문이지만 참 좋은 답변이었다. 불쌍한 아이를 보고 자신이 얼마나 행복한지 비교해서 설명해보라는 질문이라니! 어떻게 아이들에게 이런 질문을 할 수 있을까? 너무나 나쁘고 잔인한 질문이다. 그런데 이런 나쁜 질문에 다행히 초등학생 4학년 학생은 너무 좋은 답을 했다. '악문선답'이라고 할 수 있겠다.

우리는 지금 서로에게 어떤 질문을 하고 있는지 살펴볼 필요가 있다. 욕심을 자극하고 시기와 질투를 불러일으키는 질문을 하고 있진 않은지, 불필요한 신경증으로 이어질 수 있는 죄책감을 느끼게 하는 질문을 하고 있는 건 아닌지 점검해볼 필요가 있다.

로고테라피에서는 좋은 질문을 하는 것을 중요하게 여긴다. 대화 속에서 상대방에게 좋은 질문을 던져 그 사람 안에 잠재되어 있는 로고가 무엇인지 암시해주는 '로고힌트'를 인식하고 로고가 밖으로 자연스럽게 나올 수 있도록 돕는 기법이 있다. 이를 소크라테스 대화법 혹은 산파적 질문법이라 한다.

이와 관련해 빅터 프랭클은 이렇게 말한 바 있다. 자살하고 싶어하는 사람에게 "왜 자살하고 싶냐?"고 묻지 말라고. 그렇게 물으면 자살을 해야 하는 이유를 일일이 열거하게 될 것이기 때문이다. 대신 "그럼에도 불구하고 왜 자살하지 않는지요?"라고 물으라고 주문한다. 그러면 힘들고 고단한 가운데서도 자살을 할 수 없는 이유를 찾게 될 것이고, 그것이 어쩌면 절체절명의 절망스러운 상황이 몰고가는 자살에 대한 생각을 멈출 수 있는 작고 희미하

지만 여전히 빛나고 있는 그 사람 안의 희망의 불씨를 볼 수 있게
할 것이라고.

"사랑하는 딸 때문에"

"그렇게 행복했던 시간들이 정말 꿈만 같아요. 현실이 아닌 것
같아요, 선생님. 아내가 떠나고 나서 어떻게 지냈는지도 모르겠어
요. 매일같이 술입니다. 직장도 당분간 휴직했어요. 매일 저녁 술
없이는 잠에 들 수가 없어요. 하루에도 몇 번씩 죽고 싶어요. 정말
이지 아내가 있는 곳으로 가고 싶어요."

1년 전 아내를 잃고 열 살짜리 딸을 돌보며 지내고 있는 내담
자는 그리운 아내 생각에 일상생활이 엉망이 되어버렸다. 아내가
세상을 떠나고 지난 1년간 단 하루도 술 없이 버틸 수 없었다고
했다. 거의 매일 하루에 소주 네 병 이상은 마신 것 같다고 했다.
그냥 죽고 싶다고 했다. 그런 내담자에게 나는 빅터 프랭클이 제
안한 대로 이렇게 물었다.

"아내를 잃고 매일 술 없이는 버티기 힘들고 하루에도 몇 번씩
죽고 싶다는 생각이 드는데도 죽지 않은 이유가 있지 않으세요?"
너무도 잔인하게 들리는 질문이었다. 그러나 나는 그렇게 묻지 않
을 수 없었다.

"네, 선생님. 정말로 매일 죽고 싶어요. 그런데 딸아이 때문에 죽
을 수가 없어요. 제가 죽어버리면 제 딸은 고아가 되는 거잖아요!

혼자 남겨질 게 뻔한데 어떻게 딸을 놔두고 제가 죽을 수 있겠어요. 마음대로 죽지도 못해요. 죽을 수가 없어요. 아니 죽어서도 안 되고요. 아니 절대로 죽지 않을 겁니다. 하지만 너무 괴로워요. 그래서 매일 술을 마십니다."

혼자 남겨질 딸을 생각하니 도저히 죽을 수 없다는 내담자의 답변은 너무도 고통스럽게 들렸지만 한편으로 단호했다. 자살은 절대 하지 않겠다는 결심으로 현재의 고통을 극구 감내하고 있는 내담자는 어쩌면 딸을 위해 살아남음으로써 자신을 '희생'하고 있는 셈이었다.

"절대로 자살은 하지 않겠다는 선생님의 결정은 딸을 위한 희생이며 사랑이군요, 그렇죠? 매일 술을 마셔서라도 죽지 않고 살려고 하는 선생님의 희생인 거죠. 그러니 선생님은 그저 매일 술을 마시면서 고통스러운 시간을 보내고 있는 것이 아니라, 매일 밤 술을 마셔서라도 살아남아주심으로써 딸에 대한 지극한 사랑을 실천하고 계신 거네요."

희생과 사랑이라는 말에 내담자가 눈물을 흘리기 시작했다. 그렇게 한참을 울던 내담자가 이렇게 말했다.

"그렇다면 선생님, 이제는 더욱 적극적으로 딸을 위해 희생하고 싶어요. 딸을 위해 살고 싶어요! 제가 뭘 하면 될까요?"

내담자의 질문에 나는 이렇게 되물었다.

"딸이 가장 기뻐할 일이 무엇일 것 같아요?"

"제가 매일 밤 술을 마시고 인사불성이 되니 딸이 매일 울어요. 제발 술 좀 먹지 말라고요. 제가 제정신으로 건강하게 밝게 웃는 걸 딸이 제일 기뻐할 것 같아요. 아! 딸을 위해 이제 술을 마시지 말아야겠습니다. 딸을 더 이상 슬프게 할 순 없어요. 이제 더는 딸의 눈에서 눈물이 나게 해서는 안 되겠어요."

"선생님께서는 딸을 위해 죽지 않으려고 매일 밤 술을 마시며 고통을 견디고 있었어요. 이제 딸을 웃게 만들고 기쁘게 해주고 싶은 거고요. 딸이 소망하는 걸 하면서요. 그게 뭔지 이미 잘 알고 계시네요."

"네, 선생님. 딸이 기뻐하고 다시 밝아질 수 있다면 술을 마시지 않는 희생도 저는 기꺼이 할 수 있을 것 같아요. 한번 해볼게요."

그날 이후 내담자는 딸을 위한 희생의 마음으로 실제로 술을 줄이기 시작했다. 그리고 기적처럼 두 달 만에 술을 완전히 끊어버렸다. 그 전에 죽지 않기 위해 술을 마시며 버텼던 내담자의 노력은 역설적이긴 하지만 딸을 위한 아빠의 사랑이며 희생이었다. 분명 그랬다. 이제 딸을 향한 사랑과 희망의 방법이 바뀐 것이다. 힘들어도 자살하지 않기로 결심하고 술까지 끊어버린 것은 분명 내담자의 영 안에 있던 도전적인 힘의 작용이었다. 딸을 향한 진정한 사랑의 힘이었다.

"왜 자살하지 않으시나요?"

"어린 딸을 세상에 혼자 남겨놓을 수는 없으니까요."

좋은 질문은 살아야 하는 이유를 발견하게 해준다.

"피트니스는 외로워요"

"선생님, 피트니스 운동을 시작하려고 해요. 제가 하루라도 더 밖에 나가는 걸 부모님이 좋아하시니까요."

몇 년 동안 세상 밖으로 나오지 못했던 내담자는 차츰 상태가 나아지면서 부모를 위해 상담이 있는 날 이외에도 며칠 더 외출을 하고 싶다고 했다. 외출을 위해 생각한 것이 바로 피트니스 센터에 가서 운동하는 것이었다.

"그것 참 좋은 생각이네요."

내가 격려의 말을 건네자 내담자가 근심스러운 목소리로 이렇게 말했다.

"그런데요, 피트니스 운동은 혼자 하는 거라서 좀 외로울 것 같아요."

오랫동안 왠지 모를 두려움으로 바깥에 나갈 수 없었고 사람들과의 만남을 꺼려온 내담자가 이렇게 말한다면 아마도 대부분의 심리치료자들은 내담자가 언급한 '외로움'이란 단어에 주목하게 될 것이다. 내담자가 언제부터 외로움을 느끼기 시작했는지 혹은 내담자의 외로움은 구체적으로 어떤 색깔인지 분석할 필요성을 느낄 것이다. 그러나 로고테라피 교육을 오랫동안 받은 나는 내담자에게 이렇게 물었다.

"누군가와 함께하는 운동을 하고 싶은가 보네요. 어떤 운동을 하면 사람들과 함께할 수 있을까요?"

내담자의 '외롭다'는 말의 저변에는 어떤 열망이 숨겨져 있는 걸까? 누군가와 함께하고 싶다는 열망이 아니겠는가. 그런 열망이 있기 때문에 '외롭다'는 말을 할 수 있는 것 아닐까. 문제가 아니라 문제의 뒷면에 숨겨져 있는 내담자의 숨은 열망과 소망을 인식하는 것, 그것이 바로 소크라테스 대화법이다.

"글쎄요. 저희 집 근처에 탁구장이 하나 있는데, 탁구를 한번 배워보면 어떨까요?" 내담자가 먼저 이렇게 말했다.

"그것 참 좋은 생각이네요. 사실 제가 초등학교 때 탁구 선수였거든요. 열심히 연습해서 저랑 언제 탁구시합 한번 해요. 어릴 때이긴 하지만 그래도 선수 출신인데, 게임에서 저를 이기려면 열심히 연습해야 할 거예요."

그날부터 내담자는 탁구장에 등록을 했고, 일주일에 서너 번씩 그 지루한 폼 연습부터 빠지지 않고 열심히 탁구를 배워나갔다. 그리고 정말 몇 개월 뒤 내담자와 나는 탁구시합을 했고, 초등학교 탁구 선수 출신인 나는 아깝게 3대 1로 패하고 말았다. 물론 초보였던 내담자에게 10점을 주고 친 시합이었지만 말이다. 외롭다는 내담자의 말에 이끌려 외로움에 대해 파헤치고 분석했다면, 아마도 내담자 자신도 인식하지 못했던 누군가와 함께하고 싶다는 자기 안의 열망과 소망은 외로움이라는 구름에 더욱 깊게 가려져 보이지 않았을 것이다. 좋은 질문은 문제와 증상 뒤에 숨겨진 반전의 열망과 소망을 인식하게 도와주는 질문이다.

나는 한국에 로고테라피를 소개하면서 가능한 한 의미치료나 의미요법이라는 명칭을 쓰지 않는다. 그러는 데는 그만한 이유가 있다. 로고스는 심리치료 차원에서 '의미' 이상의 의미를 담고 있기 때문이다. 인간을 움직이는 1차적인 동기인 의미에의 의지 또한 그 이상의 의미를 담고 있다.

분명 인간은 고통을 통해 태도를 바꿈으로써 인간 성취를 달성할 수 있다. 정상적인 죄책감을 통해 인간은 더욱 성숙한 삶을 살아갈 수 있다. 또한 죽음에 대한 인식을 통해 삶의 유한성과 일시성을 인식할 수 있게 되고, 그럼으로써 현재 무엇을 해야 하고 지금 가장 중요한 것이 무엇인지 인식할 수 있게 된다. 그러나 고통, 죄책감, 죽음이라는 삶의 3대 비극은 인간 성취, 성숙한 삶, 현재의 중요성이라는 것을 넘어선 그 이상의 의미를 담고 있다. 앞에서 언급했듯, 고통과 죄책감, 죽음은 우리 안에 이미 내재되어 있는 자신만의 고유한 의미가 밖으로 나올 수 있도록 도와주는 강력한 자극이다.

피할 수 없는 고통 속에서 의미를 발견하는 것은 우리가 절망하지 않고 희망하며 앞으로 나아가게 해준다. 그러나 피할 수 없는 고통 중에 의미를 발견한다는 말은 그저 고통을 딛고 일어서야 한다는 의미만은 아니다. 고통은 우리 안에 있는 삶의 의미를 자극해주기 때문이다. 따라서 의미의 발견을 통해 치유하고 성장한다는 것은 맞는 말이지만, 로고테라피란 의미를 통한 치유와 성장 그 이상의 뜻을 담고 있다. 이것이 바로 내가 로고테라피를 의미치료나 의미요법이라고 칭하지 않는 이유다.

모든 일을 통해, 모든 만남을 통해, 삶의 3대 비극을 통해 우리 안에 내재되어 있던 삶의 이유는 세상에 드러난다. 그것이 드러날 때 인간은 자신의 삶을 온전히 완성할 수 있으며 진심으로 기쁨을 누릴 수 있다. 그것이 우리 삶의 이유이며 목적인 것이다. 가장 기쁜 삶이란 바로 나만의 로고스가 세상에 드러나는 삶이다. 아니, 이미 드러난 내 삶의 로고스의 흔적들을 확인하는 일이다. 이미 나는 의미 있는 삶을 살아내고 있었음을 인식하는 것이다. 우리의 삶은 이미 의미 있는 로고스의 삶이기 때문이다.

우리 삶은 그 무엇을 하지 않아도 이미 충분히 의미가 있기 때문이다. 우리는 의식하지 못한다 해도 이미 매일 일상에서 의미 있는 삶을 살아내고 있기 때문이다.

글을 마치며

"이렇게 사느니 차라리 확 죽어버리고 싶어요. 아무런 희망도 없어요. 무려 20년이 넘도록 매일매일이 고통이었어요. 학교를 다닐 수도 없었고, 사람들과 만날 수도 없었어요. 심지어 버스도 탈 수 없었고요. 이 고통에서 벗어나는 길은 오로지 제가 이 고통과 함께 사라져버리는 것밖에 없는 것 같아요. 이렇게 살아서 뭐해요! 정말 하루를 살더라도 사람답게 살고 싶어요!"

처음 만난 자리에서 내담자가 꺼낸 말이지만, 나는 설마 내담자가 스스로 목숨을 끊을 거라고는 생각하지 못했다. 지인의 소개로 언니와 함께 나를 찾아온 30대 초반의 젊은 여성 내담자는 만나기 일주일 전 자살을 시도했었고, 병원에서 퇴원하자마자 곧바로 나를 만나러 상담소로 찾아왔다. 언니와 함께 있을 때 아무 말도 하지 않던 내담자는 언니에게 자리를 비켜 달라고 한 뒤 나와 단 둘이만 얘기할 기회가 되자 가슴속에 담아두었던 말을 털어놓기 시작했다.

내담자가 몇 번이나 자실을 시도했던 이유는 바로 자신의 몸에서 나는 변냄새 때문이었다. 그녀는 초등학교 3학년 때부터 몸에서 변냄새가 나는 것 같았다고 한다. 그로 인해 도저히 정상적인 일상생활을 할 수 없었다는 것이다. 몸에서 변냄새가 나니 누구도 만날 수 없었고, 어디를 가기도 힘들었다. 사람들이 모여 있는 곳은 당연히 피하게 되었고, 버스를 탈 수 없어 택시를 타면 택시기사가 자신을 불쾌하게 쳐다보는 것 같았다. 의자에 앉았다 일어날 때도 늘 앉았던 자리를 살피곤 했다. 혹시라도 변이 묻어 있거나 변냄새가 나는 건 아닐까 불안해서였다. 내담자와 이야기를 나누는 동안 나는 그녀가 겪고 있는 일상의 고통이 얼마나 극심할지 가히 짐작이 되었다. 그러나 실제로 내담자의 몸에서는 아무런 불쾌한 냄새도 나지 않았다.

몸에서 변냄새가 나는 듯한 그 증상은 초등학교 3학년 때 학교에서 화장실에 다녀온 뒤 같은 반 친구가 "아! 똥냄새 나!"라고 말하며 자신을 혐오스럽게 쳐다본 뒤부터 시작되었다고 한다. 그때 친구의 말 한마디에 큰 충격을 받았고, 그 이후로 자신의 몸에서 혹시 변냄새가 나지 않는지 지나칠 정도로 예민하게 살피게 되었다. 그렇게 의식할 때마다 실제로 몸에서 변냄새가 나는 것 같았고, 그 냄새가 하루종일 몸에서 사라지지 않았다. 냄새를 견딜 수 없어 하루에도 수십 번씩 샤워를 했고 피부에서 피가 날 정도로 몸을 닦아댔지만, 몸에서는 여전히 변냄새가 나는 것 같았다고 한다. 그러면서 내담자는 차츰 사회생활에 담을 쌓게 되었다.

나는 분명 초등학교 때 친구가 무심코 던진 말 한마디가 내담자에게 큰 상처가 되고 잊히지 않는 수치스러운 트라우마가 되었다고 생각했다. 그래서 OEI(Observed & Experiential Integration)라는 눈을 이용한 트라우마 치료를 해보자고 제안했다. 그날 치료는 무척 성공적이었다. 내가 생각한 대로 변냄새는 트라우마 반응 중 하나였고, 치료를 시작한 지 한 시간도 되지 않아 내담자는 20년 만에 처음으로 몸에서 변냄새가 나지 않는다고 대답했다. 나는 너무 기뻤다. 그 문제로 몇 번이나 자살을 시도했고, 이번에도 자살 시도로 인해 병원에 갔다가 곧장 나를 찾아온 것인데, OEI 트라우마 치료를 받고는 고작 한 시간 만에 몸에서 냄새가 나지 않는다고 말하니, 희망이 보이는 듯했다. 기쁜 마음으로 내담자와 일주일 뒤 다시 만나기로 약속하고, 앞으로 트라우마 치료를 적극 적용하게 될 거라는 상담 계획을 알려주었다.

그런데 그날 저녁 내담자의 언니로부터 전화가 걸려왔다. 내담자가 저녁 때부터 또다시 자기 몸에서 변냄새가 난다고 한다는 것이었다. 나는 즉시 내담자와 전화 통화를 했다. 듣자하니, 상담을 마치고 집에 왔는데 몇 시간 후부터 다시 몸에서 변냄새가 나기 시작한다는 것이었다. 알고 보니 약을 바꿨는데 그걸 먹고 나서 계속 설사를 하고 있다고 했다. 나는 내담자에게 설사 때문에 화장실을 자주 가니까 냄새가 나는 게 당연한 일이라고 설득을 하고 며칠 뒤 만날 것을 약속했다. 그러나 만나기로 한 날을 며칠 앞두고 너무도 비극적인 소식을 듣게 되었다. 내담자가 스스로 목숨을 끊은 것이다.

20년 넘게 상담을 해왔지만 내담자의 자살 소식은 처음이었다. 그 순간 나는 아무것도 할 수 없었다. '약속 날까지 기다릴 게 아니라 몸에서 다시 냄새가 난다고 했을 때 곧장 오라고 했어야 했는데. 그랬더라면 그녀가 스스로 목숨을 끊는 것을 막을 수 있지 않았을까?' 견딜 수 없는 자책과 후회로 얼마나 힘든 시간을 보냈는지 모른다. 잠시나마 변냄새가 나지 않는다는 말에 희망의 불씨를 보았었는데, 제대로 돕지 못했다는 자책으로 나는 한동안 너무도 힘든 시간을 보냈다.

무엇이 내담자로 하여금 스스로 목숨을 끊게 한 것일까? 나는 그토록 엄청난 고통 속에 몸부림치는 내담자를 어떻게 도왔어야 했나? 내담자는 절망한 것이었다. 희망이 없었던 것이다. 20년 넘게 자신을 괴롭히던 변냄새가 앞으로도 계속될 거라는 절망감. 그래서 자신이 할 수 있는 것이 아무것도 없다는 좌절감. 내담자는 20년간 지속된 고통 속에서 어떠한 의미도 찾을 수 없었다. 자신이 살아야 하는 이유를 찾을 수 없었던 것이다. 그로 인해 절망했고 그 절망감이 내담자로 하여금 스스로 세상을 등지게 했던 것이다.

"하루를 살더라도 사람답게 살고 싶어요!"라는 내담자의 외침에 나는 그날 뭐라고 말해줘야 했을까? 폴 엉거 교수님에게 "왜 살아야 하죠? 왜 나를 살린 거죠?"라고 물었던 그 환자에게 교수님은 그날 어떤 말을 해주어야 했을까? 어떻게 했어야 교수님과 나는 두 젊은이의 죽음을 막을 수 있었을까?

이 책을 마무리하면서 나는 나 자신에게 묻지 않을 수 없다. "하루를 살더라도 사람답게 살고 싶다"는 절규 아래에 남아 있는 의미 있게 살고 싶다는 의미에의 의지의 불씨를 나는 어떻게 다시 피워낼 수 있었을까? "왜 살아야 하죠? 왜 나를 살린 거죠?"라는 질문 속에 숨겨져 있던 삶의 의미에 대한 열망을 어떻게 그 청년이 스스로 인식할 수 있도록 도울 수 있었을까?

무엇보다 내가 했던 가장 큰 실수는 여타의 심리치료와 마찬가지로 아프고 상처받은 내담자의 몸과 마음에만 초점을 맞추고 있었다는 것이다. 수십 년 동안 내담자에게서 떠나지 않았던 '변냄새'라는 증상에 초점을 맞췄던 것이다. 나는 내담자를 그저 환자로 대했던 셈이다. 몸에서 강박적으로 끊임없이 나는 듯한 '변냄새'만 사라지게 해주면 모든 것이 끝난다고 생각했던 것이다. 자살을 시도하고 병원에 입원했다가 퇴원하자마자 나를 만나러 온

'내담자 안의 작은 희망'을 나는 읽지 못했다. 언니 손에 끌려서 오긴 했지만, 그래도 내담자는 자기 발로 상담소에 걸어 들어오지 않았던가. 내담자 안에 있던 실낱같은 작은 불씨를 나는 보지 못했다. 수차례 자살을 시도한 것은 사실 살고 싶은 내담자 안의 깊은 몸부림 아니었을까. 그날 내가 함께해야 했던 것은 변냄새가 난다는 내담자의 몸이 아니었다. 트라우마라는 판단 하에 그것에 집중해서 치료하려는 순간 내담자는 또다시 얼마나 절망했을까. 수십 년 동안 삶에 구름이 잔뜩 끼어 있었지만, 그래도 여전히 드러나고 있었던 빛을 인식할 수 있도록 도와줄 수 있었다면 내담자는 그 빛으로 자신의 문제에 직면할 수 있지 않았을까 하는 안타까움이 여전히 남아 있다.

그날 내가 나누어야 했던 대화는 내담자의 증상에 관한 이야기가 아니었다. 내담자 자신에 대한 이야기였어야 한다. "왜 살아야 하죠?"라는 질문 속에 담겨 있던 삶의 의미에 대한 강한 열정의 불씨를 다시 타오르게 할 수 있었어야 한다.

똑같은 문제를 가진 누군가가 나를 찾아온다면 나는 무엇을 어떻게 해야 할까? 무엇보다 누군가의 대체 불가능한 유일하고 고유한 존재로서 그 어떤 대단한 일을 하지 않더라도 그 자체로 충분히 의미 있는 삶을 이미 살고 있었다는 것을 인식할 수 있도록 도와줄 수 있다면, 일상생활에서 이미 충분히 살아내고 있는 내담자의 '로고힌트'를 인식할 수 있게 도와줄 수 있다면 나는 또

다시 이런 실수를 범하지 않으리라.

혹자는 자살하기로 100퍼센트 결심한 사람은 누구도 막을 수 없다고 말하기도 한다. 그러나 이 말이 내게는 전혀 위로가 되지 않는다. 살고 싶다는 마음만 100퍼센트인 사람이 거의 없듯이 100퍼센트 자살하고 싶은 마음만 있는 사람도 없다고 나는 생각한다. 99퍼센트 죽고 싶어도 1퍼센트는 살고 싶은 의지가 있지 않겠는가? 그 1퍼센트를 인식할 수 있게 돕는 일이 바로 삶의 이유를 발견하는 것에서 시작될 수 있다.

그러니 이제 나는 정말 '최선'을 다하고 싶다. 누구에게든 '최선'을 다하고 싶다. 한나 아렌트 박사의 '최악이란 무엇인가'의 역설처럼, 빅터 프랭클의 말처럼, 인간에게 있어서의 가장 '최선'을 다해보고 싶다. 아무리 처참한 상황에서도 자신이 얼마나 가치 있는 존재인지, 누군가에게 얼마나 유일하고 고유한 존재인지, 그러니 자신의 삶은 이미 충분히 의미가 있다는 것을 인식할 수 있도록 '최선'을 다하고 싶다. 무엇보다 이미 의미 있는 삶을 살아왔음을 알아차릴 수 있도록, 그리하여 그 힘으로 아직 실현하지 못한 자신만의 삶의 의미를 발견하고 살아낼 수 있도록 최선을 다하고 싶다.

감사의 글

이 책을 한 문장 한 문장 써내려 가는 시간 동안 많은 분들이 가슴에 떠올랐습니다. 삶의 의미를 일상생활 속에서 살아내주시고 충만한 삶의 의미란 무엇이며, 어떤 삶인지 몸소 제게 보여주신 많은 스승님들이 있었습니다.

영어도 잘 안 되는 저를 무조건 상담심리대학원에 뽑아주신 의미치료의 대가 폴 왕(Dr. Paul Wong) 교수님께 감사드립니다. 대학원 지도교수이기도 했던 폴 왕 교수님은 낯선 캐나다 땅에서 상담심리학 공부를 마치는 내내 저의 학문적 멘토이셨고, 그분을 통해 한국인의 삶의 의미의 구조를 밝히는 논문을 잘 마무리할 수 있었습니다. 또한 제게 로고테라피를 소개해주시고 20년 넘게 곁에서 로고테라피의 가르침을 전달해주신 폴 엉거 교수님께 감사드립니다. 저와 같이 캐나다 이민자인 교수님은 정신과 의사로서

뿐 아니라 진정한 로고테라피 치료자로서 무엇보다 한 인간으로서 어떤 삶을 살아야 하는지 제게 증인이 되어주셨습니다. 지금껏 제 삶의 진정한 멘토로, 유머를 잃지 않으시고 로고테라피를 생활 속에서 쉽게 실천할 수 있도록 늘 격려해주시고 있습니다. 20년 넘게 매주 교수님과 만나 나누었던 수많은 이야기들은 아직도 제 가슴에 깊이 남아 있습니다. 미국 텍사스에 위치한 국제 로고테라피 협회 회장인 로버트 바네스(Dr. Robert Barnes) 박사님께도 진심으로 감사드립니다. 박사님께서는 한국에서의 로고테라피 교육에 깊은 관심을 갖고 전화로, 이메일로 격려를 아끼지 않으셨습니다. 전화기를 통해 들려오는 박사님의 쩌렁쩌렁한 목소리는 제가 한국에 로고테라피를 전달하는 데 큰 힘이 되었습니다.

또한 늘 세심하게 저에게 필요한 것이 무엇인지 살피시고, 아낌없이 지원하고 나누어주셨던, 그리고 대학원 과정 중에는 학생으로, 과정을 마치고 나서는 동료로 저를 믿어주시고 격려해주셨던 말빈 맥도널드(Dr. Marvin McDonald) 교수님께 감사드립니다. 무엇이든 내어주신 교수님의 따뜻한 사랑이 아직도 제 가슴을 따뜻하게 합니다. 상담실습할 수 있는 곳을 찾지 못해 헤매고 있을 때 만나자마자 무조건 저를 인턴으로 받아주신 랍 리(Dr. Rob Lee) 박사님께 감사합니다. 박사님의 무조건적인 신뢰와 믿음을 통해 사람에 대한 '진정성'이 무엇인지 배울 수 있었습니다. 또한 의미 있는 제 삶의 여정의 시작점부터 함께해주셨던 두 분, 랍 말빈(Rob Marvin)과

그레이스(Grave Marvin) 할아버지, 할머니 선교님께 감사드립니다. 처음 카운슬러가 되고 싶다고 말했을 때 그토록 기뻐하시며 격려하셨고, 대학원을 찾아주셨고, 80세가 넘는 고령의 연세에도 직접 운전을 하시어 저를 시골 랭리까지 데려다주셨으며, 저의 어눌한 영어를 통역해주셨고, 대학원 과정을 마치기까지 매주 저를 찾아 격려하고 위로하셨습니다. 그리고 캐나다에 정착해 사는 동안 또한 한국으로 돌아와서도 한결 같은 사랑으로 저와 함께하셨습니다. 지금은 천국에서 또한 저를 대견스럽게 지켜보시리라 믿습니다. 대학에서 자리를 잡고 일을 하는 동안 제가 제 자신이 될 수 있도록 따뜻한 눈빛으로 격려를 아끼지 않으셨던 켄 쿠시(Dr. Ken Kush) 부총장님께도 역시 감사의 마음을 잊을 수 없습니다. 사람에 대한 절대적인 믿음이 그리고 가슴으로부터의 진정한 경청이 어떻게 사람을 진정한 그 사람으로 다시 살아내게 하는지 가르쳐주셨습니다.

경영학을 공부하다 상담심리학으로 길을 바꾸었지만, 여전히 제 삶을 지지해주신 경영학 박사과정 지도교수셨던 안광호 교수님과 대학교와 대학원 내내 그 이후에도 지금까지 아낌없이 저를 격려하고 이끌어주시는 박기찬 교수님께 또한 감사의 마음을 전합니다.

제 삶에 수많은 스승님들이 있었습니다. 그러나 누구보다 제게 가장 큰 스승은 낯선 땅 캐나다 밴쿠버에서 제게 찾아와 배움을 청하고 끝내 교민분들을 위해 상담센터를 함께 설립하신 밴쿠버 아름다운 상담센터의 모든 카운슬러 선생님들입니다. 지금은 한국으로 떠나왔지만, 여러분은 제 삶의 제2의 어머니이십니다. 선생님들의 무한한 사랑에 감사드립니다. 또한 2015년 한국으로 다시 돌아와 만나게 된 분들이 있습니다. 의미 있는 삶에 대한 열정으로 인천까지 마다하지 않고 저를 찾아와 교육을 청해주신 많은 분들께 감사드립니다. 특히 매달 만남을 이어가고 있는 로고테라피 후속모임 빙빙클럽(Being Being Club)의 모든 분들께 동료로서의 고마운 마음을 전합니다.

카운슬러로 20년 넘게 지내면서 캐나다에서 그리고 한국에서 만났던 수많은 내담자분들을 한 분 한 분 기억합니다. '낯선 이'였던 저를 믿고 삶의 밑바닥까지 가감 없이 나누어주셨던 분들이 계셨기에 이 책이 나올 수 있었습니다. 돌아보니 제가 그분들을 도왔던 것이 아니라 그분들께서 저를 도와주셨습니다. 진정한 제 삶의 스승님이십니다.

한국을 떠나 캐나다에서 공부할 때 다시 캐나다에서 한국으로 돌아왔을 때 세심하게 배려하고 보살펴주신 김태헌 요셉 신부님께 무한한 감사의 마음을 전합니다. 신부님의 무조건인 지지와 사랑으로 20년 만에 다시 돌아왔을 때 제게 이미 낯선 고향이 되었던 한국에 제가 이렇게 있을 수 있게 되었습니다. 오래된 인연으로 저를 믿어주시고 한국에서 로고테라피 교육의 디딤돌을 놓는 데 변함없는 지지와 격려를 아끼지 않으신 이재학 안티모 신부님께 감사의 마음을 전합니다. 또한 폴 엉거 교수님을 한국에 초대해주시고 로고테라피 교육을 성원해주신 정봉 베니뇨 신부님께 감사드립니다.

그 누구보다 삶의 모델이 되어주시고, 의미 있는 삶으로 모범이 되어주신 부모님께 감사드립니다. 한국전쟁 중 15살의 어린 나이에 모든 것을 뒤로하고 남하하셔서 아무것도 없는 상태에서도 학업에 대한 열망을 놓지 않으시고 그 뜻을 이루셨던 아버지, 삶의 수없는 굴곡에서도 평생 학생들을 대학에서 가르치시며 의미 있는 삶의 모범이 되어주셨습니다. "살아보니 삶은 올라갈 때도 있고 내려갈 때도 있더구나. 올라갔을 때 겸손하고 내려갔을 때는 결코 절망하지 마라" 하시며 생의 비밀을 남겨주셨습니다. 잔잔하게 제 곁에서 저의 손과 발이 되어주신 어머니께 감사드립니다. 노년에도 저와 함께 한국에서 캐나다로 다시 캐나다에서 한국으로 기쁘게 삶의 터전을 옮기셨던 아버지와 어머니가 안 계셨다면 지금의 저는 있을 수 없었습니다. 끝내 이 책의 출간을 보지 못하셨지만, 하늘에서 누구보다 기뻐하실 아버지께 이 책을 바칩니다. 같은 부모 슬하에서 든든하게 삶을 함께 동반하고 있는 미국의 언니 가족과 캐나다의 두 남동생 가족에게도 사랑과 감사의 마음을 전합니다.

그리고 마지막으로 2015년 저를 기어이 찾아내주신 M31 출판사의 김시경 대표님께 진심으로 감사드립니다. 그날 저를 찾아주셔서 감사하고, 이렇게 그날의 약속을 지킬 수 있도록 무한히 인내하고 기다려주셨음에 감사드립니다. 책이 좋아서 책과 함께한다는 대표님을 통해 이 책을 출간하게 되어 더욱 기쁘고 의미 있습니다.

이 모든 감사의 마음을 제가 받는 만큼 똑같이 그분들께 다시 돌려드릴 수는 없습니다. 그러나 제 삶을 통해 누군가에게 전달되는 삶이 되도록 최선을 다하겠습니다. 끝으로 무의미에 대한 절망감으로, 의미 있는 삶에 대한 열정으로, 진정으로 내가 누구인지에 대한 간절함으로 이 책을 발견하고 선택해주신, 그리고 끝까지 읽어주신 모든 분들께 감사드립니다. 빅터 프랭클 박사님의 삶이 이 책을 통해 여러분께 조금이나마 도움이 되길 간절히 빕니다. 고맙습니다.

삶의 빛을 안내해주신 빅터 프랭클 박사님께 깊이 감사드리며
2021년 4월 김미라 드림

빅터 프랭클(Viktor Frankl), 그는 누구인가?

　　빅터 프랭클(1905~1997)은 오스트리아 출신 정신과 의사이며 빈 대학교 정신과 교수로서 정신분석과 개인심리학에 이어 오스트리아 빈의 제3대 심리치료인 로고테라피를 창시했으며, 유대인으로서 제2차 세계대전 당시 나치 수용소에서 1942년부터 1945년까지 약 3년 반 동안 수용소 생활을 한 생존자이다.

　　인간과 삶, 그리고 죽음에 대한 빅터 프랭클 박사의 관심은 어린 시절부터 시작되었고 자연스럽게 그를 심리학과 의학, 그리고 철학의 세계로 이끌었다. 젊은 시절에는 정신분석학을 창시한 프로이트 박사와 개인심리학을 창시한 아들러 박사와도 교류했으며, 마침내 빈 제3의 심리학으로 알려진 로고테라피를 창시하게 된다.

　　특히, 인간을 몸과 마음의 2차원적 존재로 바라본 프로이트 박사나 아들러 박사의 인간에 대한 세계관과는 달리 빅터 프랭클은 인간을 몸과 마음을 가지고 있는 '영의 존재'라는 3차원의 존재로 정의함으로써, 로고테라피만의 유일한 세계관이 된 '차원적 존재론(Dimensional Ontology)'의 근간을 마련하였다.

3년 반 동안 수용소에서의 삶은 그가 이미 이해하고 있었던 인간 본성에 대한 세계관을 확인한 시간이 되었고, 수용소에서의 그의 삶은 《죽음의 수용소에서(Man's Searching for Meaning)》라는 책으로 출간되어 지금까지도 세계 많은 사람들에게 삶의 의미와 고통을 생각하게 하는 베스트셀러로 자리매김하고 있다.

빅터 프랭클은 《죽음의 수용소에서》라는 책으로 한국에서 널리 알려져 있지만, 그를 가장 잘 표현할 수 있는 단어를 찾아보라면 나치 수용소의 생존자라는 것 이외에도 아마도 겸손과 유머감각, 삶에 대한 열정과 사랑 그리고 지치지 않는 모험정신일 것이다. 지극히 인간적이고 겸손하며 삶을 즐길 줄 알고 도전을 멈추지 않았던 사람! 작은 것에 감사하고 삶의 진정한 행복이 어디에 있는지 알고 실천했던 사람! 바로 그가 빅터 프랭클 박사다.

2010년 빅터 프랭클의 외손자에 의해 제작된 〈빅터와 나(Viktor and I)〉라는 영화에 빅터 프랭클의 이러한 인간적인 면면들이 그의 생전 지인들과의 인터뷰를 통해 생생하게 소개되고 있다. 우리에게 너무도 흔한 비닐봉지가 투명하여 속이 다 들여다보이니 약 같은 것을 넣고 다니기 좋다며 그렇게 행복해했다는 일화는 작은 것에 기뻐하고 행복해했던 소박한 빅터 프랭클 박사의 삶을 이야기해준다.

또한 한 인터뷰에서 그 가치와 영향에 비해 로고테라피가 지금까지 세계적으로 보다 널리 보급되지 않았던 이유에 대한 지인의 증언은 빅터 프랭클의 겸손한 모습을 보여준다. 빅터 프랭클 박사는 로고테라피를 너무 쉬운 말로 사람들에게 전달했는데, 권위를 내세우지 않는 그의 강의가 아이러니하게도 너무도 이해하기 쉬워서 오히려 학계에서는 환영받지 못했다는 것이다. 또한 자신의 강의를 원하는 곳이면 어디든 마다하지 않고 사비를 털어서라도 갔다고 하니 로고테라피 창사자로서뿐 아니라 진정한 가치를 삶 속에서 실천한 생활실천자로서의 빅터 프랭클의 면모를 볼 수 있다.

뿐만 아니라 빅터 프랭클은 늘 유머가 풍부한 분이셨는데, 상황이 아무리 심각해도 웃음을 잃지 않았다고 한다. 1996년 매우 위급한 상태로 심장 수술을 받으러 수술실로 들어가기 직전 "이 상황이 비극적이기에는 뭔가 좀 부족한데…"라는 말로 가족들의 불안과 걱정을 덜어주었다고 한다. 빅터 프랭클은 어떤 상황에서도 결코 비극적이거나 비관적이지 않았으며, 자기 자신과 처한 상황을 분리시키는 탁월한 유머감각을 지니고 있던 분이었다. 자신의 고통보다 타인의 고통을 먼저 생각하는 사랑이 넘치는 분이기도 했다. 칠순이 넘은 나이에 경비행기를 배우기 시작했고, 노년 때도 암벽타기를 즐겼다고 하니 그의 지치지 않는 삶의 모험정신

앞에 절로 고개가 숙여진다.

빅터 프랭클은 영적 존재로서의 인간에 대한 이해를 로고테라피라는 심리치료를 통해 처음으로 치료와 성장에 적용한 분이다. 그리고 3년 반 동안의 혹독한 나치 수용소에서의 삶을 통해서 그리고 실제 임상현장에서 로고테라피의 이론과 개념, 그 바탕에 있는 철학을 몸소 살아낸 삶의 진정한 모범이었다.